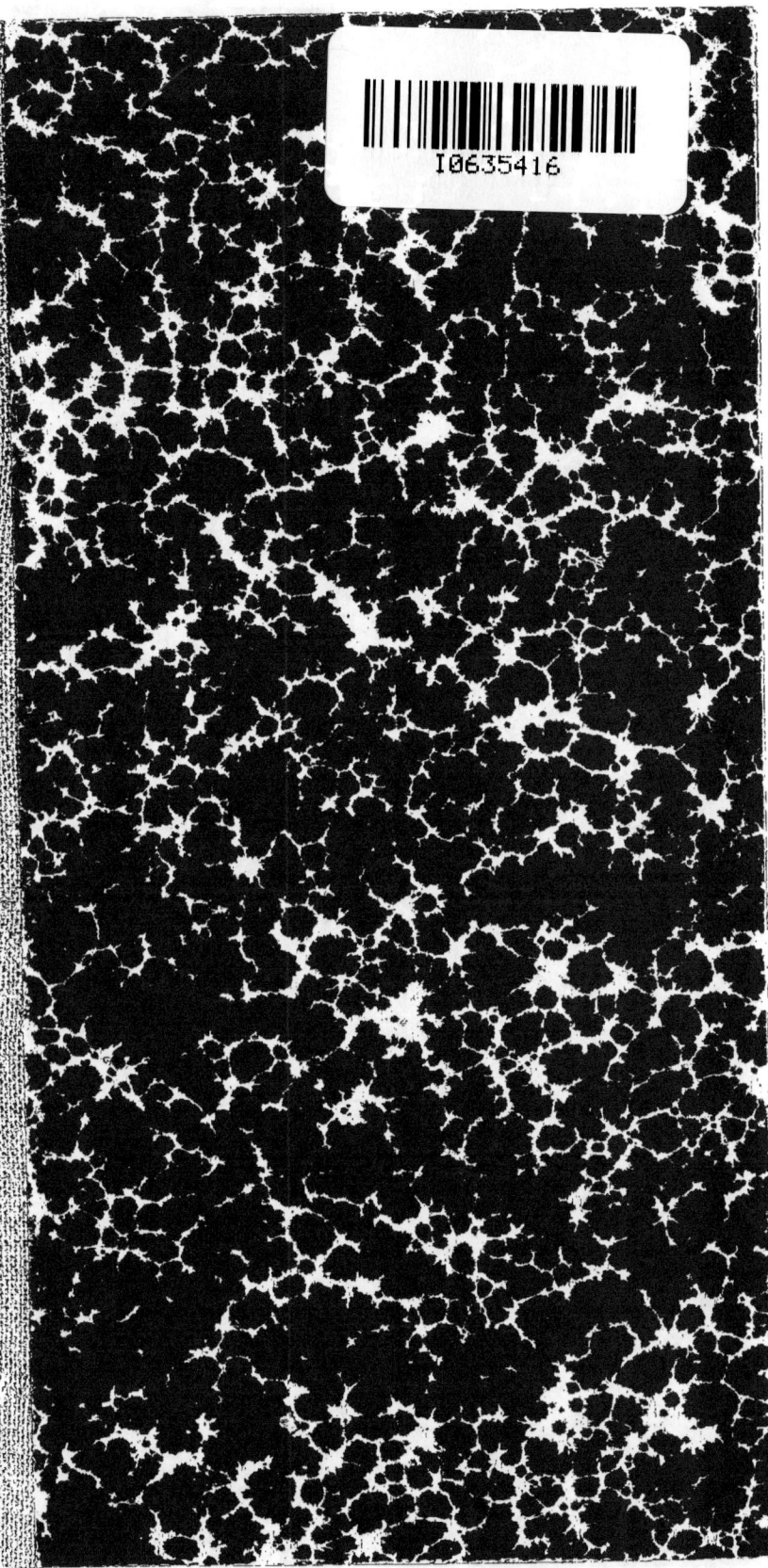

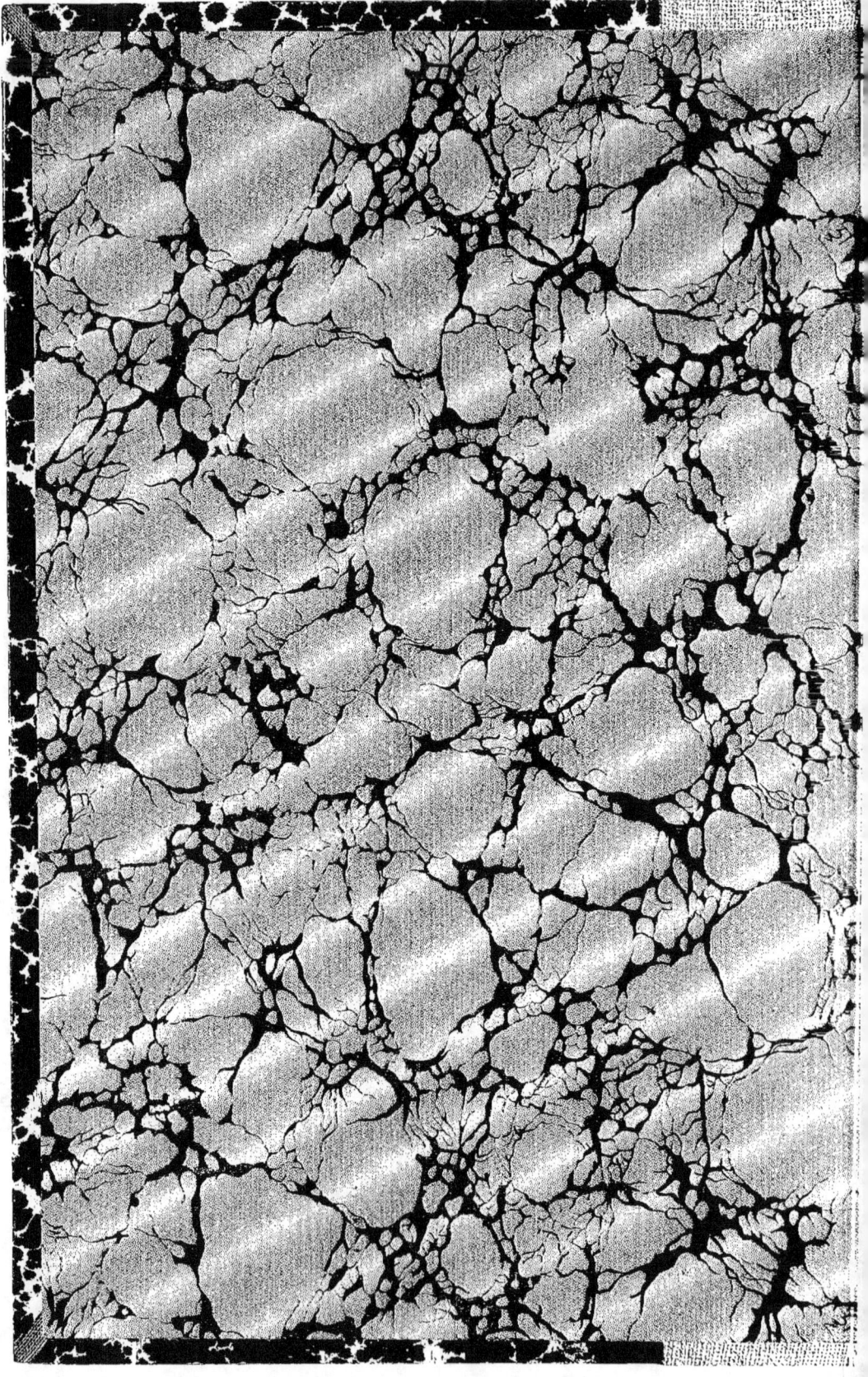

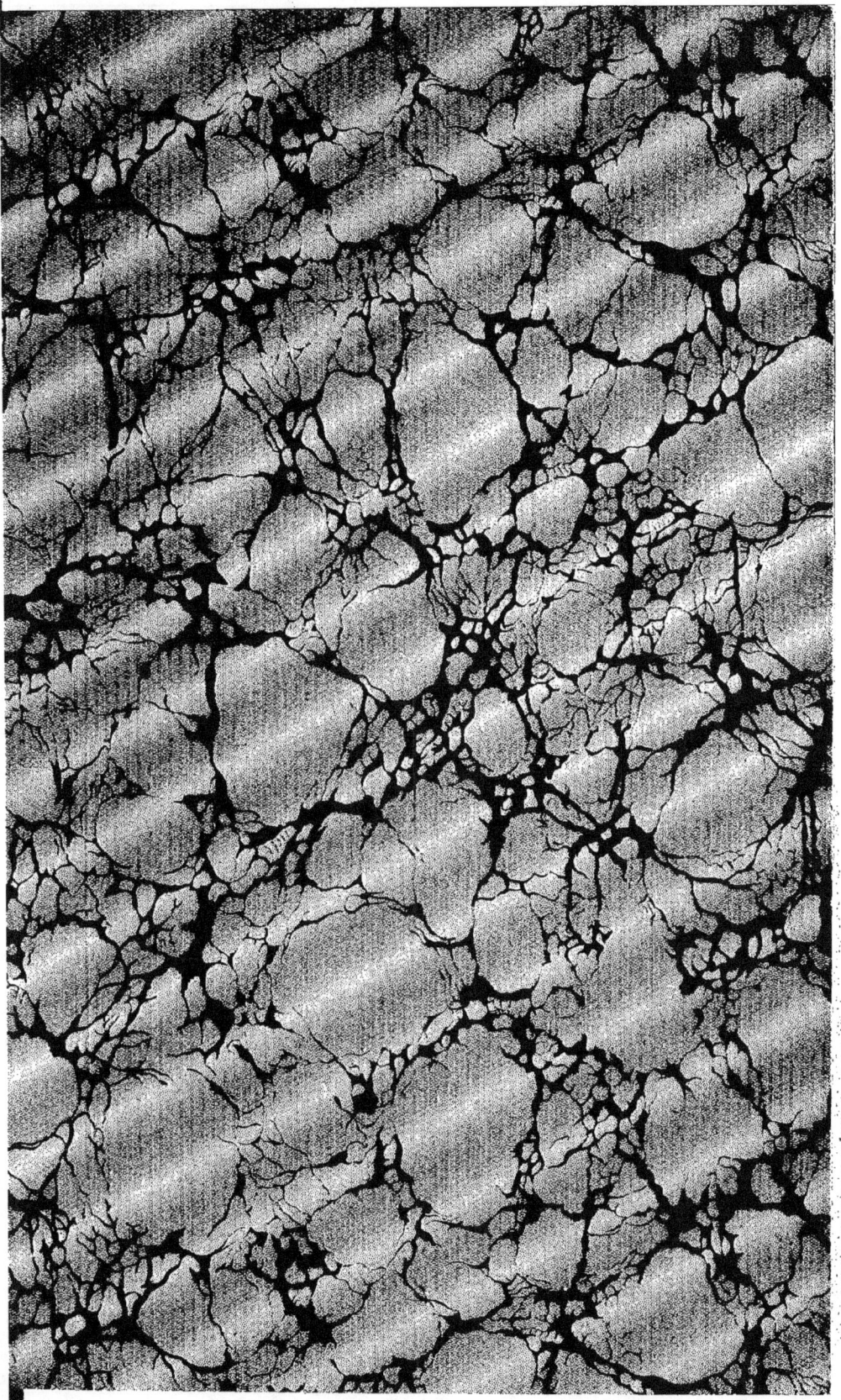

Mlle Z. FLEURIOT

CADOK

OUVRAGE

Illustré de 24 Gravures dessinées sur bois

Par GILBERT

PARIS

LIBRAIRIE HACHETTE ET Cie

79, BOULEVARD SAINT-GERMAIN, 79

CADOK

AUTRES OUVRAGES DE Mlle ZÉNAIDE FLEURIOT

Imprimeries réunies, A, rue Mignon, 2, Paris.

MLLE Z. FLEURIOT

CADOK

OUVRAGE

Illustré de 24 Gravures dessinées sur bois

Par GILBERT

SECONDE ÉDITION

PARIS

LIBRAIRIE HACHETTE ET CIE

79, BOULEVARD SAINT-GERMAIN, 79

1884

CADOK

CHAPITRE PREMIER

C'était un beau matin d'automne.

Une brume transparente estompait délicieusement les maisons de la petite ville de Pontmellac. Il était charmant de voir se profiler dans ce brouillard les pignons pointus et les tourelles à encorbellement.

Ce voile nuageux seyait bien à ces vieilles habitations fort délabrées sous la lumière éclatante du soleil, et quand elles en étaient enveloppées, les orgueilleuses maisons neuves à quatre étages qui les avoisinaient faisaient très piètre figure auprès d'elles, et tous les pesants ornements de leur façade ne valaient pas la petite fenêtre ogivale qui s'ouvrait sur la mignonne tourelle accolée contre l'hôtel de l'angle nord de la place.

La petite porte taillée dans la haute porte cochère de cette antique habitation vient de s'ouvrir; elle livre passage à deux personnes qui offrent, avec les gens qui traversent la place, le contraste que leur hôtel offre avec les maisons nouvelles.

Ces deux personnes sont vieilles, démodées; mais il y a dans leur maintien et dans leur tournure une distinction qui les signale à l'attention. L'une est un vieillard, grand, maigre et voûté qui marche d'un air absorbé, appuyé sur une canne étrange dont la poignée est un marteau d'acier; l'autre, une femme, âgée aussi, mais d'une tournure encore leste, qui dut être la grâce même.

Sa toilette noire, à la fois riche et fanée, parle en même temps d'opulence et de pauvreté.

Elle marche en avant, portant, dans sa main finement gantée, un sac de tapisserie où se ballotte un épais rouleau de papier.

Arrivée devant une des maisons neuves situées au haut de la place, elle s'arrêta, et, reculant de quelques pas, elle dit en s'adressant au vieillard :

« Passez, mon frère. Dans les cas importants, c'est aux hommes à porter la parole, et je suppose que vous n'êtes pas à chercher les phrases que vous devez adresser à ce petit tabellion de province. »

Cela dit, elle s'effaça complètement et suivit le vieillard dans le sombre corridor qui menait à l'étude de M. Doulmennec, notaire à Pontmellac.

A la porte qui portait le mot ÉTUDE, imprimé sur un écriteau, le vieillard s'arrêta.

« Angélique, vous savez mieux que moi ce qu'il y a à dire, murmura-t-il d'une voix tremblante et basse; je vous avouerai même que j'ai un peu oublié l'affaire qui nous amène ici. »

Mˡˡᵉ Angélique fit un mouvement d'épaules et murmura :

« Dans notre famille il faudra donc toujours que ce soient les femmes qui commandent, surtout quand les hommes ont si bien mené la barque que.... dame ! le naufrage est venu. »

Sur ces paroles, elle pénétra la première dans l'étude du notaire de Pontmellac, qui, en la voyant entrer, se leva de derrière son bureau, dont les étagères de sapin lui formaient, quand il le voulait, une sorte d'abri protecteur contre la curiosité de ses clients.

Le notaire, petit homme aux cheveux plats et à la physionomie indécise, salua très bas les deux arrivants et se dérangea pour leur avancer des sièges : deux chaises de paille plus solides qu'élégantes.

« Monsieur, nous venons pour la petite affaire en question, » dit Mlle Angélique.

Le notaire prit sur son bureau une liasse de papiers et se mit à les feuilleter tout doucement, en amateur.

On était au mois d'octobre, un jour gris éclairait mal l'appartement irrégulier, et dans cette lumière terne apparaissaient confusément en quelque sorte les trois personnages.

M. de Kerhaliguen, le grand vieillard habillé de vêtements trop amples et dont la tête dénudée s'inclinait naturellement sur sa poitrine, fixait ses yeux gris, au regard profond mais fatigué, sur le petit notaire aux cheveux plats; Mlle Angélique, petite, remuante, enfiévrée, le regardait aussi avec ses yeux foncés, qui avaient dû être très beaux, et mordait ses lèvres fines avec une impatience qui témoignait qu'elle n'était pas femme habituée à attendre.

« Voici la pièce, je crois, » dit enfin le notaire.

Et il passa à M. de Kerhaliguen un papier timbré que celui-ci offrit à sa sœur, sans même y jeter les yeux.

Mlle Angélique tira de sa poche un étui à lunettes et plaça sur son nez délicat des lunettes cerclées d'ébène. Elle lut attentivement la page écrite et, la rendant au notaire :

« Eh bien, c'est toujours le même grimoire, dit-elle. Veut-on nous donner de l'argent, oui ou non?

— Hélas, non, mademoiselle.

— Comment, même avec la promesse d'une hypothèque?

— Une hypothèque! Sur quoi, s'il vous plaît?

— Eh bien! et notre moulin de Plégantec!

— Est hypothéqué au delà de sa valeur, mademoiselle.

— Et notre maison de Pontmellac.

— Est absolument dans le même cas. »

Mlle Angélique rangea ses papillotes d'une main agitée par un tremblement nerveux.

« Comment! monsieur, vous ne pouvez plus nous procurer dix misérables mille francs ! s'écria-t-elle.

— Non, mademoiselle, cela m'est absolument impossible.

— Entendez-vous, Urbain, dit-elle, nous n'avons pas d'argent à espérer. Notre crédit est mort décidément, mort et enterré. »

M. de Kerhaliguen parut se réveiller de sa torpeur et dit paisiblement :

« Angélique, faites vendre la ferme de Malapierre. »

Sa sœur remit ses lunettes pour le regarder.

« Est-ce bien sérieusement que vous me conseillez de la vendre, Urbain? demanda-t-elle.

— Oui, oui, puisqu'il le faut.

— Ainsi vous ne vous rappelez pas qu'elle a été vendue l'hiver dernier? »

Il fit un geste d'étonnement, et répondit sans se troubler :

« Ah! c'est différent. »

Mlle Angélique imprima un mouvement vif à sa chaise, ce qui la rapprocha du notaire.

« Monsieur, dit-elle, vous le voyez, mon pauvre frère est dans la lune. Tous nos malheurs le font terriblement baisser d'esprit. Un homme si intelligent! Un homme qui avait de si grandes idées, de si vastes projets !

— Trop vastes peut-être ! mademoiselle. »

Elle se redressa, et, avec un regard hautain, elle dit :

« Quand on n'a pas connu M. de Kerhaliguen avant ses malheurs de fortune, il est ridicule de le juger, monsieur.

» Ce n'est pas non plus en une petite ville comme Pontmellac qu'on peut apprécier les entreprises d'un savant, d'un homme qui aurait dû quadrupler sa fortune au lieu de la manger, s'il avait eu autant de savoir-faire que de savoir.

» Mon Dieu, monsieur, vous me direz que c'est précisément le savoir de mon frère qui nous a ruinés. Je le veux bien, mais je sais aussi faire la part des révolutions, celle des circonstances; et je sais aussi que, s'il avait réussi, tout le monde serait à ses pieds.

» Pour le moment, d'ailleurs, il est hors de cause.

» Finissons donc cette affaire, monsieur, et si vous ne pouvez

Voici la pièce.

nous procurer l'argent dont nous avons besoin pour acquitter les créanciers criards qui nous poursuivent, dites-moi pourquoi vous nous avez mandés dans votre étude.

» On ne dérange pas pour rien un homme comme M. de Kerhaliguen.

— J'ai à vous soumettre un moyen de vous procurer cet argent, mademoiselle, répondit le notaire, légèrement impressionné par la mercuriale que son irritable cliente lui lançait à bout portant.

— Ah! c'est différent. Quel est-il?

— Je vous ai dit que je ne pouvais emprunter un sou sur votre vieil hôtel, qui est déjà grevé; mais il se présente une personne qui désire le louer.

— Il n'est pas à louer, monsieur.

— Je sais que vous l'habitez; mais je sais aussi que vous m'adressez sans cesse des demandes d'argent auxquelles je ne sais comment répondre.

» C'est pourquoi j'ai tenu à vous soumettre les propositions qui me sont faites.

— Voyons, monsieur, voyons toujours.

» Urbain, êtes-vous à la conversation? On demande à louer l'hôtel.

» Écoutez donc un peu. Ah! monsieur, il a été toujours la distraction même.

» S'il avait voulu faire plus attention à ses affaires, nous ne serions pas où nous en sommes. On lui avait proposé un très bon prix de la ferme du Grand-Champ, quelque chose comme quatre-vingt mille francs. Il en a demandé cent dix mille, et vous l'avez vendue soixante, et le tout ainsi. Moi-même je l'avoue, ce serait à recommencer que je n'agirais pas comme j'ai agi; mais il y a des choses qui ne recommencent pas. Urbain, faites un peu attention à ceci. Monsieur, nous vous écoutons. »

Le notaire parcourut avec affectation quelques papiers et consulta avec une lenteur calculée deux ou trois agendas.

« Monsieur, quand il s'agit de nous annoncer que nos créan-

ciers vont lancer les recors après nous, vous n'y mettez pas
tant de façons, dit enfin Mlle Angélique impatientée. Cette proposition est donc bien mauvaise que vous mettez tant de temps
à nous la soumettre.

— Voici, voici, mademoiselle ; je tiens à bien classer les
propositions ; car j'en ai deux, de deux personnes différentes.

» Et d'abord, on vous propose d'acheter l'hôtel. On vous
propose un bon prix, cinquante mille francs.

— De quoi le purger des hypothèques dont nous l'avons
grevé. Qui est-ce qui propose cela, monsieur ?

— Un homme très solvable, très disposé aux concessions,
M. Lachalé. »

Mlle Angélique bondit sur sa chaise.

« Monsieur, dit-elle, pour qui nous prenez-vous ? Comment,
cet homme qui a osé vendre à mon frère, à un prix fou, une
mauvaise terre qu'il savait ne pas valoir le quart de ce qu'il l'a
fait payer, ce paysan rapace qui a fini par se loger dans un
château de notre famille, ce va-nu-pieds, qui nous a bernés
pendant dix ans, deviendrait le propriétaire de notre hôtel, et
aurait le droit de nous faire mettre à la porte. Jamais ! M'en
offrît-il un prix extravagant, jamais il ne l'aura. Urbain,
n'êtes-vous point de mon avis ?

— Angélique, il en sera ce que vous voudrez, absolument
ce que vous voudrez.

— Le prix n'est pas mauvais, hasarda le notaire, légèrement abasourdi par la nouvelle philippique de sa cliente.

— En vérité, monsieur, ce Lachalé est cependant bien
connu pour son avarice. S'il n'espérait pas acheter à vil prix
notre habitation, il ne risquerait pas une semblable proposition.

— Enfin vous ne voulez pas vendre ?

— A lui jamais ! A ce prix-là, jamais non plus.

— Une autre personne demande à louer l'hôtel et ses dépen-
dances.

— Qui ?

— M. Henri Lebail.

— Le sardinier?

— Oui.

— Celui-là est un honnête homme, je ne dis pas non pour, celui-là. Qu'est-ce qu'il propose?

— Douze cents francs par an et un bail de neuf ans.

— Urbain, que pensez-vous de cette proposition?

— Elle me semble avantageuse, Angélique. »

Le notaire sourit d'un air approbateur et dit :

« Vous ne trouverez pas davantage à Pontmellac, monsieur.

— C'est bien, riposta Mlle Angélique. Mais à ce beau projet il y a un revers. Ce n'est pas tout de louer sa maison; il faut de plus savoir où en trouver une autre.

— Nous pourrions garder le petit pavillon du jardin, Angélique.

— Pour nous loger tous, vous n'y pensez pas. Où mettriez-vous Cadok? Dans le grenier?

— Non, non, l'enfant resterait avec vous, et j'irais moi... où il faudrait aller.

— Vous perdez l'esprit, Urbain.

» Regardons les choses bien en face, ce n'est pas trop tôt et disons-nous que, si nous louons, il nous faudra décamper.

» Moi d'abord, je ne pourrai pas vivre en cette atmosphère. Vous comprenez que chez M. Lebail, cela sentira plus ou moins la sardine et plus que moins. La fricasserie n'est pas du tout mon fait.

» Cependant sa proposition demande réflexion. Combien de temps nous donnez-vous pour réfléchir, monsieur?

— Mademoiselle, il me faut la réponse demain. Ce ne sont pas les occasions qui manquent, et les commerçants ne savent pas attendre.

— Nous avons bien attendu, nous; car nous avons fait du commerce aussi. Hélas, c'est bien de nous en mêler qui nous a ruinés. Les huîtres, les pêcheries, les huileries n'étaient point faites pour nous, mais nous sommes en guignon, nous l'avons toujours été. »

Elle se leva

« Monsieur, nous vous enverrons une réponse le plus tôt possible.

— Demain, mademoiselle, au plus tard demain.

— Mon Dieu, oui, si vous y tenez. Il faudra bien nous consulter entre nous, sans oublier Cadok, auquel nous voulons garder l'hôtel, s'il est possible. Il n'aura peut-être pas de guignon, lui. Il est pétri d'intelligence, et, s'il en croit mon expérience, il ne s'engagera pas dans des entreprises fâcheuses.

» J'ai bien l'honneur de vous saluer. A l'occasion, ne manquez pas de dire à ce paysan retors qui se fait appeler M. Lachalé, que nous avons refusé, mais là carrément, de lui vendre l'hôtel. Cela nous fera plaisir. Urbain, allons-nous en. »

Elle mit dans la main de son frère la canne à poignée de fer, et, saluant avec une grâce toute mondaine le jeune notaire, qui s'était levé pour la reconduire, elle quitta l'étude.

CHAPITRE II

Quand le frère et la sœur retraversèrent la place, aussi irrégulière que déserte, le mouvement et la vie y apparaissaient sous la forme de grands omnibus qui accouraient à grands fracas se ranger devant la porte des hôtels. L'allure animée des chevaux, la gaieté étourdissante des postillons, le petit va-et-vient qui s'établissait entre les maisons particulières et les hôtels, donnaient tout à coup à la place silencieuse un aspect des plus mouvementés.

Ce changement de décoration ne parut pas plaire à M. Urbain, qui fit vivement quelques pas à reculons, ce qui annonçait l'intention de prendre un autre chemin.

« Eh bien ! où allez-vous, Urbain, s'écria Mˡˡᵉ Angélique en le saisissant par un pan de sa redingote, pourquoi imaginez-vous d'aller vous enfoncer dans cette ruelle obscure et malpropre ?

— Je n'aime pas ce bruit de voitures, dit-il, tout en se laissant complaisamment tirer par le pan de l'habit.

— Il ne me déplaît pas à moi, mon frère. Il ne me déplaît pas du tout. Je vous assure que Pontmellac me donne le spleen quand je n'entends pas ce gai carillon de grelots.

» En définitive, je suis à demi parisienne et je ne déteste pas le mouvement de la rue, comme vous, qui, à Paris même, viviez avec vos livres, vos cartes, vos creusets et vos chiffres.

» Il me semble qu'il y a beaucoup de voyageurs aujourd'hui. Eh bien ! n'est-ce point Cadok qui gambade là-bas. Mais si, c'est lui. Cet enfant-là adore les chevaux. Bon ! le voilà qui se suspend à la crinière de ce gros percheron. Ici, Cadok. Qui vous a permis de quitter la maison, monsieur ; qui vous a permis de venir vagabonder sur la place ? »

Elle avait marché vivement en prononçant ces dernières paroles, et sa main s'était posée sur l'épaule d'un petit garçon d'une dizaine d'années, qui, après s'être accroché des deux mains à la crinière grise du cheval de l'omnibus, retombait sur ses pieds.

Il tourna vers Mlle Angélique un visage rouge comme une pomme d'api, au milieu duquel étincelaient, sous des touffes de cheveux noirs, des yeux charmants d'un bleu clair.

« Ma tante, je venais dire bonjour à... Bonbock, répondit-il en adressant une dernière caresse au cheval, et je venais aussi au-devant de mon grand-père, qui a reçu une visite.

— Une visite, répéta Mlle Angélique, laquelle ?

— Je ne sais pas. Un monsieur est venu le demander et a dit qu'il repasserait.

» Grand-père, donnez-moi donc votre jolie canne et prenez votre bâton de vieillesse. »

Et, enlevant prestement au vieillard, qui se laissa faire en souriant, la canne à poignée de métal, il y substitua sa petite épaule, bien carrément taillée et très robuste déjà.

Et ils continuèrent ainsi leur chemin vers le vieil hôtel, qui, dépouillé de son vaporeux vêtement de brume, montrait au grand jour son antiquité et son délabrement.

Le vieillard, toujours conduit par Cadok, marcha vers un grand appartement du rez-de-chaussée à peu près vide de meubles, mais fort richement orné quand même par des trumeaux enchâssés dans une boiserie magnifique. Quelques fauteuils dépareillés entouraient une table élégante et vermoulue poussée tout contre la vaste cheminée, où brûlait un feu sans flamme.

« Grand-père, dit Cadok, en se mettant à cheval sur une

petite chaise de paille, vous ne ferez pas abattre le second tilleul, n'est-ce pas? Celui-ci ne brûle pas bien. Voyez plutôt.

—Parce qu'il n'est pas sec, Cadok, tu vois comme il fume;
c'est l'eau qui s'évapore. Quand il sera sec, il deviendra un
très bon combustible. Le tilleul est un bois léger qui flambe
bien.

— Mais alors, grand-père, si vous faites abattre tous nos
tilleuls, nous n'aurons plus d'arbres bientôt. »

« Grand-père, vous ne ferez pas abattre le second tilleul. »

Le vieillard fit un geste qui signifiait :
« Que veux-tu que j'y fasse?

— Grand-père, vous m'avez bien promis de ne pas toucher
aux sapins, reprit Cadok ; les tilleuls sont vieux ; mais les sapins sont jeunes, et de ces arbres si droits et si verts vous ne
ferez jamais de feu, n'est-ce pas? »

Le vieillard soupira et dit :
« On ne sait pas.

— Moi, j'aimerais mieux acheter du bois, grand-père...
Voyez-vous, cela me fait enrager de voir maintenant mon
tilleul en morceaux dans la cheminée.

— Je ne t'aurais pas fait ce chagrin si j'avais encore une
forêt, Cadok. Il était bien beau le coin de forêt qui nous ap-
partenait. Tous les ans on abattait trois arbres, trois vieux
arbres, il n'y paraissait pas ; à la même époque je laissais croître

dans les taillis des jeunes chênes pour les remplacer. Ceux-là doivent être maintenant de beaux arbres. »

Cadok, qui écoutait avec attention, chevaucha vers son grand père, et lui posant les deux mains sur les genoux :

« Je comprends bien, dit-il, que, pour avoir de l'argent, vous ayez vendu des fermes, des maisons, des moulins. Mais il fallait garder la forêt; grand-père, il fallait garder la forêt.

— Eh! sans doute, monsieur Cadok, dit tout à coup la voix railleuse de M\ⁱ\ᵉ Angélique, il fallait garder la forêt et le reste avec, mon petit. La forêt n'était rien auprès du reste.

— Oui, mais la forêt nous aurait empêchés de brûler nos tilleuls, ma tante, dit Cadok en se relevant tout interdit d'être surpris dans sa petite causerie intime avec son grand-père.

— Cela, c'est la moindre des choses, reprit M\ⁱ\ᵉ Angélique en s'asseyant et en fixant ses yeux gris sur les tisons fumeux.

» Ce bois de la forêt nous revenait plus cher qu'il ne valait. Mais à quoi bon parler de ces choses passées! Ce qui est fait est fait, ce qui est arrivé est arrivé. Nous avons toujours été poursuivis, traqués, pourchassés, ruinés.

— Par qui, hasarda Cadok, dont les yeux brillaient de curiosité.

— Par le guignon, mon petit, par le guignon.

— Qu'est-ce que cela, ma tante?

— Tu le comprendras plus tard, tu ne le comprendras que trop. Quand tu seras homme, je te raconterai cela par le menu, si je vis.

» Ton grand-père, pour ne parler que de lui, a plus fait pour s'enrichir que d'autres pour s'appauvrir, et c'est la pauvreté qui est venue. Ah! grand Dieu! on n'a jamais vu pareilles aventures. Il découvre des métaux, — cette canne en est la preuve : — un autre lui prend son invention.

» Il est nommé quasi ministre des travaux publics : le gouvernement tombe la semaine qui suit sa nomination.

» Il bâtit des usines, qui le ruinent ; des pêcheries : on lui vole ses poissons.

» Il frète un navire : il sombre avec la cargaison.

» Le guignon enfin, le guignon! »

Le vieillard souriait doucement et levait doucement les épaules.

« Et la position n'est plus riante, mais du tout, ajouta Mlle Angélique.

» Nous voici arrivés non seulement à nos derniers sapins, mais encore à notre dernière maison.

— Et les pêcheries, Angélique, vous oubliez les pêcheries, qui sont encore à nous.

— Comment voulez-vous que je mette en ligne de compte des maisons inhabitables sur lesquelles nous ne trouvons pas mille francs à emprunter? Ah! en voilà encore un bien qui mériterait de s'appeler Kerguignon.

— Moi, j'aime les pêcheries, cria Cadok; je voudrais bien, moi, demeurer aux pêcheries, des fenêtres desquelles on sauterait dans la mer, si l'on voulait.

— Parole de marin en herbe, dit une voix d'homme qui partait du fond du salon. »

Mlle Angélique se détourna vivement, se leva et courut au-devant du visiteur.

« Cher M. Le Breuil, s'écria-t-elle, est-ce bien vous?

— C'est moi, mademoiselle, je n'ai pas voulu passer à Pontmellac sans venir vous présenter mes hommages. »

Et, après avoir serré la main de Mlle Angélique, il s'avança vers M. de Kerhaliguen, qui sortit de ses abstractions pour lui faire le plus chaleureux accueil.

« Eh bien, dit-il en se laissant tomber dans le vieux fauteuil que lui avait avancé Cadok, vous avez donc jeté l'ancre à Pontmellac, mademoiselle?

— Je le croyais, monsieur, mais des gens comme nous peuvent-ils se vanter de jeter l'ancre quelque part. Vous avez été l'ami du père de Cadok, vous nous avez connus dans notre brillant, on peut donc vous parler sans détour.

» Certes, nous aimions le mouvement. Tout en vivant à Paris, nous avions deux terres où nous passions l'été et l'automne.

» Et comme j'adorais les voyages, je voyageais beaucoup. Le

guignon, dont je disais un mot tout à l'heure à Cadok, est venu.
Il a fallu renoncer aux voyages, puis à la terre d'été, une
charmante villa dans le pays chartrain; puis à la terre d'automne, un beau château breton en pays giboyeux et auquel
un pan de forêt était attaché. Après tous nos malheurs, et la
vieillesse venant, — elle vient toujours, — nous avons voulu
jeter l'ancre comme vous dites. Ah! bien oui, la vie à Paris
est devenue trop chère, et à Pontmellac même elle devient
impossible.

— Eh bien, nous irons à Kerguignon, s'écria gravement
Cadok.

— Avez-vous vraiment une terre qui porte ce nom de mauvais augure ? demanda le visiteur en souriant.

— Nous en avons une qui le mérite, monsieur. Au nombre
des entreprises de mon frère, il y a eu une entreprise de
pêcheries qui promettait monts et merveilles.

» Il a bâti des maisons, creusé des bassins, équipé des bateaux ; il a mis là-dessus un argent fou, et les hommes et les
éléments se sont si bien déchaînés contre lui que tout a fini
par une superbe déconfiture.

— Mais enfin les bâtiments, le matériel restent.

— Oui ; mais allez donc emprunter mille francs là-dessus.
Les bâtiments croulent faute de réparations, la mer a emporté
les bateaux ; les bassins sont là bien certainement, et Cadok
y élèverait des petits poissons ; voilà à quoi ils serviront
désormais!

» Mais à quoi bon vous entretenir de tout cela. Voyez-vous,
monsieur, il y aurait un gros livre à faire de toutes mes aventures depuis dix ans. Parfois il me semble que je rêve tout
éveillée. Mais vous restez à déjeuner avec nous, n'est-ce pas ?

— Mademoiselle, j'arrive tellement à l'improviste, que je...

— Ce n'est pas une raison, vous aurez la fortune du pot,
voilà tout.

— Cela seulement, vous vous y engagez.

— Certainement il ferait beau voir que les amis de notre
famille ne trouvassent pas chez nous un morceau à se mettre

sous la dent. Cadok, remets du bois dans le feu : M. Le Breuil n'est pas habitué à la température de Pontmellac. A quelle heure voulez-vous déjeuner, monsieur ?

— Mademoiselle, votre heure sera la mienne. »

Mlle Angélique tira sa montre.

« Dans une heure, » dit-elle.

Et, décrivant sa plus aimable révérence, elle sortit du salon et se rendit dans l'immense appartement du rez-de-chaussée qui servait de cuisine.

Elle l'avait vu rempli de domestiques empressés ; elle l'avait connu éclairé par les feux ardents du grand fourneau et par les tisons incandescents qui rôtissaient dans l'âtre les volailles enfilées à la grande broche de fer.

Ce jour-là les flammes étaient éteintes, la vaste cheminée était toute sombre ; il n'y avait pour tout domestique qu'une bonne fille coiffée à la mode de Ploërmel, qui, assise sur la pierre du foyer, surveillait le contenu d'une casserole posée sur un petit fourneau portatif.

« Fine, qu'as-tu ce matin pour déjeuner? demanda Mlle Angélique.

— Le reste du poulet d'hier, mademoiselle.

— C'est-à-dire les abatis ; ce n'est pas un plat présentable cela, et nous avons du monde.

— Le monsieur que je viens de conduire au salon reste à déjeuner, mademoiselle?

— Oui, c'est un ami du père de Cadok, un homme très haut placé, qu'il faut bien recevoir, auquel il faut préparer un très bon déjeuner.

— Mademoiselle, je n'ai même plus de charbon, répondit Joséphine, sans parler du reste.

— Comment faire, mon Dieu, comment faire ! Il faut qu'il déjeune, il le faut. Ah ! mais c'est l'heure du déjeuner à l'hôtel. Tu vas aller demander les meilleurs plats. Allons vite, laisse-moi cette casserole et va-t'en. »

Joséphine se leva et se mit à nouer d'un air embarrassé les lacets de sa coiffe.

« Tu demanderas les meilleurs plats, entends-tu bien, commanda Mlle Angélique. Des huîtres d'abord et une bouteille de Chablis. Nous n'en avons plus, n'est-ce pas ?

— Nous n'avons plus rien, mademoiselle.

— Eh ! c'est bien pourquoi je t'envoie chez les autres. Allons vite, ton panier, un torchon blanc. Qu'attends-tu ?

— L'argent, mademoiselle ; ces gens d'hôtel ne veulent plus rien donner sans argent. »

Mlle Angélique leva les mains au ciel.

« Des gens à qui nous avons tant fait gagner ! s'écria-t-elle. Rien que pour nos misérables pêcheries, il y a eu à l'hôtel du Cadran Solaire pour douze cents francs de voiture dans une année. Ah ! cela nous a bien servi de faire gagner les gens du pays. Ils s'en souviennent bien, ma foi ! Si c'était à recommencer, nous ne serions pas si simples, et d'abord il n'y aurait pas de pêcheries, oh non ! certainement. Eh bien, maintenant, comment faire ? Je n'ose t'envoyer demander de l'argent à mon frère. Il n'en a peut-être pas, et d'ailleurs il prend des airs de gueux en comptant les pièces de son porte-monnaie. C'est que nous avons notre dignité à garder, surtout devant ce monsieur, qui nous a vus en si brillante position. »

Elle jeta les yeux sur ses mains flétries et fit un mouvement comme pour retirer un très beau diamant qu'elle avait au doigt, mais elle repoussa bien vite la bague et se mit à regarder autour d'elle d'un air perplexe.

« Voici l'affaire, » s'écria-t-elle.

Et, levant le doigt vers la partie de la muraille où étincelaient çà et là de reluisants ustensiles de cuisine :

« Prends la poissonnière en cuivre, Fine, dit-elle ; mets-la dans ton panier, couvre-la avec une serviette et dis à l'hôtesse du Cadran Solaire que je la lui donne, oh oui ! c'est un don que de la lui vendre au prix convenu. »

Joséphine joignit les mains par un geste désespéré.

« Celle-là aussi, mademoiselle, s'écria-t-elle. Faudra-t-il voir toute notre belle batterie de cuisine s'en aller pièce par pièce au Cadran Solaire ?

— Il le faut, ma pauvre fille, il le faut. Je sais bien que cette affaire te crève le cœur; mais voyons, crois-tu que cela ne m'a pas été dur de me séparer de mon mobilier. Toutes ces belles vieilles choses de famille, toutes ces jolies choses, que j'avais payées un prix fou et qu'il m'a fallu donner pour rien, ne sont-elles pas allées à vau-l'eau. Que veux-tu, tu as eu des maîtres de trop d'esprit, de trop d'invention ; des entêtés qui ont marché à l'aveugle avec leur naïveté et leur bonne foi. Tout y passera, ma pauvre fille ; il faudra bien que tout y passe, la poissonnière comme le reste.

— Mais, mademoiselle, si vous demandiez un déjeuner sans huîtres et sans vin blanc, un déjeuner bien simple, je porterais à la dame du Cadran Solaire notre jolie petite bassinoire qui a une bête sur le manche.

— Je veux un beau déjeuner, dit nettement Mlle Angélique, du ton d'une femme qui détestait la contradiction. Quand il n'y aura rien, eh bien, il n'y aura rien. Pas un mot de plus, prends la poissonnière et va-t'en. Autrement tous les plats fins auront été servis aux officiers, et nous n'aurons plus que des restes. Il n'y a pas encore d'autre maîtresse que moi ici, et je te trouve bien raisonneuse ce matin. »

La pauvre Joséphine baissa la tête sous cette mercuriale et s'en alla docilement décrocher la poissonnière, si brillante par ses soins, qu'elle put y apercevoir, comme dans un miroir, son bon visage tout chagrin et, là-bas dans le fond, le visage hautain de sa maîtresse, qui la suivait d'un œil courroucé.

Ah ! c'est que ces bons Kerhaliguen, qui étaient les plus aimables gens du monde en société, et qui avaient le cœur généreux et la main bienfaisante, n'étaient point toujours commodes pour cela. Le frère et la sœur avaient, chacun de son côté, mené une vie des plus indépendantes. Ils avaient contracté l'habitude de regarder avec horreur toute contrainte, toute contradiction, et maintenant même que leurs opiniâtretés enchaînées l'une à l'autre avaient produit la ruine, maintenant qu'ils se heurtaient, bon gré mal gré, à la contradiction quotidienne, ils n'en étaient que plus ardents à ne pas la souffrir lorsqu'elle touchait à la terrible fibre de l'amour-propre.

Joséphine se permettait de donner un regret à cette poissonnière dont la propriétaire se séparait si magnanimement. A quoi pensait Joséphine, et surtout de quoi se mêlait-elle !

Cela valait bien un regret vraiment ! Pleurer une poissonnière n'annonçait-il pas un certain ramollissement dans les facultés de Fine ! Comment, elle avait vu ses maîtres vendre leurs châteaux, leurs terres, leurs moulins, leurs voitures, leurs meubles ; elle avait vu Mlle Angélique faire passer ses bijoux, ses beaux bijoux de famille dans la balance d'un orfèvre ; elle avait vu partir une à une les pièces curieuses de l'ameublement de cette vieille maison, et elle venait pleurer une poissonnière !

Cette idée parut si plaisante à Mlle Angélique qu'elle en riait toute seule en refaisant ses papillotes à la Sévigné, sur lesquelles elle posa un bonnet de vraie dentelle qui produisit beaucoup trop d'effet en compagnie de ses vêtements très usés et très fanés. Mais elle ne laissait guère passer une occasion de se coiffer de ces dentelles qu'elle avait en quelque sorte soustraites à sa propre rapacité.

Il n'en fallait pas davantage pour rendre la vieille demoiselle à sa bonne humeur habituelle. Ce fut le sourire aux lèvres qu'elle se représenta dans le grand salon démeublé où Cadok écoutait, avec un intérêt des plus intelligents, la conversation engagée entre M. Le Breuil et son grand-père.

Mlle Angélique s'y mêla activement. Douée d'une imagination vive, d'une mémoire étonnante, ayant toujours vécu dans un milieu intelligent et lettré, elle saisissait au vol l'occasion de dépenser son esprit, peu goûté à Pontmellac, qui était une ville de commerce.

Naturellement aussi elle saisissait volontiers l'occasion de retourner vers la phase brillante de sa vie. En parlant des splendeurs passées, elle oubliait absolument les traces et les soucis du présent.

Le déjeuner, que Joséphine vint annoncer d'un air tout lugubre, ne l'enleva point à ses riantes pensées. Devant cette table délicatement servie et où brillaient encore quelques restes d'un très beau service de table en vermeil, la verve de la vieille demoiselle devint véritablement pétillante.

Aussi Cadok ouvrait-il de grands yeux ! Cette bonne chère inusitée, la belle humeur de sa tante, coiffée de son bonnet de dentelle blanche, et causant avec la plus aimable animation, le charmaient, et il notait dans sa jeune mémoire les récits qui, devant cet étranger, venaient lui montrer sa famille sous un jour tout nouveau.

Depuis l'époque où, par le malheur de la mort de son père, il avait été conduit dans ce vieil hôtel, il n'avait point passé une journée aussi confortable, il n'avait jamais entendu son grand-père causer du passé, il n'avait jamais vu Mlle Angélique qu'enfoncée dans sa lecture de vieux papiers dont les piles tapissaient sa chambre, ou occupée à toutes sortes de traités avec les marchands qui emportaient une à une toutes les pièces du mobilier.

Heureusement qu'il y en avait tant que cela pouvait durer très longtemps. Et puis rien de ce qui servait de près ou de loin à Cadok n'avait été touché.

Ce jour-là toutes les vieilleries étaient laissées de côté ; il entendait redire que son père avait été un homme des plus distingués et sa mère une femme d'un grand mérite et d'une grande beauté.

Plus d'une fois son grand-père remarqua avec un doux sourire que son petit-fils faisait honneur au déjeuner, et l'étranger saisit cette occasion d'admirer la bonne mine de l'enfant, sa taille robuste et son teint brillant des couleurs de la vraie santé. Il essaya aussi de mettre le sujet de la conversation sur le degré d'instruction qu'il avait atteint ; mais Mlle Angélique détournait toujours habilement la conversation.

Rien, en effet, n'était plus négligé que l'instruction de Cadok. Il suivait toujours les classes des chers frères de la Doctrine chrétienne. Le collège était trop cher, et chez les Kerhaliguen on ne savait pas demander les bourses dont le Gouvernement dispose.

Au dessert, Cadok fit une ample provision de noix, et, tandis que les convives prenaient le café dans des tasses écornées de vieux sèvres, il se mit à gréer les coquilles. Bientôt il eut sur son assiette toute une flottille dont les voiles étaient faites de papier et les mâts de bâtons d'allumettes.

En cette occupation charmante, la conversation ne l'intéressait plus du tout, et bientôt, mettant toute sa flottille dans son chapeau, il disparut de la salle à manger. Mais tout à coup il reparut le visage enflammé et les yeux étincelants.

« Tante, cria-t-il, Fine a caché la grande poissonnière, qui forme un si beau bassin pour mes petits bateaux. »

Une vive rougeur teignit les pommettes de la vieille demoiselle, et elle répondit d'un ton aussi mécontent qu'embarrassé :

« Qu'est-ce que cette sortie, Cadok ?

» Joséphine a bien raison de ne pas vous livrer la batterie de cuisine pour vos jeux.

— Ma tante, je voudrais savoir au moins où elle l'a mise, insista le petit garçon. Elle ne veut pas me le dire.

— Elle a bien raison. Mes domestiques ont-ils maintenant des comptes à vous rendre.

— Mais pourquoi ne veut-elle pas me répondre ? insista Cadok, écrasé par cette expression « mes domestiques », prononcée si majestueusement. Voulez-vous me dire où elle est, vous, ma tante ?

— Mon Dieu, elle est au Cadran Solaire ; je l'ai... prêtée à Mme Laramette. »

Et, d'un geste impatient qui n'échappa pas à son convive, elle congédia Cadok.

« L'enfant est un peu vif et très entêté ; c'est son seul défaut, dit avec bonté le grand-père en entendant la porte se refermer violemment sous la main de Cadok.

— C'en est un grand devant les hommes, du moins, » répondit M. Le Breuil, qui pensait, peut-être malgré lui, que cette vivacité-là, non domptée, n'était pas étrangère à la position où était tombée une famille qu'il avait connue si florissante.

Et il ajouta, en se renversant dans son fauteuil de l'air d'un homme qui se décide à attaquer un sujet de conversation auquel il attache une certaine importance :

« Est-ce que vous ne comptez, pas lui faire faire connaissance avec la discipline salutaire du collège.

— Il est bien jeune, il me semble, » dit gravement le grand-père.

L'étranger sourit.

« Mon petit-fils, qui a son âge, est en quatrième, dit-il. Quelle carrière comptez-vous donc lui faire suivre ?

— Il adore la mer, s'écria Mlle Angélique ; il veut être officier de marine.

— Dans ce cas, mademoiselle, il n'y a plus un instant à perdre. Je vous l'ai dit, j'habite Brest pour cinq ans. Voulez-vous me le donner ? Je me charge de son instruction. Je n'ai pas oublié la charmante hospitalité que j'ai reçue chez le père de sa mère ; je n'ai point oublié que son père fut mon meilleur camarade, mon plus fidèle ami, et je serai heureux, très heureux de m'occuper de l'enfant. »

A cette proposition, le frère et la sœur avaient également tressailli et avaient échangé un coup d'œil de mauvais augure.

« L'enfant, c'est notre joie, dit le vieillard d'une voix tremblante.

— C'est notre distraction, notre seule distraction, ajouta Mlle Angélique, découvrant crûment, dans un moment de vivacité, la fibre égoïste cachée au fond de son cœur que chacun s'était entendu à proclamer très dévoué et très généreux.

— Certainement ; mais il y a l'avenir, mademoiselle. Comment préparer en cette petite ville l'avenir d'un jeune garçon ? Cela ne me paraît pas possible.

— Cadok est si jeune encore, si jeune, dit le grand-père.

— Ça sort de nourrice, ajouta Mlle Angélique.

— Pour vous, oui ; mais pour le monde il atteint l'âge des études régulières. Je suis venu avec l'intention de vous proposer de l'emmener et de me charger de son instruction puisqu'il vous est très difficile de vous en occuper à Pont-mellac. »

Le vieillard regarda sa sœur.

« Angélique, il y va peut-être de l'intérêt de l'enfant, dit-il.

— Urbain, quelle plaisanterie ! Ce n'est pas que nous ne soyons bien reconnaissants, monsieur, mais Cadok a encore besoin de la vie de famille.

— Voilà, mon ami, voilà, répéta le vieillard d'un air enchanté ; oui, il a besoin de la vie de famille. »

L'étranger dissimula un sourire.

Quelle vie de famille en effet que celle de Cadok, entre ces deux vieux rêveurs ! Le grand-père attaché jusqu'à la manie à ses découvertes, à ses entreprises, rêvant toujours de ressaisir la fortune envolée, et la grand'tante également possédée par ses regrets et par ses illusions, rappelant ses belles serres devant son jardin en friche, racontant les fêtes de sa jeunesse sous ces lambris dépouillés et se cramponnant si bien à cette vie, qu'elle en oubliait la jeune existence qui allait s'épanouir dans la triste réalité.

Du reste, quelque mauvaises que fussent les raisons données par les deux vieillards, il fallait que le visiteur s'en payât. Les facultés amoindries du grand-père de Cadok ne supportaient pas longtemps la résistance, et l'opiniâtreté de Mlle Angélique était trop connue pour que M. Le Breuil songeât à la combattre. Cadok l'amusait, Cadok la distrayait, il ne fallait pas arracher Cadok aux douceurs de la vie de famille.

Ainsi elle décida comme cela, par la grâce de raisons à elle, qu'il n'y avait pas lieu d'accepter les propositions de l'ami de son neveu, quelque avantageuses qu'elles fussent, et il quitta le vieil hôtel sans le petit compagnon que, dans un bon mouvement de sympathie, il était venu chercher.

Cadok ne soupçonna pas un instant qu'il eût pu être pour quelque chose dans cette visite. Cadok, d'ailleurs, n'était occupé que d'une chose : savoir quand la poissonnière dont il faisait ordinairement un bassin pour ses bateaux microscopiques reviendrait du Cadran Solaire.

A l'heure du souper il n'avait encore rien vu venir, et il accourut prendre sa place à table, bien décidé à obtenir de sa tante qu'elle ordonnât à Joséphine d'aller chercher l'ustensile absent.

Mais la table était couverte des reliefs du dîner, et son attention fut tout d'abord appelée sur ces magnificences.

Il voulait savoir d'où était venu ce superbe déjeuner et aussi pourquoi aussi Joséphine ne faisait jamais d'aussi beaux plats.

« Mais comme tu deviens curieux, Cadok, s'écria Mlle Angélique d'un air impatienté; occupe-toi de tes coquilles de noix et non pas du ménage, qui ne te regarde en rien. »

Cadok saisit la balle au bond.

« Ma tante, dit-il, ne savez-vous pas que je n'ai pu mettre ma flottille à l'eau. La poissonnière n'est pas rentrée. Voulez-vous que Joséphine aille la chercher après souper? »

Mlle Angélique lui fit des yeux terribles.

« La poissonnière est bien où elle est, dit-elle, et je vous prie, Cadok, de ne pas vous mêler de ce qui ne vous regarde pas.

» C'est bien d'une poissonnière qu'il s'agit vraiment. Urbain, avez-vous pensé à ce que vous a dit le petit notaire ce matin, et êtes-vous, oui ou non, décidé à louer la maison ?

— La maison, s'écria Cadok, dont les yeux brillants s'obscurcirent, qu'est-ce qu'on veut faire à la maison? Est-ce que vous voulez vendre la maison aussi ?

— Eh! sans doute, mon petit, la maison aussi. Si nous ne louons pas la maison, il faudra la vendre. Aimerais-tu mieux cela, Cadok. »

Pour toute réponse, Cadok fléchit sur la table et cacha sa tête entre ses bras afin de sangloter plus à l'aise.

« Si cela lui fait tant de peine, dit le grand-père, dont les yeux ternis s'étaient attachés sur son petit-fils, il ne faudrait pas louer, Angélique.

— Allez-vous maintenant, mon frère, prendre conseil des sensibleries d'un enfant. Je vous ai vu autrement résolu jadis, et pour des choses, ma foi, qui avaient une tout autre importance.

« Louer n'est pas vendre, et Cadok ne sera pas inconsolable. Un enfant est un enfant. Si, par impossible, nous déclarions à Cadok que nous allons habiter les Pêcheries, vous le verriez bondir de joie. »

Cadok releva son visage baigné de larmes.

« Nous irions aux Pêcheries, s'écria-t-il, nous irions aux Pêcheries, ma tante !

— Je ne vois guère où nous pourrions aller autre part, répondit Mlle Angélique.

« Naguère ce n'étaient pas les logements qui nous manquaient, mais pour l'instant voilà où nous en sommes réduits : *primo,* à ce vieil hôtel, qui croulera avant peu si nous continuons à ne pas lui faire les réparations nécessaires ; *secundo,* les Pêcheries, c'est-à-dire des maisons presque neuves, mais que le vent et la mer se chargent de démolir.

— Les maisons sont très bonnes, s'écria Cadok, les maisons sont très bonnes aux Pêcheries, ma tante.

— Elles sont comme les édifices abandonnés. Je dis tout cela en plaisantant, car comment aller passer l'hiver là, en plein Océan.

— Si, ma tante Angélique, allons-y, cria Cadok, j'aime encore mieux la mer l'hiver que l'été.

— Allons-y, allons-y, répéta le grand-père avec feu, puisque c'est notre dernier abri.

— Voyons, voyons, perdez-vous tout à fait la tête tous les deux?

« Aux Pêcheries, toutes les cheminées fument, mon frère.

— On ouvrira les fenêtres, répondit Cadok.

— Mais les toitures s'effondrent !

— On les fera réparer, dit le grand-père.

— Avec quoi ? Décidément, décidément nous déménageons.

— Angélique, ce projet me sourit, je vous assure.

— Comment ! Urbain, vous consentiriez à aller demeurer là sur ce rocher, séparé des vivants !

— J'y ai mes morts, dit le vieillard d'un air pensif; mes grands parents sont enterrés à Caqueron.

— Et moi, j'y ai des camarades, ajouta Cadok, et puis ma bonne nourrice, qui cuit si bien les cancres et les crevettes. »

Mlle Angélique le regarda et sourit.

« Ma tante, je clouerai des bourrelets partout aux fenêtres, aux portes. On n'a pas de rhumatismes au bord de la mer, c'est très sain, vous l'avez dit vous-même. »

Elle le considéra quelque temps en silence et ajouta gravement :

« Et ton instruction, petit, tu n'y songes pas? »

On a de ces aberrations.

Y avait-elle songé elle-même, et ne venait-elle pas de refuser une occasion, unique peut-être, de lui faire donner celle qui lui convenait, celle qui l'aurait conduit à une carrière.

« Grand-père me donnera des leçons, dit Cadok avec aplomb, n'est-ce pas, grand-père?

— Oui, oui, dit le vieillard, nous botaniserons, mon enfant, nous étudierons l'astronomie, la géologie, la...

— Vous n'irez pas, je l'espère, jusqu'à organiser de nouvelles pêcheries, interrompit Mlle Angélique avec un sourire ironique.

— Je mettrai des poissons dans les bassins, s'écria Cadok, j'y mettrai des huîtres et des moules.

— Allons, ne parlons pas d'amusements, Cadok. Sais-tu que la plaisanterie n'est plus de saison? Est-ce bien sérieusement, mon frère, que vous parlez d'aller aux Pêcheries?

— Très sérieusement, Angélique, très sérieusement. L'air de la mer est très sain pour Cadok.

— Vous ne pensez jamais qu'à Cadok.

» Moi je pense à nous, qui nous faisons vieux. Enfin il est certain aussi que, si nous ne louons pas l'hôtel, nos créanciers le feront vendre; voilà la véritable face de la question.

» J'aurais voulu habiter Rennes; mais les loyers sont d'un prix fou.

— Allons aux Pêcheries, ma tante, supplia Cadok, dont les

yeux bleus brillaient d'espérance; nous serons beaucoup mieux aux Pêcheries.

— Allons aux Pêcheries, » répéta le grand-père.

Mlle Angélique hocha furieusement la tête et dit :

« Eh bien, soit! vous le voulez, c'est entendu, va pour Kerguignon. »

Et elle ajouta en regardant Cadok :

« Nous avons à traiter de cette affaire avec le notaire, il faut lui écrire ce soir, et ce ne sont pas choses d'enfant. Allez donc vous coucher, petit, et très sagement, entendez-vous. Je trouve que vous vous êtes joliment émancipé aujourd'hui. »

Cadok se leva docilement, embrassa son grand-père et sa tante, et alla retrouver Joséphine, qui était occupée au rangement de sa cuisine.

Il lui confia sur-le-champ la grande nouvelle, avec des trépignements de joie, et la fidèle Joséphine, le voyant si heureux, trouva que tout était pour le mieux dans la résolution prise par ses maîtres.

« La vie sera moins chère là-bas, dit-elle, et nous n'aurons pas toujours les fournisseurs sur le dos. »

Cela déclaré, elle alluma une bougie et conduisit Cadok dans une belle chambre du premier, qui possédait pour tous meubles un grand lit de chêne et une toilette de palissandre dont la glace ovale était fendue du haut en bas.

Cadok commença par faire dévotement sa prière devant le christ placé au chevet de son lit; puis, au grand étonnement de Joséphine, il lui demanda de l'accompagner dans un appartement voisin, où se trouvaient tous ses jeux.

« Joséphine, dit-il, tu vas prendre tout cela et le cacher dans le petit grenier.

— Le cacher, monsieur Cadok, pourquoi?

— Parce que je vois bien que tante Angélique a vendu la poissonnière. Avoue-le, elle l'a vendue, n'est-ce pas?

— Je crois bien que oui, monsieur Cadok.

— Elle vend tout, vois-tu, et comme nous allons déménager, elle serait bien capable de vendre mon joli navire et ma belle boîte de peinture. Il est temps que je les cache, il est bien temps.

— Monsieur Cadok, mademoiselle ne touchera pas à vos joujoux, et elle se fâchera bien de tout ce dérangement, si elle s'en aperçoit.

— Mais nous déménageons, s'écria Cadok, nous allons aux Pêcheries, que ma tante appelle Kerguignon.

— Eh bien, mettez plutôt vos joujoux dans une boîte; ils seront tout prêts à emporter.

— Tu as raison, Fine, tu as raison, c'est une idée cela; va vite en chercher une dans le bûcher, va vite.

— Si vous attendiez à demain?

— Non, non, non, on ne sait pas. Il y a des marchands de joujoux à Pontmellac, et ma tante m'a déjà dit que mon bateau valait plus de vingt francs; va vite chercher la boîte, n'importe laquelle. J'ai ici des clous et un marteau, je veux tout arranger ce soir. »

Joséphine ne savait guère qu'obéir; elle exécuta les ordres de son petit maître et bientôt des coups de marteau retentirent dans la chambre de Cadok, au grand déplaisir de Fine, qui se figurait à chaque instant voir apparaître sa maîtresse.

Elle ne vint pas. Les murailles épaisses du vieil hôtel ne répercutaient le son que dans l'appartement même où il était émis, et d'ailleurs elle était occupée de la rédaction difficile de cette lettre qui allait l'obliger à quitter Pontmellac, pour cette résidence pittoresque, mais sauvage, des Pêcheries, qu'elle appelait, non sans raison, Kerguignon.

CHAPITRE III

« Ma chère Angélique, est-il vrai que vous déménagez aujourd'hui ? »

Voilà ce que demandaient ensemble trois dames que Joséphine introduisait dans la chambre de sa maîtresse, un peu après midi.

Un petit rire ironique leur répondit tout d'abord, et Mlle Angélique, émergeant au-dessus des piles de cartons qui l'environnaient comme d'un mur, et montrant du doigt le ciel qui fondait en eau :

« Vous le voyez bien, mes chères amies, dit-elle ; il pleut à verse, donc c'est le jour de mon déménagement. Ce n'est pas moi qui m'étonnerai de ce contretemps. On a du guignon, ou l'on n'en a pas. Mais à quoi bon vous parler de déménagement à vous autres qui ne connaissez cela que de nom, n'est-ce pas ?

— De nom seulement, oui, répondirent les trois dames, dont les voix, parfaitement semblables, se fondaient en quelque sorte en une seule voix ; aussi, depuis que nous avons appris votre départ, nous vous plaignons beaucoup, Angélique. »

Et elles lui jetèrent, par l'ouverture établie entre les piles de cartons, un regard empreint d'une réelle compassion.

En effet, aux yeux des demoiselles Bidan, rien ne paraissait plus redoutable que la vie aventureuse qu'avait menée leur amie d'enfance.

Même au temps de leur radieuse jeunesse, — les demoiselles Bidau avaient été jeunes, — elles n'avaient pas perdu
de vue le clocher à jour de Pontmellac.

Pendant que leur amie Angélique de Kerhaliguen se plongeait jusqu'au cou dans la vie mondaine, agréable et mouve-
mentée, d'une jolie femme gâtée par la fortune, elles menaient,
elles, leur petite existence uniforme et bien calme de province.
Et les trois sœurs s'étaient si bien ancrées dans cette vie-là,
qu'elles y étaient demeurées l'une pour l'amour de l'autre.

Olympe, l'aînée, se serait bien faite religieuse ; mais la mort
de sa mère l'avait clouée à la maison paternelle ; Eudoxie, la
seconde, se serait bien mariée, mais il aurait fallu pour cela
quitter Olympe et Pontmellac ; enfin Guillemette, la troisième,
qui avait été charmante, et dont le nom s'abrégeait en celui
de Méta, n'avait eu qu'une vocation, celle de ne pas quitter
ses sœurs, afin de laisser son héritage à ses nièces, filles de
son frère.

Aussi les trois sœurs étaient-elles beaucoup plus jeunes
d'aspect que leur amie Angélique, contemporaine de l'aînée,
et l'avaient-elles plainte de tout leur cœur en la voyant
échouer à Pontmellac : ruinée, chagrine, exaspérée, et en
compagnie d'un vieillard et d'un enfant.

« Y a-t-il de quoi vous asseoir ? demanda Mlle Angélique en
se penchant par-dessus le parapet de cartons. Je ne le crois
pas. Méta, enlevez quelques paquets de dessus ces piles et
faites-en des tabourets pour vos sœurs. »

Méta obéit, et bientôt les trois sœurs se trouvèrent assises
en rond sur des piles mouvantes de ces cartons, dont le contenu paraissait si précieux à Mlle Angélique.

Celle-ci s'était laissée retomber sur le vieux fauteuil de paille
placé au milieu de sa forteresse de papier, ce qui mettait sa
tête juste à la hauteur des créneaux.

« Avez-vous vu mon frère ? demanda-t-elle ; le pauvre
homme est, depuis ce matin, comme une âme en peine.

— Il m'a semblé qu'il donnait des ordres dans la cour, dit
Mlle Olympe ; mais je ne l'affirmerais pas.

— Je lui ai, en effet, livré la seule caisse dont je puisse disposer. Ne voulait-il point emporter aux Pêcheries tous ses attirails de métallurgie. Je les ai fait jeter dans un grenier que je me suis réservé. On ne fait pas ce qu'on veut lorsqu'on déménage. Nous n'avons trouvé d'autre moyen de locomotion que le grand char à bancs du fermier, notre voisin, et je doute même que nous puissions nous y loger tous.

— Et ces papiers, Angélique, demanda M\ue Eudoxie, à laquelle c'était le tour de parler, qu'en allez-vous faire? Nous avons pensé.... »

Elle consulta des yeux sa sœur aînée, et reprit :

« Nous avons pensé que si vous vouliez nous laisser les plus précieux, nous en accepterions le dépôt avec plaisir, bien qu'il soit toujours délicat de prendre une responsabilité. »

M\ue Angélique plaça ses deux mains grises de poussière sur les piles qui l'environnaient, ses yeux flamboyèrent derrière ses lunettes et elle répondit :

« Mes papiers me suivront, Eudoxie ; mes papiers, c'est ma fortune, mon délassement, ma vie.

— Rien de précieux, en effet, comme les papiers de famille, hasarda Méta parlant à son tour, la troisième.

— Ma chère, dit M\ue Angélique avec un sourire nuancé de dédain, vous comprenez qu'il y a autre chose que des papiers de famille proprement dits dans cette montagne de cartons. Si seulement j'avais le temps de les classer! J'espère le faire à Kerguignon, où le temps ne me manquera pas. Il y a là, et ses deux mains se levèrent pour retomber, je ne sais combien de procès qui n'ont pas été tirés au clair, des testaments dont on n'a jamais bien connu la teneur. Il y a là des héritages, des privilèges, des titres, que sais-je! Depuis deux générations on a tant déménagé chez les Kerhaliguen que dans nos papiers tout est devenu embrouillé, incomplet, obscur. Ce matin, est-ce croyable? j'ai tiré d'un même paquet : une lettre autographe de Henri IV à mon trisaïeul maternel ; le traité que passait mon père avec un éditeur en 1832, pour un ouvrage sur les fortifications, et une lettre constatant que nous pourrions monter dans les carrosses du roi. Les siècles et les générations sont ainsi confondus, et les rats, en grignotant certaines dates et certains noms, ont complété le désordre. J'ai juré de mettre de l'ordre là-dedans, j'y emploierai ce qui me reste de vie, et Cadok en bénéficiera ; mais la tâche est dure, et, je crois pouvoir l'affirmer, ces papiers me tueront. »

Et elle poussa un gros soupir.

« Ma chère Angélique, puisque nous ne pouvons vous aider en rien, accordez-nous au moins de venir dîner chez nous aujourd'hui. Vous avez dû emballer votre batterie de cuisine, comme autre chose, et un dîner d'amies vous délivrera de l'ennui de rien salir.

— Cet emballage-là ne m'a pas causé grand'peine, répondit Mlle Angélique d'un air concentré. Lorsqu'on n'a plus de quoi recevoir, il est bien inutile de garder des ustensiles que la rouille mangerait comme tous les trésors de ce pauvre monde. Je n'en suis pas moins fort touchée de votre attention. Moi, je ne peux pas quitter d'ici, je ne sais trop si je ne serai pas obligée d'y coucher, à cause de ce temps charmant. Nous pouvons bien exposer nos meubles et nos personnes à la pluie ; mais pas nos papiers. Mais si vous tenez à me faire plaisir, emmenez mon frère, Cadok et même Joséphine, qui pleure les casseroles disparues. Chacun a ses amours en ce monde, il ne faut disputer ni des goûts ni des couleurs. »

Et elle se mit à rire si gaiement que ses visiteuses ne purent s'empêcher de sourire.

« Mais vous, Angélique, que mangerez-vous ? demanda Mlle Olympe en se levant, mouvement qui fut imité par ses deux sœurs avec une précision mathématique.

— Il y a tout un dîner froid en bas, je n'ai pas besoin d'autre chose. Recommandez bien à Joséphine de fermer la porte de la rue en s'en allant, car la serrure de cette chambre est détraquée, et je crains toujours les voleurs. »

Là-dessus elle sortit de son réduit pour embrasser tour à tour, fort cordialement, les trois sœurs. A la porte elle leur fit la révérence, en leur recommandant bien de faire fermer à clef la porte de la rue. Les visiteuses descendirent en silence le vieil escalier. Elles n'étaient point femmes à se communiquer à la légère leurs impressions. Elles les emmagasinèrent avec soin, et le soir seulement, au coin de leur feu, elles reparleraient de cette visite, elles souriraient discrètement de la passion d'Angélique pour ses papiers, elles gémiraient sincèrement sur l'effondrement de cette ancienne famille dont plus d'un membre avait été l'honneur de Pontmellac.

Pour le moment elles s'en allaient doucement, discrètement, comme au sortir d'une visite ordinaire. Dans la cour elles se dirigèrent vers M. Urbain, qui promenait ses longs doigts sur une caisse nouvellement clouée. Avec force révérences elles lui firent leur invitation, qu'il accepta sur-le-champ.

« Et Cadok? dit Mlle Guillemette, qui, en sa qualité de puînée, était toujours chargée de s'occuper des enfants, quand le hasard en amenait dans sa tranquille maison.

— Je ne sais où est Cadok, répondit le vieillard avec sa placidité habituelle, il jouait tout à l'heure dans la cour ; mais il a disparu.

— J'entends sa voix, il me semble, » dit Mlle Eudoxie.

Elle jeta à sa sœur aînée son petit coup d'œil de consultation et s'en alla avec Méta vers la cuisine, d'où la voix claire de Cadok semblait sortir.

Il était là, en effet, avec un bateau dans les bras, un jouet splendide que lui avait donné sa tante dans un de ces moments de générosité démesurée dont elle ne devait perdre jamais l'habitude ; il était là avec Joséphine, qui, les larmes aux yeux, regardait les faits et gestes d'un mitron occupé à décrocher un à un les ustensiles de cuisine appendus au mur.

Cadok, en apercevant les amies de sa tante qui avaient toujours été bien bonnes pour lui, s'élança vers elles.

« Fine a beaucoup de chagrin, dit-il, tante Angélique a vendu toute la cuisine au Cadran Solaire, même la jolie petite casserole d'argent qui a un pied en queue de serpent. Nous voudrions bien racheter celle-là ; mais il nous manque trois francs.

— Trois francs seulement, répéta Joséphine en s'avançant et en relevant un coin de son tablier pour laisser voir l'objet en question dont elle ne pouvait consentir à se dessaisir. M. Cadok a mis sa bourse avec la mienne, et à nous deux nous ne pouvons arriver au prix demandé. »

Les deux sœurs se consultèrent du regard, et Mlle Eudoxie, prenant trois pièces blanches dans son porte-monnaie, les tendit à Joséphine, qui fit un bond de joie et se précipita vers le marmiton en criant :

« Tiens, Adrien, voilà l'argent de la petite casserole, je t'avais bien dit que nous ne voulions pas la vendre. »

Et elle jeta sur la table une poignée d'argent que le petit homme se mit à compter.

« En avez-vous pour longtemps, ma bonne Joséphine? demanda Mlle Méta, qui souriait.

— Non, mademoiselle, non, le temps de voir emporter ceci.

— Eh bien, quand vous serez libre, venez déjeuner chez nous; mais fermez à clef la porte de la rue; votre maîtresse vous le recommande bien. Nous emmenons M. de Kerhaliguen et Cadok.

— J'irai, mademoiselle, j'irai, répondit Joséphine, qui, sans s'en apercevoir, pressait la petite casserole contre son cœur; que tout aille au Cadran Solaire maintenant, j'ai ma casserole d'argent, elle me consolera. Le chocolat de mademoiselle n'est jamais bon dans une autre, et vous verrez qu'elle sera joliment contente de l'avoir là-bas où nous allons, à Ker... je ne sais plus trop comment, c'est mademoiselle qui a inventé ce nom-là.

— Kerguignon! » s'écria Cadok.

Les deux sœurs sourirent, et Mlle Eudoxie demanda à Cadok de déposer son bateau, qui paraissait très lourd.

« Non, non, dit-il, oh! non, tante Angélique le vendrait, non, non. »

Et il suivit les deux demoiselles, qui rejoignirent leur sœur dans la cour.

Il était là avec Joséphine.

M. Urbain sourit en voyant arriver son petit-fils un bateau dans les bras.

« Cadok a pour son bateau le même amour qu'Angélique pour ses papiers, dit-il; depuis qu'il est question de notre départ il ne s'en sépare plus. »

Sur ces paroles il offrit le bras à Mlle Olympe, qui le prit, et ils partirent majestueusement suivis par Cadok, qui marchait à pas comptés entre les deux sœurs.

Et pendant que M. de Kerhaliguen et Cadok mangeaient avec appétit le dîner soigné et copieux préparé pour eux dans cette maison amie, où le travail de plusieurs générations avait amené une aisance que l'ordre et l'économie avaient peu à peu transformée en richesse, Mlle Angélique étudiait laborieusement les étiquettes piquées sur ses cartons, griffonnait des notes, embrouillait le tout et recommençait vingt fois le même classement.

Quand les cloches vibrantes jetèrent dans l'atmosphère les notes pieuses de l'Angélus, elle fit un paquet de ses petits papiers, qui se trouvèrent par cela même de nouveau confondus, et elle descendit en ayant soin de pousser contre la porte, dont la serrure rouillée ne fonctionnait plus, un vieux meuble qui se trouvait pour cet office dans le corridor, et qui, placé en travers de cette fameuse porte, avait l'air de condamner l'appartement. Cela fait, elle descendit dans la salle à manger, où il ne restait plus rien qu'une table boiteuse et deux chaises sans dossier.

« Joséphine ne m'aura pas laissé un morceau à me mettre sous la dent, murmura-t-elle en jetant un coup d'œil sur la table vide. Ah ! ce n'est pas le moindre déplaisir de ma situation que d'être servie par mon ancienne vachère ! Une bonne fille, certainement, mais qui ne saura jamais un mot du service. »

En raisonnant ainsi, elle se dirigea machinalement vers une armoire d'attache entr'ouverte, où se serrait le linge de table et l'argenterie, et aperçut un petit paquet enveloppé d'un linge bien blanc.

« Quelque chose d'oublié, reprit-elle, je lui avais dit de tout serrer; mais il faut que j'aie l'œil à tout. »

Elle prit le paquet, qui était assez lourd, le plaça sur la table, dénoua la serviette et aperçut : des tartines toutes préparées, une bouteille, une timbale, du beurre dans un petit pot, des épices dans une petite boîte, un couteau et une fourchette; tout ce qui était nécessaire à un lunch froid, mais bien confortable.

« Allons, elle n'est pas aussi sotte que je le disais tout à l'heure, » reprit-elle.

Et, s'asseyant sur la chaise sans dossier, elle se mit à manger avec grand appétit le repas préparé par la fidèle servante.

Pauvre Joséphine : elle n'aurait jamais compris l'ingratitude inconsciente dans laquelle tombait sans cesse sa maîtresse à son égard.

Certes, Mlle Angélique, dans ses jours heureux, n'avait point manqué de domestiques. Mais quand l'argent s'était fait rare, est-ce qu'ils n'étaient point tous partis les uns après les autres comme une volée d'oies sauvages? Où était l'élégante femme de chambre qui connaissait sa géographie sur le bout du doigt, et qui passait ses veillées à lire des romans horribles? Où était la cuisinière cossue qui dédaignait de marchander lorsqu'elle faisait les provisions? Où étaient le valet de chambre et le solennel maître d'hôtel?

Rien qu'une menace de diminution de gages les avait fait s'éloigner, et en fin de compte il n'était resté que Joséphine, la petite vachère du château, qui avait atteint ses trente ans et qui déclarait ne vouloir jamais quitter ses maîtres. Joséphine ne savait ni lire ni écrire; mais comme elle s'en passait bien, comme elle était travailleuse, économe, ingénieuse à se procurer, avec le moins d'argent possible, les choses nécessaires au ménage.

Cette humble servante pratiquait tout humblement les plus héroïques vertus, et puisait son courage dans sa piété, qui était touchante.

Dans sa mémoire, vierge de travail scolaire, s'étaient gra-

vées les grandes vérités de l'évangile et des notions très claires
de ses devoirs envers Dieu, envers son prochain, envers elle-
même.

Ce qui tenait humainement au cœur de Joséphine, c'était
Cadok. Du jour où il était arrivé de Paris faible, gracieux, et
tout triste de se trouver transporté tout à coup d'une vie élégante, aimante et facile, dans ce milieu sévère, dans cette vie
gênée, Joséphine l'avait aimé. Au fond elle commençait bien
à étouffer un peu, elle aussi, entre ces deux vieillards. Elle
ne les aurait pas quittés pour tout l'or du monde, elle leur
était trop nécessaire ; mais enfin, si ce n'avait été sa piété ardente et son abnégation native, elle aurait beaucoup souffert
de l'esprit souvent chagrin de Mlle Angélique.

Mlle Angélique reprenait encore à l'occasion, et dans le
monde, sa vivacité enjouée, sa verve originale ; mais dans sa
maison, quand arrivaient les réclamations des créanciers et
les tracas de toutes sortes qui l'accablaient, elle n'était rien
moins qu'agréable parfois.

Aussi Cadok, à sept ans, produisit-il l'effet charmant d'un
rayon de soleil dans le vieux logis si triste.

En cette pauvre Joséphine illettrée, il trouva la source
de l'affection dévouée, nécessaire à tous les êtres jeunes et
faibles.

Mlle Angélique ne s'était jamais souciée des enfants. Celui-là
était le fils de son neveu et l'héritier de ses papiers : elle n'avait
guère autre chose à lui léguer ; en conséquence elle lui ouvrait
de grand cœur ses bras et sa maison ; mais, une fois les premières joies de l'installation passées, Cadok n'avait plus
compté pour elle. Elle y tenait, elle ne voulait pas s'en séparer, il remplissait dans la maison le rôle d'un joli petit chien
dont les gambades amusent, celui d'un oiseau dont les chants
distraient ; mais ces deux vieillards s'étaient trop longtemps
repliés sur eux-mêmes, ils avaient trop longtemps vécu de
leur personnalité pour s'occuper de l'éducation d'un enfant.

Vraiment, en mangeant avec appétit le lunch préparé par
Joséphine, ce n'était point à Cadok que Mlle Angéline pensait.

Il la suivait aux Pêcheries, c'était tout simple! De l'instruction qui allait lui manquer, de la vie terriblement indépendante dont il allait jouir, il n'était point du tout question.

Non, assise sur cette chaise sans dossier, devant cette table
branlante et ces murs dépouillés, Mlle Angélique s'amusait à
se rappeler la dernière fête qu'elle avait donnée dans le vieil
hôtel, il y avait quelque chose comme trente ans. C'est qu'elle
avait fait grandement les choses; elle se rappelait même avoir
emprunté sa première somme sur l'hôtel afin de bien traiter ses
gens. C'était étonnant; mais, au moment même de déguerpir
de ce lieu, elle ne pensait plus qu'à cette fête, souvenir depuis
si longtemps évanoui. Ses yeux chocolat étaient devenus extraordinairement brillants, son pied battait la mesure sur
le parquet, elle fredonnait des airs de valse avant de porter à ses lèvres un verre rempli d'eau claire; un peu plus, elle
aurait, se sachant seule, essayé quelques glissades, tant son
imagination enfiévrée la transportait parfois hors des réalités.

Hélas! c'était cette faculté brillante, tyrannique et dangereuse qui lui avait ménagé une aussi triste vieillesse! Oui, oui,
il y avait bien de sa faute à cette enchanteresse avec laquelle
il est sage d'agir comme Ulysse agissait avec les sirènes. Dans
cette excellente famille de Kerhaliguen on lui avait fait la
part trop belle; non seulement on ne s'était pas fait attacher
au mât du navire pour ne pas subir l'entraînement, mais on
avait fini par la prendre pour guide et pour pilote.

De ce jour il n'y avait plus eu de navigation possible. Les
récifs se cachaient sous des fleurs, les pieuvres se transformaient en colombes, la tempête en musique, et l'on allait
vers l'abîme.

Bien sages sont ceux qui ne prennent jamais l'imagination
que comme un passager agréable, toujours étranger à la manœuvre, qu'on peut déposer à terre, au besoin, et qui n'aura
jamais qualité pour gouverner le navire. Ceux-là peuvent jouir
pleinement de son charme, se laisser bercer par ses mélodies,
et amuser par ses mirages. Reléguée à son rang par la raison,
l'imagination ne peut plus leur nuire.

Mlle Angélique, en ce moment même, prouvait à quel point elle avait laissé vagabonder ses facultés imaginatives. Il n'y avait pas à dire, elles la menaient maintenant par le bout du nez, et lui causaient une sorte d'hallucination, qui, heureusement, ne se représentait pas souvent.

Son léger repas fini, elle demeura quelque temps dans la salle à manger, souriant toujours à ses rêveries rétrospectives ; soudain un coup violent, frappé sur la porte extérieure, la réveilla. Ce fut un véritable réveil. Elle se secoua comme pour laisser tomber la toilette qu'elle avait revêtue en imagination, porta la main à sa tête comme pour s'assurer de la présence du bonnet qui avait dû céder la place à une guirlande de fleurs, et s'en alla en faisant le geste de se déganter. Sous la porte cochère, elle se rencontra avec Joséphine, qui venait précisément de l'ouvrir à un grand paysan conducteur d'un char à bancs découvert.

« Vous nous amenez vraiment un beau temps, Pierre, lui dit Mlle Angélique en le voyant vider, comme une cuvette pleine d'eau, son chapeau à bords retroussés.

— Il mouille un peu, c'est vrai, » répondit Pierre sans s'émouvoir.

Et il ajouta, en jetant un coup d'œil autour de lui :

« Est-ce ici tout ce qu'il y a à emporter, mademoiselle ?

— Non, non, le plus précieux est là-haut ; mais placez toujours ces meubles, et nous verrons plus tard. S'il continue à pleuvoir, je n'exposerai pas mes papiers bien certainement.

— Oh ! s'il n'y a plus là-haut que du papier, dit Pierre, ce n'est pas la peine de s'en occuper, je vais toujours charger ceci.

— Eh bien ! Joséphine, où est le jardinier ? demanda Mlle Angélique, il doit aider au déménagement, il me semble.

— Le jardinier prend une heure de délassement après son dîner, répondit Joséphine, je vais aider Pierre.

— Oui, en tenant mon cheval, dit Pierre en riant, vous comprenez que tout cela ne me fait point peur, et que je chargerai sans peine tout seul. »

Là-dessus il jeta son chapeau sur un colis et enleva prestement, l'un après l'autre, les différents objets placés sous la
porte cochère.

Mlle Angélique, appuyée contre le mur, et Joséphine, debout
près du cheval, et la tête abritée sous son tablier, le regardaient faire.

« Est-ce tout, mademoiselle? demanda-t-il à son dixième
voyage.

— Il y a encore la literie et mes papiers, Pierre, sans compter nous-mêmes. Voyons un peu votre chargement? »

Elle avança avec précaution la tête, et s'écria :

« Mais votre voiture est pleine, Pierre ; comment voulez-vous
que mes papiers et nous-mêmes, sans parler des matelas, nous
logions sur cette montagne d'objets.

— J'ai gardé le banc de devant, mademoiselle.

— Belle affaire! Et avec cela, entendez-vous la pluie! Il
n'y a pas moyen de partir maintenant. Ne pourriez-vous pas
revenir demain.

— Si, mademoiselle. Seulement j'arriverai de grand matin.

— A l'heure que vous voudrez. Même demain nous n'aurons
pas trop de place. Mes papiers seuls forment tout un chargement. Et ce sont des choses qu'il ne faut pas exposer à la
pluie. Si tu partais en avant avec Pierre, Joséphine ?

— Si vous le voulez, mademoiselle.

— C'est une idée. Tu aérerais la maison, et tu préparerais
à déjeuner pour demain. Votre femme pourra bien coucher
Joséphine, n'est-ce pas, Pierre?

— Mademoiselle, elle aura le lit de ma défunte mère, qui
n'est pas encore entré dans notre partage.

— Eh bien, c'est arrangé. Comme cela, je serai plus tranquille.

— Mais monsieur? mademoiselle, et Cadok?

— Eh bien, quoi, monsieur et Cadok?

— Comment souperont-ils, et qui est-ce qui fera leur lit?

— C'est vrai, tout est démonté. »

Mlle Angélique prit l'air perplexe, puis tout à coup :

« Écoute, dit-elle, va-t'en chez les demoiselles Bidan, et dis-leur que je les prie de ne pas me renvoyer Cadok ni son grand-père, parce que nous ne partirons que demain, et qu'il n'y a plus un lit. Elles ont une maison immense, dont elles n'ont jamais délogé, ceci ne leur causera aucun ennui. En revenant, tu achèteras une bouteille d'eau-de-vie et un petit pain. Il faut bien que Pierre se réconforte un peu avant de partir. »

Joséphine franchit le seuil de la porte ; mais, se retournant vivement :

« Il faudra aussi demander un lit pour vous, n'est-ce pas, mademoiselle ? dit-elle.

— Pour moi, non, non, il m'est impossible d'abandonner la maison et les papiers. Je m'arrangerai comme je pourrai, j'ai deux matelas dans ma chambre, je dresserai un lit de camp. »

Sur cette réponse, Joséphine jeta de nouveau son tablier sur sa tête, en guise de parapluie, et partit comme une flèche.

Mlle Angélique resta un instant en contemplation devant le pêle-mêle de meubles ruisselants d'eau, dont Pierre assujettissait la masse branlante à l'aide de la grosse corde qui, l'été, serrait dans ce même véhicule les foins embaumés ou les gerbes blondes. Cette dernière opération pour un homme seul était la moins facile.

Il achevait de consolider le tout quand Joséphine reparut, une bouteille et un pain cachés sous son tablier.

« Monsieur et Cadok sont très contents de l'arrangement, dit-elle à Mlle Angélique, et ces demoiselles vous prépareront une chambre dans le cas où vous auriez l'idée de coucher dans un bon lit. Mais je leur ai bien dit qu'à cause des papiers, il n'y avait pas à compter sur vous.

— Et tu as bien fait, Fine. Garde un peu le cheval maintenant, pendant que je vais réconforter Pierre. »

Joséphine courut à la cuisine, déboucha la bouteille, servit un pot de beurre qui faisait partie de ses provisions secrètes, et retourna auprès du brave cheval, qui, s'il partait tout seul, saurait bien retourner droit chez lui, affirmait son maître.

Dans la cuisine, Mlle Angélique traita Pierre avec sa générosité ordinaire. Elle le fit manger copieusement, sans s'inquiéter de ce qui pourrait lui rester, lui versa de bonnes rasades d'eau-de-vie, et finalement trouva quelques sous au fond de sa poche qu'elle lui donna tous, bien que le brave paysan se défendît d'être payé pour un service qu'il voulait rendre gratuitement.

Le repas fini, il alluma sa pipe, mit son fouet autour de son cou et prit les ordres de Mlle Angélique pour le lendemain. Ils furent donnés avec beaucoup de précision.

Il devait revenir avec le même équipage, plus une vieille toile à voile qui préserverait les papiers en cas de pluie.

Il répondit affirmativement, ajoutant seulement qu'il arriverait avant midi, cette fois, son champ devant être labouré dans l'après-midi avec ce même cheval.

« A l'heure que vous voudrez, pourvu qu'il ne pleuve pas, dit Mlle Angélique. S'il pleut, il me faudra peut-être prendre une voiture couverte, non pas à cause de nous, nous ne sommes pas de sel, nous ne fondrons pas ; mais à cause de mes papiers les plus précieux. »

Pierre la regarda fixement.

« Ces papiers-là, dont vous parlez toujours, dit-il, il y en a donc bien lourd ?

— Je crois bien, plein cent cartons au moins.

— Ce sont des gazettes, mademoiselle ?

— Des gazettes, mon pauvre Pierre, est-ce que je serais si soigneuse de gazettes ! Il y en a bien quelques-unes et d'anciennes, je vous en réponds. Depuis que l'imprimerie est inventée, plus d'un Kerhaliguen a fait parler de lui dans les gazettes ; cependant ce n'est point de cela qu'il s'agit.

» Mais je ne veux pas vous retenir. Joséphine, as-tu ton parapluie ? Tu sais que nous n'en manquons pas dans la maison.

— Demain, il faudra moins de parapluies, mademoiselle, dit Pierre en flairant le vent ; voilà déjà qu'il vente de l'ouest, demain il fera beau, si j'en crois ce que disent les anciens. »

Sur cette prédication consolante, il leva respectueusement

son chapeau et s'élança sur son siège, où Joséphine avait pris place, bien enveloppée dans sa mante de drap, un cadeau de Mlle Angélique, alors qu'elle avait encore la bourse assez bien garnie pour faire des cadeaux.

« A demain, mademoiselle, cria-t-elle, vous trouverez votre dîner prêt à votre arrivée ; monsieur Cadok, il y aura des pommes de terre.

— En robe de chambre, cria Cadok, qui arrivait en sautant.

— Oui, monsieur. A demain.

— A demain, redirent ensemble Mlle Angélique et Cadok.

— Puisque les voilà partis, je retourne avec bon papa, dit Cadok gaiement, je m'amuse beaucoup chez les demoiselles Bidan.

— Va, » dit Mlle Angélique.

Elle lui donna une tape amicale, poussa derrière lui la lourde porte et remonta dans son appartement.

Il était quatre heures, le jour déclinait. Heureusement qu'un chandelier à double branche portait encore deux bougies.

Mlle Angélique en alluma une et reprit sa place au centre de sa forteresse de papiers.

La nuit la trouva plongée dans la lecture délectable des lettres que son bisaïeul échangeait avec son ami fixé en Bavière à la suite de l'émigration.

Vers sept heures elle mangea un morceau tout à fait sur le pouce ; puis, jetant un châle sur sa tête, elle alluma une lanterne et alla faire la revue des portes.

A la lueur de la petite bougie ses yeux brillaient étrangement dans son visage ridé, et elle avait tout à fait l'air d'une de ces fées qui, délaissant pour un instant leurs toilettes taillées dans un rayon de lune, leur chevelure empruntée au soleil, prenaient la figure et l'accoutrement d'une vieille femme pour accomplir sur terre leur œuvre mystérieuse. La fée, cette fois, voulait évidemment dérober un trésor quelconque à l'avidité de ses ennemis.

Avec quel soin elle tournait les clefs dans les serrures ! avec

quelle vigilance elle prêtait l'oreille aux moindres bruits, avec
quelle inquiétude elle regardait autour d'elle !

Pleinement rassurée par la paix qui régnait dans l'habitation, elle remonta dans la chambre aux papiers, s'y barricada
à l'aide de piles de cartons et s'approcha d'un lit formé de deux
matelas jetés dans une encoignure. Et là, hélas ! nulle méta-
morphose ne se fit.

La robe noire ne fut pas remplacée par la tunique diaphane,
le faux tour aux reflets de cuivre ne tomba pas pour laisser
briller les boucles couleur de soleil, rien ne changea, rien ne
rajeunit dans la parure de Mlle Angélique, qui se coucha,
entourée de ses papiers, qui étaient ce trésor qu'elle gardait
avec un soin si jaloux.

Et les pauvres papiers eux-mêmes restèrent ce qu'ils étaient :
un fouillis inextricable de feuilles jaunies par le temps, mor-
dues par les rats, moisies par l'humidité.

Et dire qu'il y avait là de ravissantes lettres d'amour, des
pages pétillantes d'esprit, des causeries comme on en savait
faire du temps que Mme de Sévigné tenait une plume, des
contrats devenus lettre morte, des parchemins dont la valeur
aurait dû augmenter de siècle en siècle, mais qui, en celui
dans lequel vieillissait Mlle Angélique, tombaient au rang infime
de vieux papiers.

Oui, tout cela, hélas ! toutes ces paperasses si précieuses
aux yeux de leur propriétaire, toutes ces parcelles d'intelligences mortes et de cœurs éteints, tous ces titres fastueux
toutes ces distinctions honorifiques, tout cela, sous le marteau d'un commissaire-priseur ou dans la hotte du chiffon-
nier, n'aurait eu qu'un nom :

« Vieux papiers, vieux papiers. »

CHAPITRE IV

Pierre, en homme qui sait le prix du temps, soulevait à huit heures, le lendemain matin, le marteau de la porte cochère du vieil hôtel des Kerhaliguen.

Ce fut Cadok qui lui ouvrit et qui, en apercevant l'équipage, fit un bond de joie. Cadok ne s'en rendait pas bien compte ; mais cette maison dépouillée lui causait une impression désagréable et puis d'ailleurs, depuis la veille, Joséphine lui manquait, et il n'avait rien moins fallu que cette éclipse momentanée de la bonne fille pour faire hautement apprécier ses services par Cadok.

« Pierre, je vais tenir le cheval, s'écria-t-il. Allez bien vite faire le chargement.

— Est-ce qu'il y a encore des meubles, demanda Pierre.

— Non, non, il y a... les papiers. »

Et sur cette réponse Cadok s'en alla caresser le beau cheval gris de fer à la bouche duquel Pierre suspendait une musette pleine d'avoine.

« Nous allons voir ça, dit le paysan. Mademoiselle, tout est bien arrivé là-bas; mais vous savez que je ne pourrai plus revenir. Il faut que tout parte aujourd'hui. »

Ceci s'adressait à Mlle Angélique, qui était apparue en toilette de sortie.

« Tout partira, mon bon Pierre, répondit-elle avec assurance, et vous êtes bien gentil de nous avoir amené le beau temps. Votre carriole est grande, n'est-ce pas ? comptez-vous nous y loger ? »

Elle avança de quelques pas, examina longuement la carriole et dit :

« Je crois bien que tout ira, choses et gens. Il ne reste plus là-haut que mes matelas et mes papiers. Voyons, allez-vous les descendre et les placer tout de suite dans la carriole, ou aimez-vous mieux que nous les descendions nous-mêmes ?

— Allons au plus court, mademoiselle, dit Pierre, je vais aller les prendre.

— Oui, oui ; mais voyez-vous, mon bon Pierre, vous ne savez pas à quel point cela est précieux. Je crois qu'il vaut mieux les descendre ici et puis les ranger dans la voiture, juste au moment de partir. Venez, nous allons voir. »

Elle le conduisit dans sa chambre.

Il roula dans les matelas tout ce qui était l'accessoire du lit de Mlle Angélique et alla déposer ce gros paquet dans le fond de la carriole. Puis ce fut le tour des cartons verts.

« Et nous, où allez-vous nous loger, maintenant ? demanda Mlle Angélique.

— Moi, j'irai devant avec Pierre, cria Cadok, et nous ferons une place à bon papa.

— Le banc est assez large pour nous trois, appuya Pierre ; mais mademoiselle, où se mettra-t-elle ? Si ces papiers-là étaient à moi, j'en aurais fait une belle flambée. Est-ce que vous ne pouvez pas en laisser quelques paquets dans le grenier ?

— Ne vous occupez ni de moi, ni de mes papiers, dit Mlle Angélique en lui jetant un regard de pitié dédaigneuse ; à chacun ses intérêts en ce monde.

— Allons, bon papa, en route, » cria Cadok.

Il courut chercher son grand-père et grimpa sur le devant.

« Venez-vous, monsieur ? » dit Pierre.

Il souleva dans ses bras nerveux le frêle vieillard et l'assit sur le banc.

« Voici les clefs de la maison, ma bonne, dit Mlle Angélique à une femme qui accourait; vous arrivez tard, un peu plus nous les emportions. Êtes-vous bien là-haut, mon frère ?

— Très bien, répondit le vieillard, qui s'était emmitouflé jusqu'aux yeux.

— Ma tante, cria Cadok en regardant par-dessus bord, il y a une très jolie place, juste au milieu des cartons.

— Mais je les abîmerais. Je refuse de m'asseoir dessus. Arrange-moi une place, Cadok. Cette carriole me paraît très drôlement construite.

— Montez-vous, mademoiselle? demanda Pierre, que cette réflexion ne flatta pas.

— Un instant, je ne peux pas marcher sur des papiers de cette importance qui ne sont pas encore classés. Cadok, ne dérange pas les cartons aussi rudement.

— Voilà une place, cria Cadok, qui faisait le rangement très adroitement, vous serez très bien ici, ma tante, je vous assure.

— Allons-y, » dit Mlle Angélique.

Et, appuyant sa main sur la forte main de Pierre, avec la même grâce avec laquelle elle l'appuyait naguère sur l'épaule du cavalier servant qui l'aidait à se mettre en selle, elle posa le pied sur une tige de fer qui servait de marchepied, s'enleva et retomba au milieu des cartons.

L'ébranlement causa une dégringolade dont Pierre l'aida obligeamment à réparer le désordre. Enfin elle put s'asseoir le dos appuyé contre la pile qui avait le dossier de siège pour point d'appui, les jambes et les bras perdus dans les piles dressées autour d'elle.

Elle pouvait le dire, elle partait environnée de ses papiers, noyée dans ses papiers, heureuse par conséquent et délivrée du souci de les voir confiés à des mains profanes.

Pierre, tout en faisant la réflexion qu'elle aurait été plus commodément installée, si sa carriole avait été comme toujours emplie de sacs de farine, prit sa place sur le banc de devant, en se faisant le plus mince possible. Afin de donner plus d'espace au vieillard et aussi pour que Cadok ne fût pas sans cesse ballotté sur ses genoux, il se percha tout à l'angle du banc et se cala en appuyant son pied droit sur le brancard de droite.

Ce n'était pas la première fois qu'il conduisait sa carriole ainsi juché entre ciel et terre, en quelque sorte ; néanmoins, il mena très doucement son cheval dans la rue raide et mal pavée qui montait jusqu'à la belle promenade de la ville, une enceinte irrégulière, entourée d'une murette de pierres sèches, plantée d'arbres superbes, ornée d'un belvédère, d'où l'on jouissait de la plus jolie vue du monde.

Quand la carriole frôla le petit mur d'enceinte de la promenade, Cadok leva joyeusement sa casquette et le grand-père salua sans se découvrir.

Trois dames se tenaient debout derrière la barrière de granit que les enfants de la petite ville aimaient fort à enjamber. Du milieu de ses papiers, Mlle Angélique reconnut les demoiselles Bidan, car elle répondit à leurs saluts un peu compassés en agitant son parapluie au-dessus de sa tête.

« Les bonnes filles ! s'écria-t-elle, en relevant un paquet ficelé qui lui tombait sur les genoux ; il a fallu qu'elles vinssent là nous souhaiter un bon voyage. Ah ! la province a du bon, il n'y a pas à dire, la province a du bon. »

Elle se leva à demi.

« Mes chères amies, adieu, adieu, nous ne vous oublierons pas à Kerguignon, » cria-t-elle.

Et, se laissant retomber, elle ajouta :

« Mais, mon Dieu, qu'elles sont devenues vieilles ! Quelle toilette ! Quel maintien ! Elles saluent comme du temps où nous avions le même maître de danse. »

Et elle se mit à rire en ramassant trois ou quatre cartons qui dégringolaient, avec un terrible ensemble, au moment où Pierre, allongeant un coup de fouet à son cheval, lui faisait prendre le trot, qui était son allure sur les routes non pavées.

Ce fut ainsi tantôt rêvant les yeux ouverts dans cette carriole à secousses, tantôt ramassant un à un les cartons qui lui tom-

baient sur les jambes, tantôt souriant aux gais propos de Cadok,
tantôt murmurant sur la longueur de la route et les désagré-
ments des voitures non fermées, qu'elle atteignit les landes qui
forment à la mer le plus sauvage et le plus pittoresque des
cadres.

La gaieté de Cadok allait crescendo à mesure que le pays
se dénudait.

Quand les landes apparurent comme un immense tapis
fauve semé çà et là de pierres mégalithiques, il battit joyeusement des mains, et quand au delà du cadre apparut le tableau,
c'est-à-dire l'Océan, il se leva debout et poussa trois hurrahs.

« Monsieur Cadok, vous aurez bien sûr la vocation d'être
marin, comme mon petit Toussaint, dit Pierre ; cet enfant-là
n'est heureux que quand il a le pied sur un bateau.

— Moi aussi, Pierre, moi aussi, s'écria Cadok. Grand-père,
regardez donc ce joli navire qui vient du large. Comme il file.
Tante, vous ne voyez rien, vous ! Vous ne voyez pas le moulin à
vent qui tourne, le grand menhir qui est couvert de goélands,
le navire qui entre en rade ; vous ne voyez pas la mer !

— Je la sens, répondit Mlle Angélique du milieu de ses
papiers, et cela me suffit.

— Angélique, voulez-vous mon manteau, demanda le vieillard en portant la main à l'agrafe d'acier.

— Non, non, Urbain, pour Dieu n'allez pas vous découvrir.
Ce vent de mer est détestable. Il me donnera sûrement mon
rhume d'arrivée. Atchum... atchum...; j'éternue déjà, comme
vous voyez ; mais un rhume de cerveau, ce n'est rien, tandis
qu'un refroidissement vous donnerait vos rhumatismes, et
ce serait moins gai. C'est égal, c'est égal. Kerguignon n'est
guère un lieu à habiter l'hiver ; mais il ne mériterait pas son
nom si nous y arrivions dans une bonne calèche en plein été. »

Et elle soupira profondément.

« Mademoiselle, j'ai ici une botte de paille à votre service, »
dit Pierre.

Et, glissant sa main sous le banc sur lequel il était assis, il
en tira une jolie botte de paille toute fraîche, qu'il passa par-

dessus la tête de Mlle Angélique, et qu'il fit tomper à ses pieds.

« Voilà qui me fait grand bien, dit la vieille demoiselle, merci, Pierre. »

Elle arrangea la paille et ferma les yeux.

« Il ne me manquait plus que cela, et me voici tout à fait bien, murmura-t-elle avec son piquant sourire ; la couleur locale y sera, la vraie couleur locale. J'arriverai à Kerguignon... sur la paille. »

Elle arriva au milieu d'un grain.

Heureusement, le vent chassait la pluie avec une telle violence, que celle-ci passait parfois au-dessus de la carriole sans mouiller pour ainsi dire le parapluie de Mlle Angélique, dont les baleines retombaient en cadence sur les larges épaules de Pierre, qui ne s'en souciait pas.

Enfin apparurent : un grand village, puis des maisons de ferme, puis des cabanes, puis, sur l'extrême pointe de terre, un chaos de bâtiments à la fois neufs et délabrés.

La carriole traversa l'espèce de place laissée au centre de ces bâtiments et alla s'arrêter devant un pavillon très solide d'aspect, dont les fondations devaient s'asseoir sur le roc même. A la porte ouverte se voyait Joséphine toute proprette et toute souriante.

Ce furent ses bras qui reçurent Cadok, sauté à bas le premier.

« Allez vous sécher, monsieur Cadok, allez vous sécher, s'écria-t-elle, il y a du feu partout. »

Et Cadok répondit :

« Je vais d'abord voir la mer. »

Mais la main de Mlle Angélique, que Pierre avait descendue de voiture, avec la botte de paille, se posa sur son épaule.

« Tu verras la mer par les fenêtres, dit-elle, on la voit de partout ici ; pour le moment, occupe-toi de ton grand-père et laisse Joséphine à la cuisine. »

Cadok s'en alla docilement offrir le bras au vieillard et l'introduisit dans le vieux pavillon. Ils côtoyèrent une cuisine d'où s'échappaient des effluves qui firent se dilater les narines

mobiles de Cadok, et entrèrent dans un appartement dont le
plus bel ornement était la mer. Elle remplissait comme une
toile sombre la grande fenêtre du salon.

Elle était là tout près, se ridant sous la pluie qui la trans-
formait parfois en une moire magnifique, gris de fer.

Cadok se mit à trépigner de joie devant le ravissant spectacle que formaient la pluie chassant le flot, et le flot se précipitant contre la pluie. Puis une accalmie se fit, une de ces terri-

Enfin apparut un grand village.

bles accalmies qui précèdent mathématiquement les tempêtes.
Le ciel se purifia, le paysage s'éclaira soudain de lueurs fantastiques, le ciel et la mer se teignirent de nuances étranges et
superbes. Sur le ciel s'étendit une tenture violette, d'un admirable effet ; le village voisin, aux toitures bleues, le clocher aux
tons gris, s'enlevèrent dessus avec une netteté saisissante. Des
nuées grises, plissées comme une étoffe de soie, bordaient la
tenture violette et rejoignaient la ligne blanche de l'horizon.
Autour des îles sombres, estompées de brumes, se creusaient
des baies lumineuses qui achevaient de donner au paysage un
aspect féerique. Toutes ces étrangetés, toutes ces beautés
prédisaient l'orage, l'orage grandiose, qui, en se déchaînant,
s'appelle la tempête.

Cadok ébloui n'avait qu'une crainte, c'est que ce bel orage

ne se déchaînât que pendant la nuit. Il était intrépide, Cadok, il aimait instinctivement la poésie pénétrante qui se dégageait de la grande nature, et en ce moment il appelait de tous ses vœux la tempête suspendue sur leur tête.

« Si l'orage pouvait commencer ! s'écria-t-il tout à coup.

— Tête sans cervelle, pouvez-vous bien désirer l'orage ! s'exclama Mlle Angélique, qui se débarrassait, non sans peine, de ses vêtements humides. La pluie ne vous suffit-elle pas pour votre arrivée.

— Ma tante, le tonnerre ne mouille pas, dit Cadok en allant complaisamment l'aider dans la sortie d'une manche récalcitrante.

— Non, mais il écrase parfois. Enfin, j'aime mieux vous savoir intrépide que peureux. Ne jetez pas ce vêtement sur ce meuble. L'avez-vous remarqué ? C'est le fauteuil de ma grand'mère. Comment le trouvez-vous, Cadok ? »

Cadok fit lentement le tour d'un siège singulier, qui n'était pas sans quelque ressemblance avec un siège abbatial.

Le dossier droit était couronné de délicates sculptures, et autour des accoudoirs serpentaient des feuilles d'acanthe. Un coussin de tapisserie au petit point, sur lequel une chimère étendait ses larges ailes, ne nuisait point à l'aspect grandiose du fauteuil.

« Il est très beau, » répondit Cadok.

Et, prenant son élan, il alla retomber assis sur le coussin.

« N'est-ce pas ? dit Mlle Angélique riant de l'air majestueux que prenait le petit garçon ; nous l'appelions « le trône », dans notre enfance.

— Un trône, c'est cela, dit Cadok.

— Je suis enchantée de retrouver ce reste de splendeur, ajouta Mlle Angélique ; je manquerai de bien des choses ici, mais j'aurai cependant — ma salle du trône. »

Et elle sortit en riant aux éclats.

Cadok se hâta de quitter le fauteuil et de regagner la fenêtre.

Et tandis que son grand-père séchait ses vêtements à la chaleur du grand feu de sapin allumé par Fine, tandis que

Mlle Angélique surveillait le transport des papiers dans une chambre du premier étage, et s'en allait, d'appartement en appartement, faire l'inspection des arrangements pris avant son arrivée, il demeura là, le front appuyé contre les vitres, regardant, sous la lueur fauve des éclairs, aller, venir, gronder, se jouer cette créature sublime de Dieu : la mer.

L'annonce du souper le tira de sa contemplation, il prit sa place à table; et quand après le bon potage préparé par Fine, parut sur la table une belle dorade aux yeux de diamant, flanquée de deux assiettes pleines de moules fumantes et de bigorneaux lustrés, il se leva, prit son petit verre plein de vin blanc et cria avec enthousiasme et de toute la force de ses poumons : « Vive Kerguignon ! »

CHAPITRE V

« Monsieur Cadok, avez-vous entendu le tonnerre cette nuit ?

— Le quoi, Fine ? répondit Cadok, qui, debout devant la fenêtre de sa chambre, peignait ses épais cheveux bruns.

— Le tonnerre, monsieur Cadok. Que dites-vous de la tempête de cette nuit ? Monsieur n'a pas fermé l'œil, ni mademoiselle non plus.

— Ni toi, Fine, bien sûr.

— Bien sûr non, monsieur. Comment dormir en entendant des bruits de la fin du monde.

— J'aime le tonnerre, c'est très beau, Fine.

— Monsieur Cadok, c'est surtout bien effrayant. Mais, cette nuit, ce n'était pas seulement le tonnerre qui empêchait de dormir. Le vent grondait comme s'il y avait eu des centaines de chiens dans la mer ; il faisait trembler la maison comme un bateau. Vous n'avez pas senti la maison trembler, monsieur Cadok ?

— J'ai l'idée d'avoir senti le roulis, Fine ; mais comme je rêvais que j'étais embarqué à bord d'un superbe steamer à voiles, j'ai pensé que le roulis était dans mon rêve.

— Non, non, monsieur Cadok, il était dans la maison. Heureusement qu'elle est solide, dit mademoiselle Mais j'avais grand'peur tout de même, je n'ai fait que prier la bonne madame sainte Anne.

— Poltronne! dit Cadok en endossant son habit. Je regrette bien que le temps ait changé et qu'il n'y ait plus ni orage, ni tempête. Tu aurais vu si j'avais peur, moi.

— Mais, monsieur, je n'avais pas peur non plus à Pontmellac. Mais dame, ici, c'est un train comme il n'y en a qu'en enfer. Et puis, dame, on est si près de la mer, qu'un seul coup de vent pourrait bien nous y jeter. »

Cadok bondit vers elle, et la menaçant du doigt :

« Fine, ne dis pas de mal de Kerguignon, s'écria-t-il, si tu en dis, je ne serai plus ton ami.

— Je pourrai toujours dire qu'on y sent bien le vent et qu'on y entend très bien la tempête, répondit Fine, en tressaillant au bruit d'une porte que le vent fermait.

— Non, car, vois-tu, tante Angélique n'aime pas les Pêcheries, puisqu'elle les a appelées Kerguignon, et, si elle ne s'y plaît plus, grand-père ne s'y plaira pas. Et nous retournerons à la ville et j'irai au collège, tandis qu'ici, vois-tu, je serai très heureux.

— Oh! monsieur Cadok, soyez bien sûr que je ne dirai pas un mot alors, s'écria Fine, très impressionnée par cette déclaration. Et maintenant voulez-vous venir déjeuner? J'ai fait une bonne soupe au beurre pour vous trois. Le beurre est un peu à meilleur marché ici qu'à Pontmellac, et je pourrai vous donner le déjeuner que vous aimez. »

Cadok répondit par une gambade de joie et descendit en continuant de gambader dans l'appartement, situé au rez-de-chaussée, baptisé par Mᵐᵉ Angélique du nom de « salle du trône », qui servait de salle à manger, et aussi de salon de réception.

Au grand jour il perdait un peu de son superbe aspect.

Çà et là de larges taches de moisissures marbraient la vieille tapisserie; les peintures avaient été singulièrement endommagées par l'air de la mer, qui décompose certaines couleurs plus vite et mieux que le plus puissant des ingrédients chimiques ; le parquet avait plus d'une crevasse ; mais tout cela ne sentait ni l'humidité, ni même le renfermé. Aérés tout le long du jour par les fissures des fenêtres, les appartements se trouvaient sur-le-champ parfaitement habitables.

Sur une table ronde fumaient deux ou trois récipients de forme différente, Mlle Angélique tenait à la main la petite casserole d'argent achetée par Fine, et jetait l'eau bouillante, goutte à goutte, dans une cafetière placée devant elle.

Cette opération, qui nécessite un grand calme dans les mouvements, fut dérangée par Cadok, qui se jeta au cou de sa tante, en criant :

« Oh ! ma tante, que je suis content d'être aux Pêcheries. »

Mlle Angélique ne l'embrassa point, mais répondit avec sa vivacité impatiente :

« Cadok, ne vois-tu pas que je fais mon café et que l'eau ne tombera pas régulièrement goutte à goutte, comme il convient, si tu me secoues comme cela.

— Oh ! tante, pardon ! je ne voyais pas que vous faisiez votre café, » répondit Cadok.

Et jetant un coup d'œil sur la petite casserole brillante :

« L'eau est meilleure dans cette jolie casserole, n'est-ce pas, tante, reprit-il.

— Il n'y a pas de comparaison, mon petit, il n'y a pas de comparaison.

— Et vous ne l'avez pas vendue, tante Angélique ? Comment se fait-il que vous ne l'ayez pas vendue ? »

La vieille demoiselle regarda vaguement la casserole.

« Je croyais l'avoir fait, répondit-elle, je croyais bien avoir tout vendu en bloc. Il paraît que non. »

Elle en était arrivée là, à ne plus s'étonner de rien. Elle ne réclamait jamais les objets qu'elle avait vendus ; mais elle les aurait retrouvés tous sans surprise, et sans se soucier le moins du monde des moyens qui avaient été employés pour les faire revenir.

Cadok la considérait avec une surprise mêlée de tristesse.

Eh quoi ! Fine et lui s'étaient ruinés pour conserver cette

jolie casserole d'argent à Mlle Angélique, et elle ne s'apercevait de rien. Il se retourna vers son grand-père, qui reçut, en
même temps que ses caresses, la confidence qui brûlait les
lèvres du petit garçon à propos de la casserole d'argent.
Cadok se sentait affamé de justice. Fine s'était sacrifiée, il
fallait que quelqu'un connût le dévouement de Fine.

Le vieillard écouta en souriant ce récit fait à voix basse et
dit, bien bas aussi, que Fine avait un très bon cœur et qu'il
aimait beaucoup Fine.

Cela suffit à Cadok, qui se rendit à sa place, entre les deux
vieillards, et commença à déjeuner avec un appétit déjà aiguisé
par l'air sain qu'il respirait depuis quelques heures.

Fine avait eu soin d'allumer un bon feu dans la vieille cheminée, et personne ne se plaignait du froid, qui était cependant très vif.

Le temps avait soudain changé. Le ciel était très pur et de
ce bleu un peu cru de l'hiver que ne connaissent pas les pays
méridionaux; la mer était demeurée verte et toujours bouil-
lonnante et grondeuse; le vent s'était calmé, cependant on
entendait distinctement toute une gamme de sifflements dont
le plus aigu était arraché à la girouette du pavillon.

Les convives firent également honneur au café et à la soupe
au beurre, et Mlle Angélique constata avec bonheur que son
frère mangeait avec un appétit qui n'était pas dans ses habitudes.

Au moment où ils se levaient de table, Fine introduisit une
paysanne autour de laquelle se pressaient quatre enfants,
dont l'aîné avait l'âge de Cadok.

« Nourrice, nourrice, » cria Cadok.

Et il serra entre ses mains blanches la main rugueuse de la
pauvre paysanne, qui le regardait avec un étonnement mêlé
d'orgueil.

« Vous allez tous bien, Jeanne, dit Mlle Angélique en s'ap-
prochant du feu.

— Mademoiselle, vous le voyez, les enfants sont bien por-
tants.

— Les enfants! les enfants! répéta Mlle Angélique, les enfants sont toujours bien, c'est de vous dont je parle, Jeanne.

— Mademoiselle, je ne suis pas pire, dit Jeanne, en portant
machinalement la main à sa poitrine. L'hiver, pour moi, est
toujours rude à passer ici.

— Surtout ici, Jeanne, ne craignez pas de l'avouer.

— Non, mademoiselle, pas plus ici qu'ailleurs. Je suis née
aux bords de la mer, elle me donne pour rien le chauffage, la
litière pour notre petit cochon et aussi de quoi manger aux
enfants, surtout l'été; je ne peux pas me plaindre de la mer,
mademoiselle. J'étais aussi faible là-bas dans les bois, et je
n'étais pas logée pour rien comme ici, et je n'avais rien à
manger avec mon pain sec.

— Alors vous n'êtes pas mécontente de votre résidence aux
Pêcheries?

— Non, mademoiselle. Nous sommes un peu loin de l'église,
voilà le malheur : mais le dimanche, ma cousine Françoise
nous donne la soupe à midi, et nous avons toujours la messe.

— Eh bien! je dirai comme le proverbe : A quelque chose
malheur est bon. Mais dites-moi, Jeanne, n'avez-vous pas peur
d'être ici, toute seule, sur ce rocher? »

La jeune femme arrêta ses beaux yeux limpides sur le visage
de Mlle Angélique.

« De quoi aurais-je peur? demanda-t-elle, les pauvres gens
ne craignent pas les voleurs.

— C'est égal, cet endroit est bien retiré, heureusement que
nous apportons des armes. Il n'est rien arrivé de nouveau?

— Mademoiselle, vous avez entendu la tempête cette nuit.

— Eh! je le crois bien! Le vent nous a donné une bien belle
sérénade pour notre arrivée à Kerguignon.

— Le bateau-pilote a manqué de sombrer, dit le petit garçon qui écoutait la conversation avec beaucoup d'intérêt.

— Ceci ne regarde pas mademoiselle, Julien, dit la mère;
ce qui la regarde, ce sont ses maisons. Mademoiselle, vous
a-t-on dit qu'il y en a une dont le pignon s'est écroulé aux
tempêtes de novembre.

— Eh bien! ce sera cela de moins à démolir, répondit philosophiquement Mlle Angélique. Ne pouvant entretenir des bâtiments inutiles, que personne ne veut acheter, je ne querellerai pas la tempête de les jeter à bas.

— C'est que, mademoiselle, cela a endommagé l'autre maison, celle dont la cheminée a croulé cette nuit.

— Mon frère, dit Mlle Angélique, vous disiez vrai en affirmant que quelque chose avait croulé. Je le pensais bien aussi; mais cette sotte de Fine affirmait que ce bruit était un coup de tonnerre, et j'ai fini par dire comme elle. Voulez-vous venir voir un peu tout cela? Il ne pleut pas en ce moment; en vous enveloppant bien dans votre grande houppelande, vous ne sentirez pas le froid.

— La houppelande de grand-père, cria Cadok en se précipitant vers la cuisine.

— Elle n'est pas sèche, répondit la voix de Fine, cela enrhumerait monsieur de la mettre aujourd'hui.

— Va chercher dans ma chambre mon plaid de voyage, dit Mlle Angélique, qui ne renonçait pas vite à ses projets petits ou grands. Ici nous ne sommes vus que des goélands, et nous pouvons nous arranger à notre guise.

— Viens-tu, Julien, » dit Cadok au petit pêcheur, qui s'élança sur ses traces.

Ils rapportèrent un grand tartan écossais, rouge et vert, dans lequel M. Urbain se laissa enrouler. Cadok rabattit les oreillères de sa grande casquette, lui mit sa canne dans la main, et ils sortirent tous, les petits suivant les vieux et dirigés par la voix de Jeanne, qui marchait avec toute la lenteur désirable, ayant deux petites filles accrochées à sa jupe. La plus grande, qui portait coiffe, courait à droite et à gauche, et le bruit de ses petits sabots retentissait gaiement sur le pavé sonore.

Car elle était pavée, cette vaste cour, entourée de bâtiments qui n'avaient qu'un rez-de-chaussée. Toutes les fenêtres et les portes étaient closes. Une maisonnette isolée faisait seule exception.

C'était la maison de l'ancien contremaître, habitée, en ce moment, par Jeanne, la nourrice de Cadok.

Mlle Angélique fit lentement le tour de cette cour pavée. M. Urbain, enveloppé dans son plaid, marchait à sa suite tout chancelant; mais étayé en quelque sorte par les deux jeunes garçons, la petite fille en coiffe venait après lui; puis Jeanne et ses poupons, auxquels Fine s'était jointe, fermaient la marche.

Fine se dévouait corps et âme à ses maîtres, et tout ce qui les regardait l'intéressait vivement; elle allait jeter aussi un coup d'œil sur les ravages causés par l'ouragan de la nuit, survenu à point pour donner la plus majestueuse des sérénades à Mlle Angélique. Ils étaient grands. Auprès d'un pignon, à moitié écroulé, depuis longtemps, se voyait un entassement de décombres nouveaux.

« Il y a là des réparations urgentes à faire, dit le vieillard, ruine parlant sur des ruines, il faudra prévenir les maçons du pays, Angélique. »

Mlle Angélique leva son voile de laine pour le regarder.

« Êtes-vous bien dans votre bon sens, Urbain, dit-elle; ou faut-il penser que la tempête détraque autre chose que des murs. »

Il leva lentement la tête.

— Je vois que tout va crouler si l'on n'arrête cet écroulement que voilà, dit-il.

— Eh bien! reprit-elle un peu en aparté, le beau malheur vraiment! A quoi bon ces bâtiments maintenant. Qui est-ce qui viendrait demeurer en ce désert! Et comment payerez-vous les impôts! Car il y en a! Le gouvernement se donne encore le soin de venir à Kerguignon compter les portes et les fenêtres. Nous lui apprendrons un jour la vérité du vieux proverbe : Où il n'y a rien, le roi perd ses droits. Je suppose qu'il en est ainsi sous la République! Le vent a bien travaillé la nuit dernière. C'est le second anneau de la chaîne! Pourvu que le pavillon ne nous tombe pas sur le dos, comme cela, par une belle nuit de tempête.

— Le pavillon est solide, mademoiselle, dit Jeanne, et

comme il abrite ma maison, je suis sans crainte. Autrefois on bâtissait mieux qu'aujourd'hui, beaucoup mieux, je crois.

— Eh ! sans doute, d'abord parce que l'on était moins pressé, ensuite parce que les ouvriers avaient plus de conscience. On volait beaucoup moins qu'à présent. N'est-ce pas votre avis, mon frère? Est-ce que des murs, dans lesquels vous avez mis tant d'argent, devraient s'écrouler ainsi comme des châteaux de cartes ?

— Il y avait des trous dans la toiture, mademoiselle, hasarda Jeanne; on n'a jamais réparé la toiture.

— La toiture ne fait rien à l'affaire. Regardez là-bas, la tour des Anglais. Il y a longtemps que le vent n'a fait qu'une bouchée de la toiture, et ces murs-là ont-ils bougé, dites-le moi?

— Eh bien, mon frère, que trouvez-vous dans ce caillou ?

— J'examine la chaux, Angélique. Certes, je ne demandais pas que ces pierres fussent liées par le ciment romain, qui rend les murs de la tour des Anglais indestructible, mais je me rappelle très bien avoir mis dans mes conditions qu'il n'entrerait ici que du sable de carrière. Je le vois maintenant, on a mis du sable de mer tout à fait bon marché, puisqu'il n'y avait qu'à le prendre.

— On vous a volé enfin, dites simplement la chose, on vous a volé. Étonnez-vous, après cela, de la belle réussite de vos entreprises? Mais, allons-nous en, la vue de ces murs écroulés me donne le spleen.

— Mademoiselle, dit Julien, je pourrai bien ranger un peu les pierres avec ma mère.

— C'est ça, on empilera les pierres les unes sur les autres comme un mur de pierres sèches, cela aura l'air moins ruine, et cela préservera la muraille. Allons-nous en, on sent trop l'effondrement par ici, allons-nous en. Mon frère, vous n'allez pas, je pense, vous asseoir sur ce bloc dans l'attitude de Marius à Carthage. Cadok, emmenez votre grand-père. C'est un Marius à sa manière, le pauvre homme; et un Marius qui comme l'autre n'a plus à méditer que sur des ruines. Ce n'est pas sa faute, le guignon y a mis sa vilaine patte. »

Il prit sa première leçon de pisciculture.

Tout en monologuant ainsi elle précédait le petit groupe et remontait la cour pavée jusqu'à la plage, qui s'annonçait par des rochers d'une structure élégante et superbe.

Là, devant l'immense grève découverte, devant les bassins de maçonnerie, les réservoirs, tout l'attirail des pêcheries, le petit groupe fit une nouvelle halte.

« A quelle heure la mer remonte-t-elle la grève? demanda Mlle Angélique, dont les yeux vifs parcouraient tous ces travaux.

— Dans une heure, mademoiselle, répondit Julien.

— Urbain, les bassins ont mieux résisté que les maisons, il me semble, ajouta-t-elle.

— Ah! il y a beaucoup de crevasses dans la maçonnerie, dit Jeanne; seulement cela ne se voit pas. »

Mlle Angélique leva les bras au ciel.

« C'est vraiment pitié de voir tant de travaux devenus inutiles, s'écria-t-elle, je n'avais jamais vu cette grève qu'à la mer haute; à mer basse, c'est pitié de voir ces bassins.

— Mademoiselle, les bassins ne sont pas inutiles, hasarda le petit Julien, qui s'était perché sur une arête de roc.

— Ah! à quoi servent-ils, mon mignon?

— C'est là que nous prenons nos moules et nos bigorneaux. Vous ne voyez pas comme il y en a, même sur les bords.

Mlle Angélique prit son lorgnon d'écaille.

« Mais, tu as raison, dit-elle, il s'est formé là de véritables bancs de coquillages. Ce sera d'une grande ressource pour Cadok et pour Fine, qui ont un estomac à les digérer. Mon frère, voyez donc! Ces zigzags blancs, là-bas, ce sont des nids à moules, ces zigzags noirs ce sont des guirlandes de bigorneaux. Allons, nos Pêcheries servent malgré tout à quelque chose. Seulement j'aimerais à savoir à combien nous reviendra chacun des coquillages qui se prélassent dans ces bassins où tant d'argent s'est englouti.

— J'y mets aussi de petits poissons, dit Julien, et ceux qui ne se sauvent pas deviennent gros comme ça.... »

Et il allongea son petit bras nerveux.

« Donc très bons à frire, ajouta Mlle Angélique. Allons, je

vois que nous ne mourrons pas absolument de faim à Kerguignon. C'est déjà quelque chose. Mais ne trouvez-vous pas
ce vent terriblement froid, mon frère?

— En effet, Angélique, en effet, répondit le vieillard, qui
grelottait sous son tartan.

— Rentrons, hâtons-nous de rentrer. Ceci est un lieu très
pittoresque et où nous découvrons, Dieu merci, toutes sortes
de vivres, absolument comme Robinson dans son île; mais il
s'agit de s'y bien porter, car il n'y a, je pense, ni médecin, ni
apothicaire. »

Et elle se mit à rire en prenant pour point d'appui l'épaule
du petit Julien, qui avait bondi près d'elle.

« Ma tante, est-ce qu'il faut que je rentre aussi, dit Cadok,
dont le front se rembrunit.

— Cela t'amuse donc bien de rester dehors par le temps
qu'il fait?

— Ah! oui. Julien va pêcher dans les bassins, et il pourrait
m'expliquer comment il faut s'y prendre pour attraper des
poissons.

— Si le cœur t'en dit, je te permettrai volontiers de rester,
mais il serait bon de commencer par ta leçon de grammaire
latine. Pêcher, à cette heure, et par ce temps, t'enrhumerait.

— Non, non, » cria Cadok.

Il courut à Fine.

« Fine, va-t'en soutenir grand-père, dit-il, il tremble sur
ses jambes, et je ne veux pas rentrer, car ce n'est pas une
leçon de latin que je vais prendre. »

Fine s'en alla offrir son bras robuste à son vieux maître,
Mⁿᵉ Angélique, croyant que Cadok la suivait, emboîta le pas
derrière eux et rentra avec bonheur dans le pavillon, après
cette première visite à ses domaines en ce moment fortement
éventés. Cadok, lui, s'en alla gaiement vers la grève, descendit
dans les réservoirs à la suite de Julien, et, sautillant de roche
en roche et de chaussée en chaussée, prit sa première leçon
de pisciculture.

CHAPITRE VI

Les voilà bien établis à Kerguignon, les transfuges de Pont-mellac !

Certes, l'atmosphère est dure à respirer pour les deux vieillards, dont le sang se glace ; certes, la voix de l'Océan en fureur est bien solennelle pour des oreilles déshabituées de ces sauvages harmonies ; certes, la vie pauvre et rustique n'a jamais été le fait de cet homme qui a jadis pris place dans les conseils souverains, de cette femme aux instincts aristocratiques, aux goûts élégants, aux manières raffinées !

Mais ils le comprennent sans se l'avouer ; cette vie isolée convient au déclin de leur fortune et de leur destinée. Elle est rude, elle n'est pas vulgaire ; elle est pauvre, elle n'est pas dépendante ; elle est sauvage, elle n'est pas dépouillée.

M. de Kerhaliguen est resté très bienveillant, très sociable, mais au fond, comme il est fatigué des hommes ! Les uns l'ont trahi, les autres l'ont délaissé. Ce ne sont pas ses calculs qui ont été faux, il le sait bien, ce ne sont pas ses entreprises qui ont été mal agencées ; non, non, il le reconnaît maintenant, ce sont des agents loyaux et probes qui lui ont manqué, et aussi pour lui-même la mesure, la mesure dans l'action, la mesure dans la volonté, la mesure dans la générosité.

Ah ! qu'il est bien placé là pour méditer sur le proverbe, toujours vrai, toujours juste :

« Qui trop embrasse, mal étreint. »

Maintenant que le voilà jeté par le flot de la vie sur ce rocher qui a englouti une belle part de sa fortune, il refait ses calculs, il se plaît à se remémorer ses plans, il met le doigt sur les causes de succès et d'insuccès.

Et ces paisibles revues rétrospectives lui sont plus douces que le mouvement du monde actuel, auquel il ne comprend rien, et qui lui cause maintenant la sensation désagréable qu'éprouve un voyageur qui repasse devant un édifice qu'il a connu solide, et dont il voit des mains maladroites ébranler les assises et préparer la chute.

Mlle Angélique, mondaine jusque dans l'âme, s'arrange aussi beaucoup mieux de Kerguignon que de Pontmellac. A Pontmellac elle trouve la société ennuyeuse et elle souffre de ne point y faire la figure d'autrefois. A Pontmellac, il y a un chemin de fer qui lui donne des tentations de voyager, comme autrefois, de par le monde qui ne se fait pas caduc comme elle. A Pontmellac, il faut assister à des évolutions sociales qu'elle n'approuve pas. A Pontmellac, il faut recevoir la visite de ses créanciers et entrer en compte avec ses fournisseurs. A Pontmellac enfin, il faut entendre critiquer son peu de dévotion et s'entendre qualifier de libre penseuse.

Elle ne l'est pas, grand Dieu ! elle ne l'est pas, elle est trop intelligente pour cela ; mais c'est un esprit si naïvement orgueilleux et si follement indépendant, qu'il n'entend rien sacrifier des aveuglements de sa propre raison.

A ces deux honnêtes gens, jetés dans le tumultueux mouvement du monde moderne, il avait manqué un grain de cette humilité chrétienne qui fait accepter le conseil et se défier de soi-même.

Ah ! si le comte de Kerhaliguen avait voulu appeler sur certaines questions d'autres lumières que les siennes, il n'eût point entamé ses entreprises industrielles à la veille d'une révolution qui devait le précipiter des premiers degrés d'un ministère auquel il allait atteindre. Ah! s'il avait voulu écouter des voix sages, il ne se serait pas confié à des flatteurs qui s'étaient bel et bien enrichis à ses dépens.

Et elle donc! Elle qui avait été l'ornement de son cercle, n'avait-elle pas trop dédaigné la modeste vie de famille, ne s'était-elle pas entêtée dans mille chemins de traverse, à la suite de son frère, que dans son grand orgueil elle avait déclaré infaillible. C'était ainsi. Mlle Angélique, qui avait froncé le sourcil quand le Concile du Vatican avait proclamé le dogme de l'Infaillibilité, ne s'était jamais aperçue qu'elle avait doué d'infaillibilité son propre frère, non point même dans une mesure nettement définie, divinement circonscrite, mais en tout et partout.

Le Pape n'est infaillible que quand il se prononce dans les choses de la foi, pour lesquelles l'Esprit de Dieu lui doit son assistance; le comte Urbain, aux yeux de sa sœur, l'était sans mesure et sans contrôle.

D'abord parce qu'il était son frère; ensuite parce qu'un Kerhaliguen était toujours doué d'une intelligence à dominer toutes les situations.

Aussi, tous les deux, ils s'étaient soutenus, pour se pousser dans l'abîme de la ruine, et, après les premiers désastres, ils s'étaient si bien entêtés dans leur aveuglement qu'ils étaient tombés très rapidement au fond, si rapidement que Mlle Angélique avait encore des velléités de colorer en beau leur situation, en la regardant à travers les vieux papiers qui devaient contenir quelque trésor oublié.

A Kerguignon, le frère et la sœur pansèrent leurs blessures chacun à sa manière.

Le comte de Kerhaliguen, ne voyant plus devant lui les signes évidents de la marche du temps et de celui des idées, se remit à vivre de trente ans en arrière, et recommença à lire les journaux de cette époque qui avait marqué dans sa vie.

Mlle Angélique, ayant également la faculté de s'isoler de tout ce qui lui rappelait le monde et ses multiples obligations, s'arrangea une vie à part, dont la moitié s'écoulait aussi

dans le passé. Elle ne perd plus son temps à rafraîchir ses
toilettes usées, à tenir avec force gémissements les comptes du
ménage. A Kerguignon, les robes fanées, les chapeaux démodés
sont tout à fait de mise ; à Kerguignon, les choses de première nécessité sont à très bon marché, et Joséphine tient
seule des comptes peu embrouillés, qu'il n'est vraiment pas
besoin d'inscrire sur le papier.

Joséphine et Cadok ont adopté une manière de vivre des
plus économiques. Le bouillon de viande est mesuré avec soin
et absorbé en grande partie par les deux vieillards.

A Cadok et à Fine échoient : le lait savoureux, les pommes
de terre farineuses et les coquillages exquis.

Quand Fine n'a plus le sou dans sa petite boîte de bois, et
que le temps n'est pas arrivé de demander de l'argent à Mlle Angélique, qui gronde toujours à cette heure difficile, elle part
vaillamment pour la pêche avec Cadok et Julien, et leur
butin devient le plat du jour.

Du reste, à Kerguignon, Fine organise, équilibre, commande
presque pour le ménage. Mlle Angélique, ne voyant pas sa bourse
se dessécher comme à Pontmellac, n'est plus du tout à ces
choses pratiques dont elle ne s'est jamais mêlée qu'avec ré-
pugnance. Elle est plongée dans ses papiers. Il n'y a plus pour
elle de solitude, d'abandon, de soucis. Dans sa chambre
nue, les papiers tiennent la place de meubles ; il y en a partout
et elle constate, non sans plaisir, qu'ils n'ont jamais été mieux
logés ni disposés avec plus d'ordre. Comme c'est à mesure
que diminuait sa fortune que grandissait sa manie, elle se
félicite, mais là très sincèrement, de pouvoir les tenir tous
sous sa main. Jadis, quand elle avait son hôtel et son château,
les papiers habitaient la bibliothèque. Quand elle était descendue à l'appartement, les papiers avaient émigré dans une man-
sarde ; quand elle s'était vue obligée de revenir à Pontmellac,
les papiers s'étaient introduits jusque dans sa chambre ; mais
une partie avait dû se réfugier au grenier. Là, à Kerguignon,
il n'y avait pas de meubles encombrants, et les cartons verts
les remplaçaient avec avantage.

Mlle Angélique a tout repris en sous-œuvre. D'un tour de
main elle a détruit les classements anciens, elle a jeté au feu
toutes les notes écrites au crayon, et elle se trouve en face
d'un classement nouveau tout à fait de son invention.

A Cadok, qui vient d'entrer dans sa chambre pour lui demander de partir pour la pêche, elle fait admirer une grande page
blanche sur laquelle sont écrits les titres suivants :

1° Parchemins, lettres royales, documents anciens, série 1,
colonne 1.

2° Titres de propriétés, série 2, colonne 2.

« Il y en avait donc beaucoup, s'écria Cadok émerveillé.

— Tu le verras par le classement, dit Mlle Angélique en mettant le doigt sur le chiffre 3. »

3° Décorations des ordres français et étrangers, distinctions
honorifiques, ordres du jour, morts héroïques, série 3, colonne 3.

4° Gloires littéraires et scientifiques, livres imprimés, récom-
penses nationales, articles de journaux, série 4, colonne 4.

5° Procès, série 5, colonne 5.

— Ce mot-là, tout seul, remplira donc une série et une
colonne? demanda curieusement Cadok.

— Hélas ! oui, répondit Mlle Angélique en soupirant. La
moitié de ce tas de papiers se compose de pièces de procé-
dure. »

Elle mit un doigt sur sa bouche comme pour lui recommander la discrétion absolue et ajouta :

« Ce n'est certes pas la partie la plus noble de nos papiers;
mais c'est la plus importante. Ce sont ces piles que je veux
étudier et classer avant de mourir. Retiens bien ceci, Cadok :

» Il y a là une fortune. De tous ces partages mal faits, de
toutes ces réclamations, de tous ces procès, qui n'ont pas
abouti, qui sait quels héritages nous reviendraient ! Notre
famille s'éteint en nous. Dans mes papiers je trouverai plus
d'un acte qui nous donne des droits certains à des biens que
le Gouvernement ou d'autres se sont octroyés.

— Pourquoi ne vous les a-t-on pas donnés? ma tante.

— D'abord parce que les preuves de conviction sont probablement là, dans ces tas de paperasses qu'on s'étonne toujours de me voir traîner avec moi.

— Mais, ma tante, s'il y a tant de choses là-dedans, pourquoi est-ce que vous ne les donnez pas à d'autres à classer. »

Mlle Angélique jeta un regard passionné sur ses papiers, et, regardant fixement Cadok :

« Mon ami, dit-elle, on nous a toujours volés. On nous volerait, même des papiers.

» Moi seule les examinerai, moi seule les classerai.

— Mais, ma tante, et l'argent, quand donc viendra l'argent ? Savez-vous que je n'ai plus que ces souliers-là, qui prennent l'eau comme le canot du vieux Toussaint.

— Que Fine t'en fasse faire d'autres, dit Mlle Angélique avec impatience, et maintenant laisse-moi à mes affaires, et va-t'en aux tiennes. »

Cadok ne demandait pas mieux. Il sortit de la chambre, mais reparaissant presque aussitôt :

« M. le curé vous demande, ma tante, dit-il. Fine vient de me le dire dans l'escalier.

— M. le curé est un homme fort bien élevé, dit Mlle Angélique en relevant sur son front ses lunettes d'ébène, il n'a pas compté avec nous, sachant combien une installation est difficile et voici, si je ne me trompe, sa troisième visite. Attends-moi, Cadok, je vais te présenter à M. le curé, puisque aujourd'hui, du moins, il nous trouve tous réunis.

Cadok fit la grimace, se leva sur la pointe des pieds pour regarder dans une glace dans quelle position se trouvaient ses épais cheveux châtains, et, tout en leur donnant avec ses doigts une petite poussée amicale pour les faire revenir de droite à gauche, il se mit à la remorque de sa tante et arriva sur ses talons dans le salon du rez-de-chaussée, où M. Urbain et le visiteur causaient le plus amicalement du monde.

Le curé de Caqueron était un homme de cinquante ans, d'un maintien digne et d'une physionomie véritablement pastorale, faite de gravité et de mansuétude. Il venait de visiter une pauvre malade dans le hameau voisin, et il saisissait l'occasion de venir offrir ses respects à ses nouveaux paroissiens.

Mlle Angélique répondit à ses salutations par ses révérences les plus distinguées, et présenta Cadok, que les douces paroles de bienvenue du curé mirent tout à fait à l'aise.

« Monsieur le curé, je vous demande pardon de vous le présenter ainsi, — dit Mlle Angélique, remarquant pour la première fois que les poignets de Cadok avaient des taches de

Ils causèrent le plus amicalement du monde.

vase, et que les boutonnières de la veste de Cadok bâillaient tout éraillées, — il passe ses journées sur la grève, en compagnie de Julien, son frère de lait; c'est même un véritable hasard qu'il se trouve ici à cette heure.

— Parce que la marée est très tard, aujourd'hui, répondit Cadok, et que nous ne pouvons pêcher que lorsque les réservoirs sont à sec.

— Vous l'entendez, monsieur le curé, ne dirait-on pas un pêcheur de profession. Enfin les réservoirs sont bons à quelque chose, et, grâce à eux, notre table est bien pourvue de coquillages.

— La mer est un abîme de trésors, murmura M. Urbain, dont le regard sembla se perdre dans le vague à l'évocation des réservoirs qu'il avait fait établir à si grands frais.

— Et vous pouvez ajouter, mon frère, que, quand un trésor est tombé dans cet abîme, cet abîme sait le garder, riposta Mlle Angélique.

Beaucoup d'argent s'est, en effet, englouti dans ce coin de terre mademoiselle, remarqua le prêtre.

— Ah! je le crois bien! Qui le dirait maintenant en voyant ces maisons qui s'écroulent et ces bassins que la vase envahit! Je le disais hier à Cadok, qui m'apportait triomphant un homard égaré dans le bassin. Mon cher enfant, voici un an ima qui vaut son pesant d'or.

— Il est toujours difficile de lutter avec les forces de la nature, dit paisiblement le prêtre. Tout ce qui est soumis à l'action des éléments peut péricliter et même disparaître.

— Je suis de votre avis, monsieur. »

Elle baissa la voix et ajouta :

« Mais quand cette idée est venue à mon frère, j'étais, je l'avoue, enthousiaste de ses projets. Il avait une manière à lui d'expliquer ses plans, il ne voulait rien moins qu'enrichir ce pauvre pays en y créant une industrie productive.

— Mademoiselle, ce pays qui sait être pauvre et où le nécessaire ne manque jamais, n'est pas à plaindre.

— Certainement, certainement, je le sais mieux que personne, maintenant que me voilà réduite à remplacer, sur ma table, le gibier et le reste par des coquillages. Ah! ces coquillages me font faire d'étranges réflexions. Quand on place devant moi ces coquilles argentées, je me dis parfois que c'est notre propre argent qui s'est attaché à elles. »

Et elle se mit à rire en jetant un coup d'œil vers son frère, qui avait pris un air absorbé.

« Mademoiselle, vous avez toujours fait contre mauvaise fortune bon cœur, dit le prêtre qui l'avait rencontrée dans les phases diverses et très accidentées de sa vie.

— Hum! hum! hum! monsieur le curé, l'air n'est pas toujours la chanson.

— Non ; mais votre esprit de foi vous donne la force de supporter des évènements qui...

— Monsieur le curé, vous me prêtez là de trop bons senti-
ments. Je n'en suis pas arrivée à la résignation chrétienne,
croyez-le bien. Il me reste des espérances, de grandes espérances, j'en nourris mon esprit.

— La nourriture, mademoiselle, n'a-t-elle pas quelque
analogie avec celle des coquillages, qui sont plus agréables que
nourrissants.

— J'en vis, c'est l'essentiel.

» Eh bien ! qu'est devenu Cadok ? Il est parti. Tant mieux. Je
n'aime pas trop à lui parler de mes espérances à cet enfant, il
ne faut pas exciter les jeunes imaginations ; mais je profite de
ma solitude pour examiner et classer tous mes papiers, et ce
que je découvre est inouï. La moitié de votre paroisse appar-
tenait à notre famille, monsieur.

— Je ne dis pas non, mademoiselle. »

Mlle Angélique leva les yeux au ciel et s'écria :

« C'est une mine que ces papiers ; une mine de souvenirs,
de choses curieuses, et, je le dis en le croyant fermement, je
découvrirai là pour Cadok des lambeaux de fortune qui,
réunis ensemble, lui formeront un très bel avoir.

— En attendant, mademoiselle, — dit le prêtre avec une
certaine précipitation, comme quelqu'un qui saisit une occasion aux cheveux, — comment vous y prendrez-vous pour lui
faire donner l'instruction qui lui est indispensable. »

Mlle Angélique le regarda, et son regard voulait clairement
dire.

« Ce sujet m'est fort déplaisant, à quel propos vous mêlez-
vous de cette affaire ? »

Puis, se tournant vers son frère :

« C'est à son grand-père à s'occuper de ces choses, dit-elle
magistralement.

— De quelles choses ? demanda le vieillard, qui n'avait pas
suivi la conversation, mais que cette sorte d'interpellation
arrachait à ses abstractions.

— De l'instruction de votre petit-fils, monsieur, » dit le
curé en se rapprochant de lui.

Il hocha la tête plusieurs fois et répondit :

« J'aurais voulu m'en occuper, mais il n'est jamais là.

— Et vous vous endormez au beau milieu de vos explications, ajoutez cela, mon frère, dit Mlle Angélique.

— Monsieur, vous êtes trop savant pour vous occuper d'un enfant, dit le curé. Laissez-moi vous indiquer un moyen plus pratique. Mon vicaire est un jeune homme instruit. Il serait très heureux de s'occuper de Cadok, qui doit être fort en retard dans ses études.

— Où en est-il, mon frère, de ses études, le savez-vous? demanda Mlle Angélique.

— Je ne sais pas, il a fait sa huitième, il me semble, je ne lui ai jamais donné que des leçons de géométrie. Il sera très fort en géométrie.

— Pourvu qu'il ne construise pas géométriquement des bassins et des réservoirs, c'est tout ce que je lui demande, grommela Mlle Angélique.

— Il en construit déjà sur le papier, dit le grand-père, qui avait par instant une finesse d'ouïe tout à fait extraordinaire.

— Sur le papier tout réussit, dit Mlle Angélique; mais à quoi bon reprendre de pareils sujets. Nous sommes à Kerguignon, restons-y. Monsieur le curé, vous êtes mille fois trop bon; mais Cadok est bien jeune, et le bourg est bien loin.

— En été, c'est la plus jolie promenade du monde que de s'y rendre d'ici, mademoiselle.

— Quand nous serons en été, nous verrons.

» En attendant, tous mes remerciements à monsieur votre vicaire. Je suis vraiment touchée de sa sollicitude et de la vôtre, monsieur le curé; mais le bourg est trop loin.

— Pour vous, mademoiselle, oui, pour M. de Kerhaliguen, oui. Aussi ne dois-je plus tarder à vous annoncer une très bonne nouvelle. A partir de dimanche, mon vicaire viendra dire la messe à Notre-Dame-de-Pitié, à un petit quart de lieue de chez vous.

— Ah! monsieur le curé, voilà, en effet, une bonne nouvelle, dit Mlle Angélique en saluant. Ici, vous vous en êtes aperçu, nous vivons un peu comme des païens. »

» Depuis que nous sommes à Kerguignon, d'ailleurs, le temps, comme par un fait exprès, a été horrible tous les dimanches.

— Ceci heureusement n'arrête pas notre bonne population, répondit le prêtre en souriant. Néanmoins, comme il y a beaucoup de vieillards à moitié perclus et quelques douaniers en retraite, très infirmes en ces parages, j'ai été heureux de faire rouvrir la chapelle de Notre-Dame-de-Pitié, qui offrira en même temps aux habitants des Pêcheries toutes les facilités possibles.

— Le dimanche, quand le temps leur permettra ce petit voyage, ils ne manqueront pas de le faire, monsieur le curé. A quelle heure se dira cette messe? je vous prie.

— A six heures et demie, après celle que le vénérable prêtre retraité, qui remplace M. le vicaire, dira à la paroisse. »

Mlle Angélique fit la grimace.

« C'est trop tôt, monsieur le curé, c'est trop tôt, dit-elle, six heures et demie! Y songez-vous! C'est beaucoup trop tôt.

— Mademoiselle, tel n'est pas l'avis des ménagères, répondit le curé en se levant, et c'est à leur avis que nous nous rangeons. La journée des travailleurs commence de très bonne heure. Dans les fermes il y a les enfants et les animaux à soigner. Je prends l'heure qui convient au plus grand nombre de mes paroissiens.

— Oh! je le sais bien, monsieur le curé, l'église est de sa nature très démocratique, répondit Mlle Angélique. Quand j'habitais mon château normand, j'enrageais bien un peu de voir commencer la messe pour tous les paysans, et notre saint homme de curé me répondait, lorsque je me plaignais, que ses paroissiens n'avaient pas équipage. Si monsieur votre vicaire est exact, il ne me verra pas souvent, car mes voitures sont à vau-l'eau.

— Il le sera, mademoiselle, le pasteur appartient au troupeau et non pas à quelques ouailles privilégiées. Enfin, j'espère que vous enverrez Cadok. Il tiendra votre place dans le banc de famille. Je ne vous ai pas dit ce que vous savez sans doute mieux que moi, c'est que le seul banc qui existe à Notre-Dame-de-Pitié vous appartient en vertu d'un vieil acte qui se trouve dans nos archives.

— Non, vraiment, je n'en savais rien, s'écria Mⁱˡᵉ Angélique subitement intéressée, Urbain, entendez-vous ceci?

J'entends, dit le vieillard, cela ne doit pas venir par un héritage direct

— En effet, c'est un de vos grands-oncles qui a fait cette fondation en 1700.

— Je dois avoir les papiers, dit Mⁱˡᵉ Angélique avec un irrésistible mouvement des doigts qui annonçait quelqu'un habitué à feuilleter. Je dois avoir l'original de cette pièce parmi mes papiers. Monsieur le curé, un instant, s'il vous plaît cette chapelle n'est-elle pas enclavée dans l'ancien domaine de Farsker?

— Il y a tout proche une ferme de ce nom.

— Ah! j'y suis, je chercherai à la lettre F. Ce n'est pas notre grand-père qui avait hérité de cela, c'était son frère, mais cela nous était revenu. Or, il arrivait que, tout en vendant ses terres, mon père ne vendait pas pour cela certains avantages qui ont bien leur agrément.

— Les privilèges d'une fondation sont d'ailleurs inaliénables, mademoiselle. Quand le bienfaiteur nous a donné une somme pour une fondation quelconque, la fondation se perpétue quoi qu'il arrive. Tel que vous me voyez, je dis des messes anniversaires pour des personnes décédées il y a deux cent soixante ans, c'est vraiment l'éternité du sacrifice et de la prière. Le banc dont je vous parle à Notre-Dame-de-Pitié porte votre nom; il est à vous, rien qu'à vous.

— Eh bien! monsieur le curé, voilà une nouvelle qui me fait grand plaisir. Je vais chercher mes titres. J'ai commencé le grand classement; je regarderai à l'F. Tout est inscrit, j'ai tout gardé. Châteaux, fermes, moulins, maisons, se sont envolés à tire-d'aile: mais j'ai soigneusement conservé les papiers.

» C'est une petite fiche de consolation pour moi que de parcourir tous ces documents. Il y a des moments où, quand je suis entourée de tous ces titres de propriété, je me figure être revenue au bon temps, alors qu'il y en avait encore un bon reliquat entre mes mains. »

Le prêtre sourit doucement en remarquant la physionomie animée de la vieille demoiselle, et prit congé de M. de Kerhaliguen.

Mlle Angélique le reconduisit jusqu'à la porte d'entrée et revint en murmurant :

« C'est un homme fort bien, c'est un homme fort bien, et je ne suis pas fâchée d'apprendre que je ne serais point obligée d'entendre la messe à Notre-Dame-de-Pitié, assise sur mes talons, à la mode des carmélites et des paysannes. »

CHAPITRE VII

C'était un grand jour pour tous les villages, avoisinant les Pêcheries, que la réouverture de la chapelle de Notre-Dame-de-Pitié. La langue de terre aride qui finissait au promontoire de Kerguignon possédait une somme d'habitants fort respectables, et pour beaucoup le voyage à la paroisse était bien difficile surtout en hiver.

Cette partie de la paroisse commençait à la belle ferme tenue par Pierre Le Gall, qui avait jadis appartenue à M. de Kerhaliguen, ce dont Pierre s'était souvenu en venant opérer le déménagement de ses anciens maîtres, puis venaient : le village de Notre-Dame, abrité par un entassement de rochers qui servaient de piédestal à la chapelle ; trois autres fermes groupées en village, une guirlande de cabanes de pêcheurs blotties au fond d'une anse, enfin les Pêcheries, c'est-à-dire trois ménages, en comptant les propriétaires du lieu.

Or, tout ce monde comptait beaucoup de vieux, beaucoup de femmes, beaucoup d'enfants et pas mal d'infirmes. En plein air on a la vie dure, on survit aux accidents les plus terribles, on subit le travail le plus malsain, on résiste aux souffrances chroniques, et, chose bien remarquable, les infirmités et les défaillances du corps n'entraînent pas avec elles, comme chez les souffrants des villes, la santé ni la vigueur de l'âme. Le vieillard et l'infirme acceptent d'entrer dans l'armée des invalides de la vie ; et ils ne connaissent ni les tristesses profondes, ni les regrets amers, ni les sombres découragements, ces fruits amers de la civilisation séparée de la foi. Il y a un Dieu pour les souffrants, et à son soleil tout être vit content, prenant l'existence comme elle vient et comme elle lui est faite.

Néanmoins, à ces êtres simples et forts, il manque quelque chose quand le dimanche ressemble à un autre jour, quand ils ne peuvent aller prier devant l'autel. C'est alors seulement qu'ils se sentent retranchés du nombre des vivants ; c'est alors que l'infirmité pèse sur eux de tout son poids.

Aussi avec quel bonheur fut accueillie la nouvelle que la chapelle de Notre-Dame-de-Pitié s'ouvrirait tous les dimanches !

La part fut bientôt faite en chaque maison, et, à l'aube de ce bienheureux jour, les fidèles remplirent les chemins agrestes qui conduisaient à la chapelle.

Le sinfirmes et les vieillards, appuyés sur leur bâton, s'y prenaient de bonne heure ; la chapelle était petite, et il fallait conquérir un coin pour se mettre à genoux. Puis apparurent les pères, entourés de tout petits enfants qu'il fallait porter pour les conduire à la messe de la paroisse ; les jeunes mères, qu'un exigeant nourrisson privait parfois de la messe ; enfin les pâtres, qui étaient de garde pour soigner les bestiaux.

Au grand bonheur de Fine, Mlle Angélique avait déclaré que tout Kerguignon assisterait à la messe à Notre-Dame-de-Pitié, et tout le monde se trouva prêt à l'heure.

M. de Kerhaliguen, soutenu par Cadok, ouvrait la marche ; puis venait Mlle Angélique, qui avait chargé Fine de son livre et de son parapluie, enfin Jeanne fermait la marche avec tous ses enfants. Ordinairement, les plus petits restaient seuls à la maison, et la pauvre femme, quelques précautions qu'elle eût prises, n'était jamais sans inquiétude.

Ce matin-là, sous les lueurs roses de l'aurore, tout Kerguignon marchait donc d'un pas relevé vers la petite chapelle, et

M. de Kerhaliguen lui-même avait retrouvé je ne sais quelle élasticité dans les jambes, ce qui faisait l'admiration de Cadok.

L'enfant se détournait de temps en temps vers Fine pour lui dire :

« Mais regarde donc comme grand-père marche bien. »

Quant à Mˡˡᵉ Angélique, la vieillesse ni les soucis n'avaient eu aucune prise sur son allure autrefois éminemment gracieuse et toujours des plus lestes, et cette course matinale, au bout de laquelle se trouvait une petite curiosité à satisfaire, n'avait rien qui lui déplût.

Quand le petit groupe arriva devant l'étroite plate-forme rocheuse sur laquelle s'élevait la chapelle, une main peu exercée faisait se balancer la cloche pendue au clocheton de pierre, et ce fut au son de cette cloche auquel le battant rouillé donnait une voix étrange, toute mystérieuse et toute voilée, que Mˡˡᵉ Angélique fit son entrée.

D'un coup d'œil, elle aperçut le banc dont lui avait parlé le curé.

Il était placé à droite du simple autel de bois dont les angles étaient ornés de chérubins joufflus, qui cachaient leur visage épanoui derrière la dentelle de la nappe.

Dans ce banc de chêne noirci par le temps, ils s'installèrent tous les trois si aisément, que Fine fut priée de s'agenouiller auprès de ses maîtres. Les autres femmes, sans exception, étaient agenouillées sur les dalles. La chapelle abandonnée, rendue ce jour-là au culte, ne brillait que par sa propreté.

L'autel, le bénitier de pierre, le banc des Kerhaliguen, formaient tous les objets mobiliers.

Qu'importait, mon Dieu! Par la fenêtre ogivale on apercevait les flots mouvants de l'Océan, et, au-dessus de l'autel du sacrifice, adossée à une haute croix de bois, se tenait assise Marie, la Mère de douleurs, pleurant sur son divin Fils étendu sur ses genoux.

Ah! certes, il y avait loin de cette ébauche grossière à ce groupe de la Pitié, que Michel-Ange sculpta pour Saint-Pierre de Rome; ah! certes, le plus modeste statuaire eût trouvé à critiquer dans cette représentation de la Vierge et surtout dans le corps du divin supplicié.

Qu'importait! encore une fois!

C'était la même Mère et le même Fils, c'était le type éternel et unique de la Douleur, de la Pitié. L'artiste sublime et l'ouvrier obscur avaient travaillé tous les deux au même sujet, tous les deux avaient voulu offrir à l'adoration de tous les fidèles le Christ mort, et à la sympathie de toutes les mères la Vierge le pleurant.

Ah! comme cette histoire divine, comme cette rédemption par la douleur, trouve un écho profond dans le cœur de l'homme!

Quand le service divin commença, la personne la plus distraite de l'assemblée fut certainement Mlle Angélique.

Se jetant éperdument dans les souvenirs de son heureux passé, elle était occupée à se remémorer la circonstance qui l'avait amenée dans cette même chapelle, il y avait bien longtemps.

Car elle l'avait vue à l'intérieur, elle s'était agenouillée dans ce bon banc de chêne, elle se rappelait même que le voile de la Vierge l'avait frappée par l'étrangeté de sa couleur bleue. Et c'était à tout cela qu'elle pensait, et aussi à ce papier qu'il lui faudrait retrouver dans son monceau de vieux titres.

Hélas! l'Écriture sainte a toujours raison de reprocher aux hommes leur incurable légèreté.

« Personne ne réfléchit plus en son cœur, » s'écria-t-elle!

La réflexion! c'était bien ce qui avait manqué à ces deux êtres dont la destinée avait été si agitée! Même en leurs affaires temporelles avaient-ils assez réfléchi?

On en pouvait douter.

Autour d'eux les simples, les illettrés prouvaient par leur ferveur que la réflexion ne leur était pas inconnue à eux. Pour eux, l'acte de la prière était la réflexion paisible par excellence, la prière était la source où ils puisaient la modération de leurs désirs, la sagesse, ce bien suprême.

Ceux-là n'avaient rien à demander à Dieu qui ne fût contenu dans le *Pater*, la prière que tout chrétien sait par cœur et par le cœur, la prière dont les illettrés goûtent, dans toute sa plénitude, la science divine.

Dieu est leur Père, il est aux cieux, son règne arrivera, quoi qu'imaginent les méchants, il dispense le pain quotidien, il commande le pardon, il enseigne la justice, il délivre du mal, dont le plus grand est le péché.

Quel présent Dieu a fait à l'humanité en lui donnant cette prière simple, sublime, universelle, et qu'ils sont à plaindre ceux qui, voulant parler à Dieu, ne la trouvent plus dans leur mémoire.

C'était surtout cette prière admirable que murmuraient tout d'abord les fidèles réunis aux pieds de Notre-Dame-de-Pitié.

Les mères se penchaient parfois vers les plus grands enfants, afin d'aider leur mémoire, et l'on entendait en breton, en français et en latin, chuchoter le *Pater*.

La messe ne dura qu'une petite demi-heure, et Mlle Angélique députa Cadok vers M. le vicaire, qui se dépouillait de ses vêtements sacerdotaux derrière l'autel.

Elle le faisait prier de venir déjeuner aux Pêcheries. Il répondit affirmativement, ajoutant néanmoins que sa présence étant requise pour le chant, à la grand'messe, il serait obligé de se hâter.

En conséquence, Fine prit lestement le chemin de la maison, suivie de loin par ses vieux maîtres, qui avaient jugé prudent de ne pas attendre le jeune prêtre naturellement très bon marcheur.

Quand il arriva avec Cadok, auquel un peu de société ne déplaisait pas, le déjeuner fumait sur la table.

Pendant ce court repas, Mlle Angélique maintint la conversation sur son sujet favori. M. le vicaire serait bien bon de lui donner une copie de l'acte qui se trouvait dans les archives de la paroisse. Elle avait désormais le temps de collectionner ses parchemins et s'abandonnait sans remords à son goût des vieux papiers.

Ainsi, moitié plaisantant, moitié parlant sérieusement, elle obtint du jeune prêtre la promesse qu'il relèverait sur les registres anciens tout ce qui avait trait aux Kerhaliguen, et, en revanche, elle le laissa exprimer le désir qu'un jour ou l'autre Cadok irait prendre quelques leçons au presbytère. M. le curé y tenait beaucoup et ne redoutait rien tant que l'oisiveté pour l'intelligence de son petit paroissien.

« Dites à M. le curé, dont la sollicitude me touche infiniment, que M. de Kerhaliguen commencera aujourd'hui ou demain les leçons qu'il est fort apte à donner à son petit-fils, dit, Mlle Angélique à laquelle ce sujet d'entretien causait toujours un certain agacement. Mon frère a toujours été un puits de science. Rien ne lui sera plus facile ici que d'en déverser un peu sur Cadok. »

Le vicaire sourit.

« Permettez, mademoiselle, répondit-il, toute science a ses éléments, et les moins savants sont quelquefois les meilleurs pour enseigner l'A B C D de toute science.

— Ce n'est point mon avis, ce n'est point l'avis de M. de Kerhaliguen.

— Au moins, mademoiselle, me permettrez-vous d'apprendre à Cadok à répondre la messe. J'amène mon petit répondant ; mais il a une grand'mère infirme qui trouve l'absence un peu longue. J'ai pensé que la Providence me fournirait en Cadok un petit répondant naturel, puisque Notre-Dame-de-Pitié devient sa paroisse au moins pendant l'hiver.

— Monsieur, à cela je n'ai rien à dire, car ceci ne m'oblige pas à déroger à mes habitudes. Envoyer Cadok au bourg est toute une affaire. Je n'ai plus ni voiture ni domestiques.

— C'est entendu, Cadok, vous me répondrez la messe dimanche, dit le jeune prêtre en se levant, et, en le faisant, vous rendrez un grand service à la pauvre grand'mère de notre enfant de chœur. Ne venez pas me reconduire, il pleut à torrents. »

En effet, il tombait du ciel de véritables torrents d'eau. Le jeune prêtre, qui n'avait pas le loisir d'attendre la fin des averses, s'enveloppa dans son manteau et reprit le chemin du bourg.

« Il n'y aura pas moyen de sortir aujourd'hui, » dit Cadok en venant s'asseoir sur un tabouret aux pieds de son grand-père.

Le vieillard fixa son regard profond sur ce petit visage qui se couvrait d'un nuage d'ennui.

« Veux-tu que je te donne une leçon? demanda-t-il.

— De quoi, grand-père?

— De ce que tu voudras.

— Grand-père, donneriez-vous aussi la leçon à Julien?

— Si tu veux. »

Cadok ne fit qu'un bond jusqu'à la cuisine.

« Fine, cria-t-il, dis à Julien de venir dans la chambre de grand-père. »

Puis il revint vers son grand-père, lui donna sa canne, et le conduisit au premier dans sa chambre, qui donnait sur la mer.

Le vent et la pluie faisaient rage au dehors; il n'y avait pas moyen de sortir. Cadok traîna près de la fenêtre la petite table carrée sur laquelle son grand-père déposait des livres; il se munit d'un atlas et de tout ce qui fallait pour écrire et se jucha sur un haut tabouret dans l'embrasure de la fenêtre, de telle façon qu'il n'avait qu'à baisser les yeux pour voir l'Océan.

Julien, qui arrivait pieds nus et son bonnet à la main, le trouva dans cette situation.

« Tu sais lire et un peu écrire, dit Cadok; mets-toi là, prends du papier et écoute bien la leçon que va me donner grand-père.

— Quel en sera le sujet? demanda le vieillard en souriant.

— Dites quoi, vous? grand-père.

— Tu as commencé le latin, Cadok.

— Oui : mais il m'ennuie très fort.

— Tu sais un peu de grec.

— Non, non, non.

— La géométrie est...

— Pas de géométrie, grand-père.

— De la physique ?

— Non.

— De la chimie ?

— Non.

— De l'algèbre ?

— Oh ! grand-père, pas de chiffres, les chiffres me donnent mal à la tête.

— De l'histoire ? Veux-tu que nous causions d'histoire ?

— Oh ! non, oh ! non ! »

Le visage du grand-père changea tout à coup d'expression.

« Cadok, dit-il, tu me fais beaucoup de peine ; il y a deux histoires qu'il faut toujours connaître, l'histoire du monde et celle de son pays. »

Cadok, étonné, regardait son grand-père, et, voyant qu'il parlait sérieusement :

« Eh bien ! grand-père, dit-il, donnez-moi une leçon d'histoire. »

Et se penchant vers Julien, accroupi sur ses talons devant la petite table :

« Écris aussi ce que dira grand-père, commanda-t-il, tu as bien entendu, il y a deux histoires qu'il faut connaître : l'histoire du monde et celle de son pays. »

Julien fit un signe d'assentiment, et la leçon commença.

Le ciel put alors ouvrir ses cataractes, la mer déplacer ses abîmes, la voix du vieillard racontant les origines du monde arrivait seule à l'oreille de Cadok, dont le visage, à ce moment, resplendissait d'intelligence.

Quant à Julien, l'autre élève, il avait commencé par écouter bouche béante. Eh quoi ! ce vieux, vieux monsieur, qui n'ouvrait guère la bouche, parlait tout à coup mieux que le meilleur prédicateur que lui, Julien, eût entendu ! A la phase de la surprise succéda celle de l'intérêt ; mais d'un intérêt à part. Cadok, qui aimait tant la pêche, Cadok, qui était son élève en pisciculture, avait l'air de comprendre

tout ce que disait le vieillard, et il écrivait sur son papier avec
une rapidité que Julien trouvait tout simplement phénomé-
nale.

Son étonnement dura un gros quart d'heure. Puis, l'insou-
ciance reprenant le dessus, il tira de sa poche un couteau à
lame pointue, un morceau de sapin, et commença à creuser
une petite yole selon toutes les règles de l'art.

Et lorsque Cadok, relevant la tête, aperçut un superbe

Le vieillard racontait les origines du monde

rayon de soleil et têaça comme trait final son nom sur sa
page, Julien donna un petit coup de couteau pour affermir la
proue et se hâta de remettre tout son attirail dans sa poche.

« Grand-père, nous continuerons demain, surtout s'il pleut
comme ce matin, dit Cadok en jetant un coup d'œil au dehors,
c'est très beau l'histoire, et vous n'ennuyez pas, vous ! comme
le professeur de Pontmellac.

« Tu n'as rien écrit, toi, Julien, tu n'as pas pris de notes? »
Julien se gratta la tête et dit :

« Je ne comprends pas ça ; moi, j'aime mieux la géographie. Mon père, l'année de sa mort, m'avait appris les noms
des ports de France et aussi ceux des pays où son navire avait
niverné, je n'ai pas oublié un seul de ces noms-là. Si vous

voulez, monsieur Cadok, je vous les écrirai tous sur le sable avec mon doigt.

— Allons voir ça, dit Cadok, ce sera très curieux. »

Il sauta à terre, embrassa son grand-père au passage et s'en alla suivi par Julien.

Le vieillard se leva machinalement et s'approcha de la fenêtre. Bientôt il vit les deux enfants apparaître sur la petite grève la plus rapprochée du pavillon, et un sourire très doux éclaira sa physionomie.

Le sable blanc et fin avait bu la pluie et était devenu très propre à servir de papier à Julien, qui, s'agenouillant, y écrivit une série de mots géographiques que Cadok lisait d'abord gravement, puis dont il corrigeait l'orthographe fantaisiste.

CHAPITRE VIII

« Où allez-vous donc à cette heure, monsieur Cadok ? demandait Fine à son petit maître, qui apparaissait sur le seuil de la porte, une ligne sur l'épaule et un panier en bandoulière.

— Je vais pêcher, Fine, tu ne le devines pas.

— Votre leçon est donc finie, monsieur?

— Oui. Ma tante Angélique est venue montrer des vieux papiers à grand-père, et je me suis sauvé. »

Fine jeta dans une grande cuve pleine d'eau limpide la brassée de linge mouillé qu'elle avait entre les bras et dit en secouant la tête :

« Je ne sais pas si vous deviendrez savant avec ces leçons-là, mais elles ne durent toujours pas longtemps, et m'est avis que vous les raccourcissez tous les jours un peu.

— Grand-père est très vieux, Fine, je ne veux pas fatiguer grand-père, » répondit Cadok d'un petit air docte.

Et il ajouta bien vite :

« Sais-tu où la mère de Julien l'a envoyé? Il devait m'attendre sur la terrasse.

— Eh bien ! monsieur, il est allé chercher au bourg du sel et des allumettes. Et il en rapportera pour nous aussi. »

Cadok fronça les sourcils.

« Je parie que c'est toi qui l'as fait partir, » s'écria-t-il.

» Julien est devenu ton commissionnaire, et ça l'ennuie bien et moi aussi.

— Julien n'a pas les moyens de passer sa vie à ne rien faire, monsieur Cadok, et sa mère a, ma foi, raison de l'envoyer chercher ce dont elle a besoin. Et comme de juste je profite du voyage.

— Elle pourrait bien envoyer la petite Rosalie.

— Oh! monsieur Cadok, pouvez-vous dire ça. Pouvez-vous parler d'envoyer seule au bourg une innocente qui n'a pas ses six ans sonnés.

— Je te promets qu'elle marche joliment bien sur les grèves et qu'elle ferait les commissions aussi bien que son frère. Je ne peux pas toujours me passer de Julien, qui m'aide pour la pêche. »

Fine sourit et répondit tout en donnant force coups de battoir.

« Cette pêche-là, monsieur, n'est pas bien utile. Ce n'est plus votre pêche aux coquillages, qui fournissait des moules, des bigorneaux et des palourdes.

— Moi, j'aime mieux la pêche à la ligne, répondit Cadok, tu verras qu'un jour je t'apporterai de jolis poissons. Mon camarade Baptiste, le douanier, m'a dit que j'en prendrais quand j'aurai découvert les bons endroits.

— Tout ce que je sais, c'est que je n'ai encore fricassé que les petites anguilles que vous avez prises dans les bassins.

— Mais je te dis que je prendrai à la ligne des bars, des mulets, des dorades. »

» Ne va pas oublier de m'envoyer Julien, car il sait mieux chercher la bouëtte que moi, et c'est parce que j'ai de mauvaise bouëtte que je ne prends rien. »

Et, là-dessus, il s'en alla, sa ligne sur l'épaule, vers la falaise qui abritait un peu Kerguignon du côté de l'ouest.

Comme il descendait d'un pas leste et sûr l'abrupt sentier, le petit Cadok! Comme sa tournure était dégagée et son jarret élastique! Comme le sang affluait vermeil à ses joues rondes! Comme ses yeux bleus brillaient sous leur longue frange de cils châtains. Sa santé faisait honneur à la cuisine de Fine, cuisine économique pourtant, cuisine sobre et simple, mais toujours assaisonnée par l'exercice et l'air vivifiant de l'Océan.

Au bas de la haute falaise que Cadok descendait d'un pas rapide s'élevait une cabane à moitié démolie dans laquelle les pêcheurs et les ramasseurs de goémons déposaient leurs vêtements et leurs outils.

Cadok, qui la connaissait bien et qui s'y réfugiait volontiers quand la pluie le surprenait, voulut y entrer pour y prendre un paquet d'hameçons qu'il avait oublié. Il s'étonna de sentir que la porte résistait, et il remarqua alors qu'une serrure grossière avait été substituée à celle qui s'ouvrait sous la main de tous les allants et venants.

Comme ce n'étaient pas les abris qui manquaient dans cette falaise de pierre tendre que le flot des grandes marées perçait à jour en certains endroits, et que la poche de son gilet était pleine d'hameçons, il courut vers une grotte voisine, y déposa sa ligne, se déchaussa, releva ses manches jusqu'au coude et son pantalon jusqu'au jarret, et, en cet équipage, son panier en sautoir, il s'aventura sur les vasières à la découverte du précieux appât qui lui manquait.

Quel mal il se donnait et le plus inutilement du monde. Avec quel courage il enfonçait ses mains grêles dans la vase profonde pour y saisir les étranges animaux dont les poissons se montrent friands ! Comme il peinait pour soulever les pierres sous lesquelles ils se blottissent après leurs promenades souterraines !

« Monsieur, il faut aller plus loin, cria tout à coup une rude voix d'homme derrière lui ; là où vous êtes vous ne trouverez jamais de quoi amorcer une ligne. »

Cadok se détourna et aperçut contre la cabane un homme de haute taille et d'épaisse carrure, dont la partie inférieure du visage était couverte par une barbe épaisse, inégalement grisonnante.

Il se souvenait avoir vu cet homme dans la petite anse de relâche voisine ; il le reconnaissait à son air farouche, à sa taille

herculéenne, à son chapeau de feutre noir, dont le rebord,
aplati sur le front, laissait en pleine lumière son visage, dont
la physionomie n'était en ce moment ni insolente ni brutale.

« J'ai peur d'enfoncer en m'avançant plus loin, gémit Cadok, en forme de réponse.

— Je vais vous montrer jusqu'où vous pouvez aller sans
danger, » dit le donneur d'avis.

Il releva son pantalon de toile jusqu'aux genoux, ôta ses
gros souliers à clous et se dirigea vers Cadok, marchant nu-
pieds sur ce terrain glissant ou hérissé de roches aiguës, avec
la même facilité que s'il eût marché sur une grève au sol
moelleux.

En arrivant près de Cadok, il fit le salut militaire et dit :

« Vous êtes le petit-fils du vieux monsieur des Pêcheries.

— Oui, » répondit Cadok, qui se sentit légèrement saisi devant
cet homme, dont les traits semblaient avoir été taillés à coup
de hache, et dont une longue balafre rougissait la tempe. Son
saisissement ne l'empêcha pas de remarquer, non sans admiration, que ses larges pieds se posaient carrément, sans souci des
piqûres, sur de beaux oursins si bien appelés dans le langage
populaire « châtaignes de la mer », et qui cachent, sous l'en-
veloppe sombre qui faisait saigner les pieds délicats de l'enfant, un coquillage merveilleux de forme, de dessin et de
délicatesse.

« J'ai bien connu M. le colonel de Kerhaliguen, votre
père ; j'ai servi six mois sous ses ordres en Algérie.

» C'est un bon chef celui-là, et si je n'avais pas eu une petite
affaire qui a mal tourné, et qui m'a envoyé aux compagnies de
discipline, il m'aurait été bien avantageux de rester dans son
régiment.

» Je vous ai souvent vu pêcher, monsieur, et j'ai toujours
pensé que vous vous y preniez mal.

» Voyons votre ligne.

» Qu'est-ce qui vous a donné cet hameçon-là ? Il est trop
gros, beaucoup trop gros. Je vais vous en mettre un autre. Il y
des gens entêtés qui ne comprendront jamais que les petits

hameçons et les plus fins sont les meilleurs. C'est pourtant vrai ;
moins il y a de fer, et mieux le poisson se prend.

» Ces satanés poissons sont joliment fins, allez ! »

Tout en parlant il avait glissé ses gros doigts dans la poche
de son gilet, y avait pris un hameçon aux pointes affilées, et,
en un tour de main, l'avait substitué à l'autre.

« Voyez, monsieur, dit-il, comme celui-ci se cachera bien
sous l'appât.

— Il est bien fin, dit Cadok, s'il allait casser. »

L'homme se mit à rire, et, pour toute réponse, pressa entre
son pouce et son index l'hameçon de Cadok, qui céda à la première pression.

Jetant les morceaux avec mépris, il reprit :

« Celui qui est là maintenant au bout de votre ligne m'entrerait dans la peau, mais ne casserait pas.

» Les hameçons qui se vendent deux sous la douzaine chez
Cabanec ne valent rien.

» Mais si nous allions à la bouëtte maintenant.

» Il va bientôt faire bon pêcher sous l'estacade. Voyez-vous
ce tas de pierres là-bas, c'est là que nous trouverons notre
affaire pour l'appât.

— Mais c'est qu'il y a beaucoup d'eau, » dit Cadok en jetant
un coup d'œil sur les larges flaques qui, grâce à une dépression
assez sensible du terrain, lui barraient le passage.

Pour toute réponse, l'homme plia sur ses jarrets nerveux.

« Vous ne passerez peut-être pas sans vous mouiller, c'est
vrai, dit-il, mettez-vous sur mon dos pour traverser les flaques.
Au delà, la grève est aussi sèche qu'ici, sans qu'il y paraisse. »
Cadok eut un moment d'hésitation : puis il s'élança sur les
puissantes épaules qui se courbaient devant lui. L'homme se
releva, sans l'ombre d'un effort, sous le poids de cet enfant de
onze ans, qui ne pesait guère plus qu'une plume pour lui, et
traversa à grandes enjambées les flaques d'eau de mer qui lui
montaient parfois jusqu'aux genoux. Déposant Cadok contre
un monticule formé de pierres énormes, tapissées de varechs
encore humides, il lui dit :

« A l'ouvrage maintenant. »

Et il se mit à retourner du bout des doigts ces grosses
pierres que toute la force du petit Cadok n'eût pas réussi à
faire osciller sur leur base.

Aussitôt la pierre soulevée, il se formait dans les trous pro-
fonds creusés par elle dans la vase une sorte de bouillonne-
ment, et, quand la main vigoureuse du pêcheur ne la laissait
pas violemment retomber, à ce bruit succédaient des frétille-
ment auxquels Cadok ne se trompait pas. Il plongeait hardi-
ment la main au fond du trou, empoignait les petits fuyards et
remplissait son panier de l'appât irrésistible par excellence.

Quand le compagnon de Cadok eut soulevé une douzaine de
pierres, il essuya ses mains aux franges de varech et dit :

« Je crois que vous pouvez commencer votre pêche maintenant, monsieur. Voulez-vous que je vous porte jusqu'à l'estacade?

— S'il vous plaît, dit Cadok, car je serais bien longtemps à
m'y rendre à pied. Il me faudrait retourner sur mes pas et
faire le tour de la grève. »

L'homme marcha vers une flaque d'eau limpide, lava ses
mains boueuses et vint présenter son dos à Cadok, qui s'élança
gaiement dessus, et sans l'ombre d'une hésitation cette fois.
Ils se dirigèrent vers une vieille estacade qui reliait le rivage
à une grande roche plate entourée par les murs croulants d'une
antique citadelle. De ce rocher émergeait le toit de la guérite de
la sentinelle de la douane.

« A quel endroit de l'estacade voulez-vous allez pêcher,
monsieur, demanda l'homme ?

— Sur la plate-forme.

— Il y a trop d'eau, monsieur, il y a beaucoup trop d'eau,
si vous veniez à tomber en cet endroit vous vous noieriez.

— Non, car mon bon ami le douanier me repêcherait.

— Ah ! les douaniers sont vos amis, monsieur ! dit l'homme
avec une sorte de grognement.

— Oui ; il y en a deux surtout que j'aime beaucoup, le vieux
Mathieu et Baptiste, qu'on appelle : le Blondin. »

Il avait pris un autre hameçon

Quelque chose comme un jurement siffla entre les lèvres du passeur improvisé, et il mit brusquement l'enfant à terre.

« Si vous pêchez ici, monsieur, dit-il, je vous amorcerai votre ligne, si, au contraire, vous allez du côté du gabelou, je vous souhaite le bonjour.

— Ici, ici, je serai très bien ici, » répondit vivement Cadok, qui sentit sans le comprendre qu'il lui avait déplu.

L'homme sans mot dire déroula le fil de la ligne, prit une pincée de bouëtte et en recouvrit si adroitement l'hameçon que Cadok fit tout haut la remarque que le poisson serait bien fin s'il ne se laissait pas prendre.

« Monsieur, dit en souriant l'homme barbu, les poissons sont aux pêcheurs ce que les fraudeurs sont aux douaniers. C'est à qui entre eux jouera au plus fin, et ce sont quelquefois ceux qui viennent pour prendre qui sont pris. »

Mais Cadok n'écoutait plus. Après avoir témoigné, par quelques bonds joyeux, son plaisir de voir sa ligne si bien amorcée, il la souleva de toute la force de ses petits poignets et la lança en plein flot.

Cependant il n'oublia pas de remercier chaleureusement son compagnon.

« A votre service, monsieur, répondit celui-ci, qui allumait sa pipe.

» Il arrivera que nous nous rencontrerons souvent ici, je vais venir habiter cette maison qui est à moi, et que je vais réparer. Aussi, je vous le dis : à votre service. Je vous l'ai raconté, j'ai connu votre père, et je sais bien aussi que vous êtes bon pour les vieilles gens, car la semaine dernière je vous ai bien vu de mon bateau aider ma mère à charger sur son dos un filet de goémon. »

Cadok sourit. Il se rappelait bien, en effet, avoir rendu ce service à une vieille femme qu'il avait rencontrée près de la cabane, et il était vraiment heureux pour lui qu'elle se trouvât être la mère de cet homme si complaisant.

L'entrevue finit sur ce souvenir, et ils se séparèrent.

Pendant que l'homme barbu s'en allait vers une autre partie

de la grève, Cadok, assis sur l'estacade, n'avait plus d'yeux que pour sa ligne ballottée par le flot.

Tout à coup le fil devint raide, l'enfant leva la ligne et jeta un cri de joie. Une petite dorade frétillait au bout. Cadok se tint à quatre pour ne pas embrasser le joli poisson, sa première capture. Il ôta délicatement de sa bouche la pointe meurtrière de l'hameçon et le plaça sur un lit de goémon où il put agoniser à l'aise. Puis, le cœur tout palpitant d'espérance, il rejeta sa ligne après avoir arrangé l'appât. Une petite vieille toute dorée vint tenir compagnie à la dorade d'argent, enfin un mulet glouton avala tout l'hameçon. Cadok ne se possédait pas de joie. Il avait pris coup sur coup trois poissons; il était tout prêt à penser qu'il possédait une ligne enchantée.

L'appât placé par l'inconnu ayant été avalé par le mulet, il lui fallut renouveler l'amorce, ce qu'il fit de son mieux. Mais il n'avait pas bien saisi la manière de l'adroit pêcheur, et ce fut en vain qu'il rejeta désormais sa ligne, il pêcha pendant une heure sans rien prendre.

Peu lui importait, sa première capture lui suffisait. Ce fut donc bien joyeusement qu'il plia bagage, reculant devant la mer, qui engloutissait peu à peu l'estacade. Sa ligne à l'épaule, ses poissons enfilés par l'ouïe à une ficelle, son béret sur l'oreille, il reprit en chantant le chemin des Pêcheries, et il arriva triomphant dans la cuisine au moment même où Fine, ouvrant le buffet à deux battants, constatait l'absence de provisions pour le repas du soir.

« Fine, voilà ma pêche, » dit Cadok majestueusement en élevant en l'air ses trois victimes.

Fine jeta une exclamation d'enthousiasme; c'était son souper qui lui apparaissait; puis, s'emparant des poissons :

« Une dorade, s'écria-t-elle, ce que mademoiselle aime le plus, un joli mulet pour vous, et, pour monsieur, une vieille qu'on mettra au four avec des pommes de terre. Monsieur Cadok, vous deviendrez un fameux pêcheur si cela continue, et vous nous rendrez bien service.

— Je t'avais bien dit, Fine, que j'attraperais des poissons.

— Monsieur, vous me l'aviez dit, mais comme vous n'en attrapiez jamais, dame! je commençais à penser que vous ne donneriez pas grand ouvrage à ma poêle à frire. Tenez, voilà de l'eau pour vous laver les mains, le poisson ça sent fort, et l'on ne met point de gants pour pêcher.

— Le poisson frais comme ça sent bon, dit Cadok, qui, tout en se lavant les mains, se délectait à regarder ses poissons, dont la grande table de cuisine recevait les dernières convulsions.

— Les pêcheurs disent cela, reprit Fine, à laquelle cette capture mettait la joie dans le cœur; mais il ne faut pas parler de cette odeur-là à mademoiselle. Savonnez, monsieur, savonnez; elle vous renverra du salon si vous sentez le poisson.

— Nous verrons, dit Cadok en jetant un dernier coup d'œil sur sa proie, et en enfonçant dans ses poches ses mains fraîchement lavées, qui avaient de terribles démangeaisons d'aller y toucher; elle va être joliment contente de la dorade, tu vas voir cela, Fine. »

Et il tourna les talons.

« Monsieur, cria Fine, attendez un peu, je ne veux pas oublier la commission de ce pauvre Julien, qui n'est pourtant pas agréable à faire. On l'a envoyé garder le linge sur la lande. Pierre de Notre-Dame de Pitié fait sa grande lessive, et Jeanne passe la semaine à la ferme avec tous ses enfants. Aussi le pauvre Julien ne pourra pas aller sur les grèves avec vous cette semaine. »

Cadok sourit et hocha la tête d'un air indifférent.

« Cela m'est bien égal, » dit-il.

Et il s'en alla sans donner à Fine l'explication de cette soudaine résignation et de ce majestueux dédain.

CHAPITRE IX

Les jours suivants, Cadok ne s'enquit même pas de Julien et ne prit pas une fois le chemin de la grande lande, semée de moulins, où le petit garçon aidait sa mère à étendre le linge grossier, mais solide et blanc comme neige, de Pierre le fermier. Après avoir pris la leçon que son grand-père lui donnait avec assez de suite, il allait avec Fine ramasser des coquillages dans les réservoirs, où ils pullulaient. Cela fait, il visitait ses pensionnaires, deux petits homards et trois mulets, qu'il avait enclos dans un petit bassin et qu'il espérait y voir grandir. Cela le conduisait jusqu'à l'heure du second déjeuner. Au premier son du timbre, il courait chercher son grand-père, qui s'attardait volontiers dans son appartement; il allait arracher du milieu de ses papiers Mlle Angélique, lancée à corps perdu dans un nouveau système de classement, et, le déjeuner fini, il prenait son attirail de pêche et partait pour une destination inconnue.

« Sois tranquille, je ne quitte pas la grève des Anglais, » avait-il dit à Fine, qui s'étonnait et même s'alarmait de le voir s'en aller seul pour tout l'après-midi.

En effet, c'était bien là qu'il établissait son quartier général, car il se retrouvait avec le pêcheur ou marin complaisant qui lui avait procuré le bonheur de sa première pêche. Ce dernier y venait régulièrement tous les après-midi. Sans être menui-

sier, ni charpentier, ni couvreur, il réparait la cabane qui était
sa propriété, et cela amusait beaucoup Cadok de le regarder
faire. C'était plaisir de le voir tailler des solives, ajuster des
planches, aplanir le sol, boucher les crevasses avec des
pierres qu'il maniait comme de simples cailloux dans sa main
formidable.

Quand il était à l'ouvrage, il en abattait merveilleusement;
puis il arrivait que tout à coup la lassitude le prenait. Alors
il allumait pipe sur pipe et fumait, vautré dans le sable. Et
quand le sommeil ne le saisissait pas dans sa pose paresseuse, il racontait à Cadok mille aventures de sa vie de soldat,
de sa vie de marin, de sa vie de pêcheur. Cadok en aurait
fait de grand cœur son ami, n'eût été la sourde haine qu'il
ne perdait pas une occasion d'épancher contre les douaniers.
Lorsqu'il les voyait passer tout pimpants à bord de la jolie
patache de la douane, il leur adressait de loin des gestes
de menace accompagnés de jurons et de malédictions, les
traitant tour à tour de forbans et de mauvais marins. Lorsque
le factionnaire, coiffé de son petit chapeau et la carabine sur
l'épaule, apparaissait auprès de la citadelle des Anglais, et que
sa silhouette se profilait sur le beau ciel d'azur, il l'interpellait
de loin, l'appelant : « gabelou, fainéant, propre à rien. »

Alors Cadok, qui aimait beaucoup les douaniers, s'éloignait
machinalement de son nouvel ami, dont le visage barbu prenait une expression farouche très peu rassurante.

Heureusement ses colères ne duraient pas. Lorsqu'il avait
prononcé quelques affreux jurons dans sa mâchoire serrée, il
se mettait à siffler ou à fumer en silence.

Il faut le dire, d'ailleurs, si jurons et injures lui sortaient de
la bouche avec une facilité véritablement effrayante, il n'en
continuait pas moins à se montrer d'une telle complaisance
pour Cadok, que l'enfant, intéressé très vivement à tout ce qu'il
faisait, ne tenait pas compte des velléités d'éloignement que
les fureurs subites de son compagnon lui inspiraient.

Ce jour-là, le pêcheur essayait la cheminée de sa chaumière
en y jetant des brassées de goémon sec, et, tandis que la fumée

s'échappait en tourbillons épais du brasier pétillant, il remplaçait les vitres qui manquaient à la fenêtre par des morceaux de papier. Quand Cadok entra, il lui souhaita gaiement le bonjour et jeta un regard de complaisance autour de lui, sur ces murs qu'il avait blanchis à la chaux, sur ce sol qu'il avait recouvert de sable doux et fin, sur cette cheminée où pétillait le goémon, et, plaçant son chapeau en arrière, par un geste qui lui était familier, il dit :

« Vous allez demeurer ici. »

« Vous avez vu que je n'ai pas épargné la peine, monsieur, mais aussi voilà la vieille masure en bon état et devenue très habitable. Je leur avais bien dit à ces poltrons du bourg de Caqueron : si je vous gêne tant que ça, je ne suis pas embarrassé pour me loger. J'ai une maison à moi, et, nom d'une pipe ! j'irai y demeurer. »

Une série de jurons marmottés entre ses grandes dents blanches assaisonnèrent ces paroles, puis il reprit :

« Allez, ce me sera joliment commode de demeurer ici pour ma pêche et le reste. Avez-vous vu mon bateau, monsieur? Il est à l'ancre près de l'estacade depuis ce matin.

— Vous allez demeurer ici? demanda Cadok ne pouvant croire à cette heureuse nouvelle.

— Oui, monsieur, et j'y serais depuis longtemps si ma mère avait voulu me croire.

» Ce n'est pas qu'elle se plaise au bourg, qui est plein d'auberges ; mais elle ne pouvait pas renoncer à l'église, voyez-vous. Cette pauvre femme a sa religion et me disait toujours qu'elle mourrait de chagrin s'il lui fallait ne plus entendre la messe. Ce n'est pas pour me vanter ce que je dis, monsieur : mais je suis d'une famille de bons chrétiens et d'honnêtes gens. Je ne voulais pas la contrarier au sujet de ses dévotions. Mais voilà qu'on dit la messe là-haut à Notre-Dame-de-Pitié maintenant, et, après une petite querelle que j'ai eue au cabaret, il y a un mois, et dont voici une petite marque, ajouta-t-il en plaçant un doigt sur l'écorchure qui lui traversait le visage comme une balafre, elle m'a dit : « Jean-Marie, si c'est toujours ton idée d'aller demeurer à l'estacade, et si tu peux réparer la maison, j'irai avec toi. Et ma foi, j'ai bien vite commencé les réparations, et, sans être maçon, couvreur, ni charpentier, j'ai mis la machine à flot. Nom d'une pipe ! je serai chez moi ici, et nous verrons bien qui m'en fera déguerpir ! Si seulement la maison était un peu éloignée de cette estacade d'enfer où il me faut toujours voir debout la niche de ces douaniers de malheur ! »

Et les jurons recommencèrent. On eût dit un dogue affamé auquel on aurait arraché l'os qu'il rongeait.

« Et quand viendrez-vous dans votre maison, Jean-Marie ? demanda Cadok.

— Aujourd'hui, monsieur, aujourd'hui même, puisque le temps s'est mis au sec. Je vais partir à la godille, et je reviendrai sous voile avec le jusant. Il n'y a plus lourd de meubles chez nous, un voyage suffira. Je laisse la clef sur la porte, car ma mère viendra peut-être à pied, et je veux qu'elle trouve de quoi s'abriter en arrivant. Venez-vous là-bas, j'embarque. »

Cadok ne demandait pas mieux. Il s'en alla sur les traces de l'étrange propriétaire de la cabane, mettant pour s'amuser son petit pied fin dans l'empreinte profonde que laissait sur le sable ses larges pieds nus. Contre l'estacade se balançait un petit

bateau d'aspect lourd et grossier, mais soigneusement entre-
tenu. La grande voile grise ne comptait plus ses pièces ; mais
on y aurait en vain cherché un trou.

« Ah ! c'est à vous ce bateau-là, dit Cadok, il y a bien longtemps que je le connais pour l'avoir vu passer.

— Eh oui ! c'est à moi, monsieur, je l'ai acheté à mon retour
du service au vieux Job le pêcheur, qui venait d'avaler sa gaffe.
Ce n'est pas un bateau élégant ni rapide marcheur, mais il est
fait de bon bois ; le bon bois était plus facile à trouver du temps
du vieux Job que maintenant, et il tient joliment la mer. Je ne
le donnerais pas pour l'embarcation de ces douaniers de malheur, qui l'appellent pourtant, à ce qu'on m'a dit : le vieux
sabot de ce bandit de Jean Minuit.

— Les embarcations de la douane sont très jolies, dit Cadok,
qui ne laissa pas passer une occasion de défendre les douaniers.

— Oh ! parbleu, bien peintes et bien astiquées. En veux-tu,
en voilà. N'y a-t-il pas à bord un tas de fainéants qui n'ont que
ça à faire.

— Et leur service, dit ingénument Cadok, vous ne savez
donc pas qu'ils ont un service comme des soldats.

— Un service ! Lequel, monsieur ? Celui d'embêter les gens.

— Mais est-ce qu'ils ne gardent pas les côtes !

— Les côtes se gardent bien toutes seules, nom d'une pipe !

— Et les contrebandiers ? Vous ne savez pas qu'il y a des
contrebandiers. J'ai un bon camarade parmi les douaniers,
Baptiste, le plus jeune du poste. Il m'a dit que sans eux il y
aurait joliment de contrebande de faite, même ici. Vous connaissez Baptiste peut-être ?

— Si je le connais, le failli chien ! si je le connais, cette ver-
mine ! Oui, et il me connaît bien aussi, et il me connaîtra
mieux quelque jour. Monsieur Cadok, jetez-moi donc, s'il
vous plaît, ce morceau de filin qui s'est accroché là-haut. »

Tout en parlant, Jean avait sauté dans son embarcation, et
Cadok, suivant la direction de son doigt, saisit la corde, la
roula en paquet et la lui jeta fort adroitement.

« Merci, » dit Jean, qui faisait manœuvrer son bateau et qui s'éloigna bientôt du rivage.

Au moment où l'arrière passait devant ses yeux, Cadok lut ces mots écrits à la peinture blanche sous le gouvernail : *La Bonne Mère*. Et machinalement il se rappela la physionomie vénérable de la vieille femme à laquelle il avait rendu service, et qui était la mère de ce terrible Jean.

Lorsque le bateau disparut au coin d'un promontoire de rocher, Cadok se souvint qu'il avait accepté la garde de la maisonnette ; il se disposait à y revenir quand, en portant les yeux vers la plate-forme, il vit sortir de la guérite un beau garçon à l'épaisse barbe blonde qui commençait son tour d'estacade. Il reconnut le douanier avec lequel il avait eu de si bons rapports depuis son arrivée aux Pêcheries, et il s'élança vers la plate-forme.

« Bonjour, monsieur Cadok, dit gaiement le jeune homme en portant le doigt à son chapeau ciré ; il y a bien longtemps qu'on ne vous a vu au quartier.

— C'est que je suis devenu pêcheur, dit Cadok gravement, à présent je pêche si bien, Baptiste, que j'attrape du poisson.

— Tant mieux, monsieur. Mais nous en prenons, nous aussi, et surtout nous en voyons prendre. Hier les messieurs de la Vieille-Bruyère ont seiné devant chez nous. Les mulets grouillaient au fond de leur filet et sautaient même par-dessus bord.

— J'aime beaucoup à voir seiner, dit Cadok ; je crois bien que mon ami le pêcheur a une seine, et je lui demanderai d'aller avec lui. Je suis bien aise qu'il vienne demeurer ici.

— Ici, où ? monsieur Cadok.

— Là, » dit Cadok, en étendant le bras vers la maisonnette.

Les sourcils blonds du douanier se froncèrent terriblement.

« Est-ce que vous connaissez ce brigand de Jean Minuit ? demanda-t-il, est-ce que monsieur votre grand-père vous permet d'aller dans sa société. »

Cadok le regarda tout atterré.

« Un brigand, bégaya-t-il, un brigand. L'homme qui s'appelle Jean-Marie est un brigand.

— Oui, monsieur, un vrai. Où diable l'avez-vous rencontré? On ne le voit guère le jour qu'à l'auberge ou sur son vieux sabot de bateau.

— Je suis allé le voir arranger sa maison, répondit Cadok; cette maison-là est bien à lui, n'est-ce pas?

— Oui, oui, c'est la dernière chose qui lui reste de l'héritage de son père, qui était le plus honnête homme de Caqueron. Il y a longtemps qu'il nous menace de venir s'installer ici, pour nous insulter tout à son aise. Et puis, voyez-vous, il est généralement renvoyé de partout, et on lui a probablement signifié son congé de la maison qu'il avait louée au bourg.

— Pourquoi? demanda curieusement Cadok.

— Eh! parce que, buvant tout son argent, il n'en a jamais pour payer son loyer. Avec cela, quand il est en ribote, il ressemble à une véritable bête féroce, et il chercherait chicane à un amiral. Nous le connaissons bien, nous autres douaniers, qui gênons son petit commerce. Quand son bateau est à l'ancre devant le quartier et qu'il a bu un coup, il passe des heures à nous insulter, au large bien entendu.

— Mon Dieu, il ne m'a pas paru si méchant que cela à moi, Baptiste. C'est lui qui m'a arrangé une ligne sans que je le lui aie demandé. Je le regardais bien tranquillement travailler à sa maison.

— Et il travaillait sans jurer, monsieur?

—- Ah! il jure beaucoup. Quand un clou s'enfonçait mal, quand une planche ne s'ajustait pas, il jurait, oui, il jurait beaucoup; mais comme il jure le plus souvent entre ses dents, je ne comprends pas bien les mots.

— Tant mieux pour vous, monsieur, car c'est l'homme le plus mal embouché du pays. Voyez-vous, la colère et l'eau-de-vie l'ont perdu. On dit comme ça qu'il a passé par toutes les prisons de terre et de mer, et qu'il a bien souvent manqué causer mort d'homme dans les batailles que les ivrognes se livrent entre eux. Il faut le dire pour être juste, il est fort comme un cheval et bon marin avec cela, mais toujours prêt à assommer son monde.

— Baptiste, je suis bien fâché d'apprendre toutes ces choses, soupira Cadok, je ne le croyais pas si méchant.

— Il n'y a pas de quoi s'étonner, monsieur. On dit comme ça, à sa décharge, que cette bête féroce n'a jamais fait mal à un enfant. La vie d'un homme pour lui n'est rien ; mais il n'a jamais été dit qu'il ait brutalisé un enfant, même quand l'eau-de-vie lui a fait perdre la raison. Je ne veux pas le faire plus méchant qu'il n'est. Je vous dirai même ce que tout le monde sait c'est : qu'il est très bon pour sa mère, qui est une sainte femme. Même quand il est ivre à ne pas se tenir debout, il ne la toucherait pas du bout du doigt, et il n'y a pas de danger qu'il lâche devant elle ses épouvantables blasphèmes. Avec ça il a aussi un fond de religion pour ce qui regarde l'église et les prêtres. Il lève son chapeau devant les croix et il se retient de jurer quand les curés passent. Voyez-vous, monsieur Cadok, si cet homme-là n'avait pas ça, il est tellement possédé par le démon de la colère et par celui de l'ivrognerie qu'il aurait déjà fini sur l'échafaud.

— Mais vous dites qu'il a été en prison, Baptiste.

— La prison ! c'est une maison de campagne pour lui, et comme chacune de ses brutalités lui donne quelques jours à l'ombre, il en a pris l'habitude. Quand il est absent de Caqueron, il n'y a pas besoin d'être sorcier pour deviner où il est.

— Et qu'est-ce qu'il fait donc pour se faire emprisonner.

— Je vous l'ai dit, il assomme à moitié les gens.

— Mais pourquoi ?

— Parce qu'il est ivre et qu'alors il faut qu'il insulte et qu'il tape.

— Est-ce qu'il est voleur aussi, Baptiste ? »

Baptiste se mit à rire.

« Oh ! monsieur, dit-il, si un homme disait cela devant lui, il recevrait bien vite pour toute réponse la plus belle volée de coups de pieds et de coups de poings. Lui ! il se regarde comme le plus honnête homme du pays. C'est vrai qu'il ne volerait pas un centime à qui que ce soit. Il ne vole que le gouvernement, qu'il déteste à cause de ses employés.

— Pourquoi, Baptiste?

— Eh! parce qu'ils mettent le nez dans ses petites affaires. Aussi est-il obligé de cacher le plus possible ses expéditions. On l'a surnommé Jean Minuit justement à cause de l'obligation où il se trouve de naviguer en pleine nuit. Malgré cela, s'il avait autre chose à lui que cette mauvaise barque, nous ne serions plus en paix sur les côtes. C'est un bandit doublé d'un corsaire que cet homme ! »

Cadok ne répondit rien. Le pauvre petit tombait des nues. Ces révélations le troublèrent profondément. Eh quoi! cet homme si fort, si complaisant pour lui, si adroit, si bon pêcheur, était un bandit!

Il en voulait presque à Baptiste de lui avoir raconté tout cela, et il mit à dessein une certaine distance entre lui et le douanier. Bientôt, d'ailleurs, celui-ci fut remplacé dans sa faction. Cadok ne le suivit pas selon son habitude jusqu'à la pointe pittoresque où s'élevait la maison du corps de garde, entourée d'autres maisonnettes habitées en grande partie par les familles des douaniers.

La déception, chose jusqu'alors inconnue à l'enfant, amenait avec elle une grande tristesse.

Assis au soleil sur l'estacade, il oubliait la maisonnette, et même sa ligne. Son nouvel ami était ivrogne, colère et brutal, voilà ce qui restait acquis, et il y avait bien de quoi refroidir sa sympathie. Mais enfin, lui aussi détestait les douaniers, il était peut-être bien simple que ceux-ci lui rendissent la pareille. D'ailleurs, puisqu'il n'y avait pas de cabaret sur la grève, il ne s'enivrerait plus. Cadok n'avait donc pas à redouter sa colère, et, d'ailleurs, Baptiste lui-même l'avait dit, il ne battait jamais les enfants.

Cadok était encore tout occupé de ces pensées quand la barque de Jean Minuit parut à l'horizon.

Elle marchait bien sous la voile, qui se gonflait glorieusement sous la brise. Peu à peu les objets qu'elle portait devinrent distincts. Des paquets et des meubles l'encombraient de l'avant à l'arrière.

A l'avant, sur une pile de matelas, était assise fort commodément une vieille femme que Cadok reconnut pour celle
qu'il avait aidée plus d'une fois à charger son filet plein de
goémon; à l'arrière, Jean Minuit tenait le gouvernail, et de sa
bouche jaillissaient de longs jets de fumée bleue.

Cadok ne se précipita pas au-devant du bateau. Il s'interro-
geait sur la conduite à tenir avec Jean, et il se contenta de
surveiller le débarquement. Peu à peu s'effaçait la pensée
pénible que les paroles du jeune douanier avaient éveillée en lui
Que voyait-il, en effet? Cet homme qu'on lui avait peint si
redoutable, cet habitué des prisons, ce bandit, aidait, avec
toutes les précautions imaginables, sa mère à descendre du
bateau, la soutenait sur l'estacade et la conduisait jusqu'à la
maisonnette; puis il revenait et opérait le déchargement. Une
fois de plus, Cadok admirait sa force herculéenne en le voyant
charger sur ses épaules des meubles entiers qu'il allait déposer
dans la maisonnette.

Il opéra en peu d'instants le gros du déménagement: puis il
disparut dans sa maison, et le bruit de coups de marteau
répétés arriva jusqu'à Cadok, et lui firent l'effet d'un appel.
Il n'hésita pas et, se levant d'un bond, il courut jusqu'à la
cabane. Avant d'y entrer, il jeta un coup d'œil par la petite
fenêtre ouverte au large. Jean Minuit avait déjà rangé les prin-
cipaux meubles, c'est-à-dire deux lits clos et un vieux buffet
à dressoir, contre la muraille blanche. Il faisait glisser dans
ses gonds le dernier battant d'une armoire, qui, avec la table
massive placée sous la fenêtre, composait tout le pauvre
mobilier.

« Monsieur Cadok, j'avais dit à la bonne mère qu'elle vous
trouverait ici, cria-t-il de sa voix de stentor, les anguilles vous
ont bien occupé, je vois ça. En avez-vous pris beaucoup?

— Pas une, répondit Cadok se décidant à entrer.

— Le voilà, ma mère, dit Jean, c'est bien lui, n'est-ce pas?

— Oui, » répondit une voix très basse et très douce.

Et la vieille femme, assise dans un fauteuil de bois au coin
de l'âtre, se leva et dit à Cadok :

« Entrez donc vous asseoir, monsieur. Le goémon est sec maintenant et il brûle bien, comme vous voyez. J'en aurais perdu plus d'une charge si vous ne m'aviez pas un peu aidée. »

Cadok répondit par un sourire à la vieille paysanne, qu'il reconnaissait bien maintenant. Seulement il s'étonnait que cette bonne vieille au visage doux, à la voix calme, fût la mère de cette espèce de géant à l'air sauvage.

Il alla s'asseoir sur l'escabeau placé de l'autre côté de la cheminée, et la conversation s'engagea. La vieille Perrine avait connu la famille de Kerhaliguen. Elle dit même que le père de Cadok lui avait, dans le temps, rendu un grand service et, en faisant cette allusion, elle parlait à demi-voix et jetait vers son fils un regard douloureux.

« Voilà ! dit tout à coup Jean Minuit, en donnant à l'armoire un coup d'épaule qui la colla contre le mur ; nous ne coucherons pas à la belle étoile, et notre linge ne passera pas la nuit dans le bateau. Et nous voilà chez nous, ma mère, et le facteur ne nous apportera plus de papiers verts et, nom d'un tonnerre ! on ne viendra plus me mettre à la porte.

— Vous avez encore bien des choses dans le bateau, Jean, dit la vieille femme, vous allez les prendre, je pense.

— Tout de suite, quand j'aurai chevillé la roue de ma brouette. Diable ! il ne faut pas laisser la marmite se rouiller à bord de la *Bonne-Mère*, ni permettre à ces douaniers de malheur, que le tonnerre écrase, de fouiller dans mes paquets. »

Et il sortit en brandissant son marteau.

« Pourquoi donc jure-t-il toujours après les douaniers ? » demanda Cadok à la vieille Perrine, qui lui inspirait une grande confiance.

Pour toute réponse elle leva doucement les épaules et soupira profondément.

« C'est que maintenant il va les voir tous les jours, reprit Cadok ; il aura toujours le douanier de garde devant les yeux, il sera toujours en colère alors. »

La vieille femme hocha la tête.

« Ses colères ne sont pas méchantes quand il ne boit pas

d'eau-de-vie, dit-elle : c'est l'eau-de-vie qui le fait pécher.
Ah ! le pauvre garçon, il aurait été comme les autres un brave
homme et un bon chrétien sans l'ivrognerie. Comme son défunt
père, il était vif, il aimait à se battre ; mais c'est à l'État qu'il
s'est perdu par la boisson. Quand il est revenu, je ne le recon-
naissais pas. Ce n'était plus le même homme. Les vaisseaux et
les régiments nous changent bien nos enfants ! Mais je peux
dire que s'il a péché contre les commandements du bon Dieu,
il y en a un qu'il n'a jamais oublié : celui qui commande l'assistance et le respect aux père et mère. Non, il m'a fait bien du
chagrin, mais il n'a jamais levé la main sur moi, souvent il s'est
retiré le pain de la bouche pour m'en donner. Par le bourg on
dit qu'il est méchant, qu'il querelle tout le monde. Oui, quand
il a bu de l'eau-de-vie.

— Et il en boit beaucoup ? demanda Cadok.

— Tant qu'il a de l'argent, murmura Perrine avec cette résignation passive qui ne fait jamais défaut aux paysannes et qui
leur donne la possibilité de vivre, quelque dur que soit leur
sort.

— Ici, il n'y a pas d'auberge, dit Cadok, vous devez en être
bien contente.

— Peut-être qu'il boira moins, monsieur ; mais il ira bien
souvent au bourg, et puis ne parlait-il pas de monter un cabaret
ici. Je suis venue demeurer avec lui pour empêcher ça. La
justice y arriverait bientôt, car la boisson amène partout la
ruine et les querelles avec elle.

— Est-ce qu'il n'a pas honte d'avoir été en prison ? » demanda Cadok, en baissant involontairement la voix.

Le visage parcheminé de Perrine devint d'un rouge ardent.

« Non, monsieur, dit-elle, pas la honte qu'il devrait avoir.
Il n'y a jamais été condamné pour des choses honteuses. Les
hommes, en ce pays, fraudent et se battent sans pour cela se
croire déshonorés. Pourtant cette prison-là lui a valu sa mauvaise réputation et l'a empêché d'épouser Louise, du Grand-
Moulin, avec qui il était fiancé avant de partir pour le service.
Voyant qu'il était devenu ivrogne et querelleur, elle eut grand'-

peur aussi d'être battue et retira sa promesse. Eh bien ! non,
elle ne l'aurait pas été, et il se fût rangé, c'est sûr. Le chagrin
de son cœur le porta à boire encore plus. A présent il a le feu
dans la gorge et il ne peut pas se passer d'eau-de-vie. Il se
passerait plutôt de manger.

— Il ne boit pas dans son bateau, n'est-ce pas?

— Non, quand il a le cœur à l'ouvrage. Mais il s'embarque
bien souvent quand il est gris, et il a sombré je ne sais combien
de fois ; mais il est toujours revenu à la nage. C'est de ça seulement que j'ai peur, ajouta la pauvre mère en frissonnant, car
mourir naufragé, c'est mourir sans sacrements. »

Comme elle prononçait ces paroles d'un ton pénétré, la
face balafrée de Jean Minuit se montra à la fenêtre.

« Est-ce que vous ne viendrez pas m'aider, monsieur, dit-il
gaiement. La bonne mère a dans le roufle des choses bien
fragiles que vos petites mains manieront mieux que les
miennes.

— J'y vais, cria Cadok, qui trouvait en ce moment une très
bonne figure à son brigand d'ami et qui jetait par-dessus bord
les transes de sa timidité ; j'y vais, Jean. »

La vieille femme allongea son bras maigre, et sa main s'appuya sur l'épaule de Cadok.

« Non, non, n'ayez pas peur de lui, monsieur, dit-elle d'un
ton pénétré, il n'a jamais battu un enfant, et il vous aime
bien. N'écoutez pas ses jurements ni ses paroles de colère, voilà
tout. »

Cadok lui adressa un sourire d'intelligence, et, sur cette
réponse tacite, s'en alla en bondissant sur les pas de Minuit.

Le débarquement des ustensiles de ménage fut des plus
amusants. La mer était basse, il restait néanmoins assez d'eau
pour qu'il fût nécessaire de faire sur une planche la traversée
de l'estacade à l'avant du bateau, et cela amusait beaucoup
Cadok de passer et de repasser sur ce pont mobile. Peu à peu
la barque se vida, et Cadok s'écria, en voyant Jean rester les
bras ballants :

« Il n'y a plus rien à bord, Jean.

» — Il y a le plus difficile à porter, monsieur, et si vous voulez vous en charger, vous serez bien gentil. La mère tient à ces choses-ci, et moi aussi, nom d'un tonnerre ! »

Et, se courbant, il se saisit d'une statue de la sainte Vierge dont la couronne dorée et le manteau bleu étaient devenus noirs de fumée.

Ce petit modèle de la statue de Notre-Dame-de-Bon-Voyage, qui se trouvait à la paroisse, ce frêle objet de plâtre avait paralysé la brusquerie des mouvements du pêcheur. Il le porta gauchement à Cadok, debout sur la planche qui formait le pont, et s'écria :

» Monsieur, attention à la main droite de l'Enfant-Jésus, s'il vous plaît, car elle se détache. Je l'ai cassée un jour de noce, mille millions de tonnerre, je ne peux l'oublier parce que cela a fait pleurer la mère. On l'a raccommodée, mais ça branle. Tenez la statue bien droite, comme ça. Allez maintenant. J'apporterai le reste. »

Il alla prendre à pleines mains de vieux cadres, des images coloriées, des chapelets, des bénitiers, tous ces objets qui sont le pieux ornement des chaumières en pays chrétien, et il les entassa dans sa brouette.

« Il faut d'abord penser à ce que vous portez là, dit-il; tant que la bonne Vierge ne sera pas chez nous, la mère ne sera pas tranquille. Je viendrai chercher les chaudrons et les trépieds plus tard. Filons toujours avec ceci.

Et, empoignant les manches de la brouette, il la fit rouler vers la maison en prenant toutes sortes de précautions, et se détournant de temps en temps pour surveiller l'attitude qu'avait la statuette de plâtre dans les bras de Cadok. Il tenait à s'assurer de la bonne position de la petite main de l'Enfant-Jésus que, dans un jour d'ivresse, il avait eu, mille millions de tonnerre, le malheur de casser.

« Ma mère, dit-il en se faisant précéder de sa brouette dans la chaumière, voici un chargement que je ne voudrais pas avoir tous les jours entre les mains. Le diable m'emporte, si je n'aime pas mieux traîner une brouette pleine de cailloux dont le plus petit pèse sa livre, que celle-ci, qu'un enfant poussant devant lui. »

La bonne mère, dont le visage s'était éclairé d'un rayon de joie en apercevant intacte, entre les bras de Cadok, la statuette qui avait toujours la place d'honneur en son pauvre logis, sourit à son fils, et pour toute réponse lui tendit un marteau et une poignée de menus clous.

Aidé de Cadok, il se mit à décharger la brouette de son fragile chargement ; mais, devenant tout à coup songeur :

« Monsieur Cadok, dit-il, vous serez bien capable de clouer des pointes dans la muraille et d'accrocher toutes les dévotions de la mère à sa guise. Pour moi, j'ai autre chose à faire. J'ai encore toute la batterie de cuisine et toute la ferraille à apporter ici avant que mon bateau soit à sec.

— J'arrangerai cela très bien, Jean, dit Cadok, qui aimait à manier le marteau ; allez à vos affaires.

— C'est bon. Plaçons la Sainte-Vierge alors. Retirez les couronnes et les chapelets, monsieur Cadok ; nous remettrons cela plus tard. »

Il prit la statuette, se leva sur la pointe des pieds, et, du bout des doigts, la déposa sur le socle de bois qui lui était destiné au milieu du manteau de la cheminée. Puis, avec une adresse rare, il replaça les couronnes, les guirlandes de fausses fleurs enfumées, les rosaires, suivant avec docilité les instructions de la vieille mère, qui voulait que tout fût placé absolument comme autrefois.

Cela fait, il alluma une pipe, et s'en alla opérer le transbordement de ce qu'il appelait « la ferraille », laissant Cadok s'escrimer avec le marteau et les clous et orner la muraille nue et blanche de tous les souvenirs pieux de la famille.

Son travail fut terminé à peu près dans le même temps que celui de Jean Minuit, et il se hâta de le suivre jusqu'à l'estacade. Il s'amusa beaucoup à le voir déployer sa force herculéenne pour mettre à flot son bateau à moitié envasé.

Quand cela fut fait, il se retourna tout d'une pièce vers Cadok, et, ôtant son chapeau :

« Merci, monsieur, dit-il d'une voix forte, vous êtes un bon cœur. Aussi vous saurez que voici un bateau et un batelier qui seront à votre disposition quand vous le voudrez. Demain je vous attendrai pour aller à la pêche. »

Cela dit, il replaça son chapeau sur ses cheveux crépus, et s'éloigna en ramant vigoureusement des deux mains.

Alors Cadok s'aperçut que le jour baissait et qu'il n'avait pas un moment à perdre pour regagner les Pêcheries, s'il voulait y arriver pour l'heure du dîner. Il courut vers la falaise, et, du bas du sentier, se trouva nez à nez avec Julien, tout essoufflé par une course rapide.

« Venez bien vite, monsieur Cadok, s'écria-t-il, Fine vous croit noyé, elle dit comme ça que vous n'êtes jamais resté seul si longtemps sur la grève.

— C'est que je m'amusais beaucoup, répondit Cadok. Sais-tu que je prends du poisson maintenant, Julien. Fine te l'a-t-elle dit ?

— Oui, monsieur, et j'en prendrai aussi, vous verrez. La lessive est finie chez Pierre, et, en gardant la toile sur la lande, j'ai bien arrangé mes lignes et bien affilé mes hameçons, vous verrez.

— Tes hameçons ne valent rien, mon pauvre Julien.

— Hein ! quoi, mes hameçons ne valent rien ?

— Rien du tout, et c'est pourquoi nous n'avons jamais pris de poisson avec eux. J'en achèterai maintenant comme ceux de Jean Minuit.

— Jean Minuit, répéta Julien en ouvrant tout grands ses yeux ronds.

— Mais oui, le pêcheur qui demeure maintenant dans la maison au bas de la falaise.

— Je l'ai bien vu tout à l'heure dans son bateau. Est-ce que c'était à vous qu'il parlait, monsieur Cadok ?

— Oui, c'était à moi. Demain nous irons pêcher en pleine mer, tu viendras si tu veux, je le lui demanderai. »

Julien fit la grimace.

« Oh ! monsieur, dit-il, ma mère ne voudrait pas me voir

faire compagnie avec Jean Minuit, qu'on appelle « le bandit » dans la paroisse. »

Cadok rougit de colère.

« Qu'est-ce que cela fait ? dit-il ; moi je le trouve très bon pour sa mère, et il est très complaisant pour moi.

— Mais vous ne savez pas que quand il est ivre, il bat tout le monde, continua Julien.

— Pas les enfants. Sa mère m'a dit qu'il ne battait jamais les enfants, riposta gravement Cadok en se mettant en marche.

— Je ne sais pas, dit Julien, qui ne voulait pas contredire plus longtemps Cadok.

— Eh bien ! moi, je le sais, Julien, et je sais aussi que quand il a amorcé une ligne, les poissons mordent toujours. Il n'est pas si méchant que cela. Je te l'ai dit, il est très bon pour sa mère. Si seulement il aimait les douaniers ! Saurais-tu par hasard pourquoi il jure toujours après les douaniers, Julien ?

— Non, monsieur ; mais il jure bien.

— Mon Dieu ! comme il ne les aime pas ! comme il ne les aime pas ! Rien que de voir leur guérite, il met son chapeau de travers, et il jure entre ses dents pendant une demi-heure.

— Ce sont eux peut-être qui l'ont fait aller en prison, fit remarquer Julien.

— Ah ! il a été en prison, c'est vrai, soupira Cadok, extrêmement fâché au fond que Julien connût ce détail écrasant.

— Oui, monsieur, c'est pour cela que nous autres, braves gens, nous ne le fréquentons pas.

— Alors tu ne viendras pas demain pêcher avec moi ?

— Je demanderai la permission à ma mère, monsieur ; pour une fois, elle voudra bien me permettre cela. »

Là-dessus ils se séparèrent. Julien regagna la maisonnette isolée, et Cadok courut jusqu'au grand pavillon, sur le seuil duquel il aperçut Fine, dont le visage était tout effaré.

« Eh bien ! s'écria-t-elle, vous n'êtes pas gêné, monsieur Cadok, de nous inquiéter comme ça. Je vous croyais noyé, tout de bon, cette fois. »

Et elle se mit à le pousser des deux mains vers la salle à manger.

« Comme tu es grognon aujourd'hui, dit Cadok moitié riant, moitié murmurant ; je vais regarder à une minute, je pense, quand je m'amuse sur les grèves.

— Mais savez-vous quelle heure il est, monsieur ? Voilà bien longtemps que monsieur et mademoiselle sont descendus pour souper, et s'impatientent à vous attendre. Mettez-vous à table, je sers. »

Et elle disparut, laissant Cadok assez embarrassé de paraître devant ses grands-parents, qui avaient conservé pour l'heure de leurs repas cette exactitude qui est une politesse.

En entrant dans la salle du trône, la physionomie inquiète de l'enfant s'éclaira.

Le frère et la sœur, placés en face l'un de l'autre, n'étaient aucunement, quoi qu'eût assuré Fine, occupés à l'attendre. M. de Kerhaliguen, la tête enfoncée dans le collet de sa robe de chambre, les mains posées sur les bras de son vieux fauteuil, prêtait une attention soutenue à la lecture que lui faisait Mlle Angélique. Celle-ci, assise très droite sur le fauteuil-trône, lisait sans lunettes une immense page de papier jaune, et, quand Cadok voulut s'excuser du retard de son arrivée, elle fit un geste d'impatience pour lui imposer silence.

La lecture finie, elle se tourna vers Cadok avec une physionomie solennelle qui ne lui était pas habituelle.

« Je vais être grondé maintenant, » pensa Cadok en baissant les yeux.

Au lieu de la réprimande méritée, Mlle Angélique, frappant un coup sec de son index sur l'épais papier, s'écria :

« Mon enfant, voici une véritable trouvaille que j'ai faite, et qui est du plus haut intérêt pour toi. C'est une sorte de contrat de mariage entre notre ancêtre Jehan de Kerhaliguen et Huguette de Mirancourt. Il y a dans cette pièce un aperçu de la fortune territoriale des Kerhaliguen en ce siècle : c'était véritablement magnifique. »

Cadok, bien que peu touché de ces magnificences évanouies,

allait peut-être manifester son contentement de la trouvaille de sa tante; mais la voix de Fine lui coupa la parole.

« Mademoiselle, cria-t-elle de la porte, vous n'allez pas laisser refroidir la soupe à présent, j'espère.

— Non, non, » répondit Cadok.

Et, enchanté de la tournure que les choses avaient prise, il alla comme d'habitude donner un coup de main à l'opération du lever de son grand-père qui marchait bien une fois debout, mais qu'il fallait arracher en quelque sorte à son fauteuil.

Pendant le souper, la conversation se remit naturellement sur la pièce importante que Mlle Angélique avait dénichée dans ses papiers. Cadok, avec une finesse tout à fait précoce, la laissa discourir là-dessus, et, au dessert seulement, il dit un mot de ses affaires, qui l'intéressaient plus que ces papiers moisis, d'où s'exhalait pour Mlle Angélique un si pénétrant parfum d'honneur et de fortune, qu'elle s'en rassasiait à plaisir.

Il en arriva à conter qu'il s'amusait extraordinairement sur les grèves, depuis qu'il avait fait la connaissance d'un pêcheur, Jean Gorrec, qui demeurait maintenant tout près de l'estacade avec sa vieille mère.

Grâce à cette connaissance précieuse, il espérait bien fournir de poisson la table de son grand-père, et, le lendemain même, si on lui permettait d'aller à la pêche avec Jean, il conquerrait sa part de poisson et apporterait de grandes provisions à Fine.

Mlle Angélique, qui ne pouvait tomber en de si puérils détails après s'être élevée jusqu'aux hauteurs sociales où l'avait conduite la lecture du vieux parchemin traitant de l'alliance de Jehan de Kerhaliguen, l'écouta avec distraction, et lui accorda en bloc toutes les permissions désirées.

Cadok, enchanté, se coucha avec la perspective d'aller, le lendemain, à la pêche en pleine mer, ce qui avait été jusque-là le plus irréalisable de ses rêves.

Et il ne pouvait s'empêcher de sourire en pensant que c'était au vieux parchemin qu'il devait d'avoir échappé à une réprimande bien méritée, et qu'il devait surtout d'avoir escamoté une permission qui lui mettait la bride sur le cou.

CHAPITRE X

Le lendemain Cadok fut sur pied de très bonne heure, et, narguant Julien, auquel sa mère avait défendu la partie, s'embarquait sur la *Bonne-Mère* avec Jean le Bandit.

Une vie nouvelle et charmante s'ouvrait devant lui, et dans sa petite tête il avait arrangé toutes choses selon l'intérêt de ses plaisirs.

Les jours de pluie ou les jours d'absence de Jean Minuit, qui s'absentait souvent, il prendrait ses leçons avec son grand-père, il jouerait avec Julien et il ferait des visites à ses amis les douaniers ; les jours où il serait sûr d'avoir la compagnie de Jean, il laisserait tout le reste. La manœuvre d'un bateau et la pêche n'avaient plus de secrets pour Jean. Il lui était très profitable de recevoir ses enseignements là-dessus.

Tout marcha à souhait pendant quelque temps. Le grand-père et la grand'tante ne s'apercevaient même pas du changement de vie adopté par l'enfant. Ils trouvèrent seulement qu'il devenait capricieux dans l'emploi de son temps. Tantôt, en effet, Cadok passait des demi-journées entières avec son grand-père, écrivant avec rage, questionnant avec ardeur ; tantôt il semblait que le plancher de la chambre d'étude lui brûlait les pieds. Ces jours-là, une migraine subite le saisissait et il obtenait d'aller se guérir au grand air le reste de la journée.

Il poussa l'adresse jusqu'à se rendre maître des répugnances de la mère de Julien. La vieille Perrine était sa tante, et Cadok en parlait avec une vénération qu'elle méritait. Et puis, Cadok affirmait qu'il ne s'approchait jamais de Jean Minuit sans bien s'assurer que l'eau-de-vie n'avait pas mis le feu aux poudres. Naturellement un homme ivre lui faisait peur. Il en était arrivé à reconnaître, à première vue, l'état dans lequel se trouvait Jean Minuit. Rien qu'à la manière dont le Bandit retroussait sur son front la partie de son chapeau de feutre destinée à ombrager son visage, Cadok jugeait qu'il s'était rendu insociable. Jean Minuit s'enivrait d'ailleurs si souvent que l'expérience en avait été bientôt acquise.

« Mais cet homme-là blasphème, quand il est ivre, monsieur, lui avait dit un jour la mère de Julien, et mon pauvre enfant n'entendra que trop tôt ces abominables paroles, là où il ira gagner sa vie. »

Cadok répondit en affirmant que Jean ne blasphémait que sous l'influence de l'eau-de-vie ; qu'en temps ordinaire on ne comprenait pas un mot de toutes les malédictions qu'il mâchonnait entre ses dents contre les douaniers et les gens qui, au moindre coup de poing, allaient le dénoncer à la justice. Enfin, lorsqu'il était dans son bon sens, il ne prononçait jamais le saint nom de Dieu dans les jurements qui lui échappaient.

Ceci avait rassuré Jeanne. Apprendre à blasphémer était encore le plus grand danger que pût courir son fils dans la compagnie du Bandit, qui, après tout, était le premier marin du pays et qui prenait plaisir à faire part de sa science aux deux enfants.

Un dernier argument lui restait cependant :

« Mais on dit comme ça qu'il a de la poudre et des armes chez lui, dit-elle, et s'il arrivait par malheur qu'il se mît à décharger son fusil quand les enfants seraient là. »

Cadok ne parut pas embarrassé.

Certainement, Jean Minuit avait chez lui de la poudre, un fusil à un coup, un revolver et même son sabre d'abordage, qu'il aimait beaucoup ; mais quel danger cela faisait-il courir.

D'ailleurs, du moment que les enfants n'approchaient pas de lui quand il était pris de boisson, il n'y avait pas à regretter qu'il leur apprît le maniement des armes.

La résistance la plus corsée vint de Fine, qui avait voulu connaître à fond les nouveaux voisins avec lesquels son petit maître se liait si intimement. En apprenant par les douaniers ce qu'était le nouvel ami de Cadok, elle avait d'abord jeté feu et flamme ; un peu plus elle faisait intervenir Mlle Angélique, et puis le hasard l'avait mise en relation avec la mère de Jean Minuit, et la vue de la bonne vieille femme avait soudain calmé ses inquiétudes. Elles s'étaient rencontrées au four du village de la Pitié, au lavoir ; Fine avait vu son fils venir prendre sur ses épaules les paquets de linge mouillé ; elle l'avait entendu parler de Cadok en des termes admiratifs, si bien qu'après avoir menacé de faire témoigner devant Mlle Angélique que le nouvel ami de Cadok n'était qu'un véritable gibier de potence, elle en vint à fermer les yeux et à espérer, comme Jeanne, et avec Jeanne, sa conversion.

Les bonnes âmes se figuraient qu'éloigné forcément des auberges par son domicile actuel, Jean Minuit commençait déjà à s'amender, et elles en avaient fait courir le bruit. Ce qui était certain, c'est que Jean Minuit traversait une phase douloureuse et purifiante. Son estomac, délabré par les liqueurs fortes, commençait à le faire cruellement souffrir.

Mais, quelles que fussent ses souffrances physiques, il ne manquait pas de s'enivrer le dimanche et le lundi. Il cuvait son vin le mardi et en de telles douleurs, que les autres jours de la semaine, à moins d'occasion, il n'approchait plus de l'auberge. Tantôt il travaillait à consolider la maisonnette, tantôt il s'adonnait sérieusement à la pêche et louait son bateau aux touristes qui tentaient de longues promenades sur cette mer si caressante après la saison des tempêtes.

Cadok et Julien connaissaient maintenant leur compagnon comme sur le bout du doigt et savaient parfaitement à quoi s'en tenir.

Ils s'étaient fait un complice de la bonne vieille mère, qui

les tenait au courant des faits et gestes de son fils, quand ils ne
l'avaient pas aperçu dans le sentier. Alors sa démarche seule
leur révélait que les libations avaient été copieuses, et qu'il n'y
avait pas à s'approcher de Jean, qui marchait la visière levée,
montrant le poing à des adversaires fantastiques, jurant
comme un païen et mettant à défi tous les marins et tous les
douaniers du monde de lui tenir tête sur un bateau, quelque
temps qu'il fît.

Mais ils ne le voyaient pas toujours au dehors, et il devenait
nécessaire de consulter la bonne vieille mère.

Les jours néfastes d'ivresse à peu près régulière, ils pas-
saient devant la maisonnette en s'effaçant le plus possible, et
l'un d'eux s'arrêtait près de la fenêtre pour regarder à la
dérobée dans l'intérieur. Parfois ils apercevaient Jean Minuit
couché comme une brute sur le banc de bois qui bordait le lit,
et plongé dans cette lourde somnolence de l'ivrogne, qui équivaut au sommeil, tantôt ils le voyaient arpenter l'appartement
en gesticulant et en laissant couler comme un torrent, de ses
lèvres épaisses, des paroles de colère et de vengeance, effroya-
bles à entendre.

Mais parfois aussi sa présence ne leur était révélée que par
une sorte de grognement, et c'était alors que la pauvre vieille
mère leur faisait signe de ne pas entrer dans la bauge où le
sanglier furieux s'était tapi.

Alors ils s'en allaient en discourant sur les effets de l'eau-
de-vie, et Julien affirmait qu'il serait matelot, mais qu'il
n'aurait garde de s'enivrer, de peur de devenir semblable à
Jean.

Sans le savoir, les deux enfants bénéficiaient de l'idee spar-
tiate, et devant l'ilote ivre juraient une haine éternelle à l'eau-
de-vie. Car la vieille Perrine le leur avait répété sur tous les
tons : c'était la passion pour l'eau-de-vie qui avait perdu son
fils. Ce n'était pas qu'il fût né doux, ajoutait-elle. Oh !
non, il ressemblait pour le caractère à son défunt père, qui
avait la colère dans le sang. Mais comme il ne buvait pas, lui,
comme il était resté bon chrétien, il avait pu vivre en paix

avec sa famille et ses voisins, car la brutalité n'était pas descendue dans son cœur et n'avait pas gâté tous ses bons senti-
ments.

La semaine amusante ne commençait pour Cadok que le
mercredi; mais Jean Minuit ne lui avait guère faussé compagnie ce jour-là. Quelle fut donc sa déception, quand, toujours
épris de la pêche, il vint un mercredi d'avril frapper à la
fenêtre de la chaumière, et que la vieille Perrine lui montra
le visage attristé des mauvais jours. Elle entr'ouvrit même sa
fenêtre pour parlementer avec les deux enfants.

« Allez-vous-en, pauvres petits, dit-elle; allez-vous-en,
n'approchez pas de lui aujourd'hui, le démon le possède.
Heureusement qu'il est couché au bas de la place, et c'est ce
qui me donne un peu de repos.

— C'est mercredi aujourd'hui, cependant, dit Cadok d'un
ton de reproche; voilà trois jours qu'il boit, et ce n'est pas
assez.

— Monsieur, il n'est pas revenu cette nuit. Je crois bien
qu'il a passé la nuit dans le grenier de l'auberge, et qu'il a
bu ce matin. Il avait gagné beaucoup d'argent samedi et
dimanche. Ce n'est pas la première fois que de travailler le
dimanche lui porte malheur. Il n'a plus un sou. Pourtant il
m'avait promis dix francs pour le boulanger. »

Comme elle disait cela, un juron formidable ébranla les
solives.

« Allez-vous-en, dit-elle, il est plus mauvais depuis quelque
temps, et j'ai été obligée de cacher les balles, il voulait aller
tirer sur le douanier de garde. Quand son démon le tient, je
ne sais pas ce qu'il ferait si je n'étais pas là. »

Elle ferma la fenêtre, et les enfants continuèrent tristement
leur promenade.

« Je vais au quartier, dit Cadok, viens-tu, Julien?

— Monsieur, il faut que j'apporte quelque chose à manger
chez nous, répondit Julien; j'étais sûr d'avoir un peu de poisson en allant avec Minuit, mais puisqu'il est encore ivre,
il faut que j'aille pêcher la crevette avec ma mère. L'eau-

de-vie est bonne à boire; mais je n'en boirai jamais qu'une
fois et dans un petit verre encore.

— Où est-ce que tu en as goûté, Julien?

— Bien souvent, en allant faire des commissions aux auberges. J'en demandais aux postillons, et ils me permettaient d'en
boire une gorgée dans leur verre; mais voilà bien du temps
que je n'en demande plus. Hier on a voulu m'en donner, j'ai
refusé : c'est ma mère qui était contente.

— Je n'en boirai pas non plus, » dit Cadok.

Et, chargeant Julien de tous les engins de pêche devenus
inutiles, il s'en alla seul, les deux mains dans les poches.

Après un quart d'heure de marche, il atteignit l'anse au
fond de laquelle se groupaient quelques maisons dominées
par une lourde bâtisse qui servait de quartier. Ce poste
solitaire n'était point des plus recherchés. Toutes les maisons
étaient occupées sans exception par les douaniers et leur
famille.

Cadok, bien connu au quartier, entra dans l'appartement
devenu un arsenal en miniature, et souhaita le bonjour au
patron assis devant une petite table qui servait de bureau.

« Baptiste est-il de service, patron? demanda-t-il.

— Non, monsieur, du moins pas à celui de l'État; mais dans
ce chien d'endroit, quand l'un est fini, l'autre commence.
Baptiste, après sa faction, est parti au bourg chercher du
pain. Je le sais bien, car ma femme lui a donné des commissions.

— Aujourd'hui je ne suis pas en chance, je ne trouve
aucun camarade, dit Cadok, en se plantant devant les carabines
au canon d'acier poli, qui lui renvoyèrent son visage assombri
par la mauvaise humeur.

— Monsieur, vous en avez un qu'il vous est avantageux de
ne pas trouver quelquefois, repartit le vieux douanier.

— Qui? » demanda Cadok en se détournant pour le regarder en face.

Le douanier sourit dans sa barbe grise, et, secouant les cendres de sa pipe, il lui dit :

« Allez-vous-en, » dit-elle.

« Oh ! vous savez bien de qui je veux parler. On est étonné de voir que Monsieur votre grand-père vous laisse comme cela vagabonder avec Jean Minuit.

— Je sais bien que les douaniers n'aiment pas Jean Minuit, dit Cadok d'un ton mécontent, je sais très bien qu'ils ne l'aiment pas.

— Et croyez bien, monsieur, qu'ils ont de bonnes raisons pour cela, » grommela le douanier, devenant grognon à son tour.

Cadok, mettant le poing sur la hanche, lui dit d'un ton provocant :

« Aussi pourquoi l'empêchez-vous toujours de draguer et de seiner.

— Ah ! il vous a conté ses aventures de pilleur de mer, monsieur.

— Est-ce qu'on peut piller la mer ? Est-ce que la mer n'est pas à tout le monde, patron ?

— Pourquoi diable alors gardons-nous les côtes nuit et jour, monsieur ?

— Je ne sais pas, » dit Cadok. Et il ajouta avec un sourire malin : « Pour moi, il me semble qu'on pourrait bien se passer de douaniers.

— Parbleu ! et de gendarmes aussi ! Votre ami de l'estacade et ceux qui lui ressemblent auraient beau jeu alors. Ils voleraient, ils tueraient et s'en iraient tranquillement boire la goutte chez eux.

— Jean Minuit n'a jamais tué personne, je pense.

— Je n'en répondrais pas, monsieur. Au régiment et sur la flotte il avait une fichue réputation. Pour mon compte, je lui ai tiré des mains un pauvre diable dont il a bien sûr hâté la mort. Il n'y a pas à dire, c'est un bandit que cet homme-là. Avec cela, il est aussi fin dans ses fraudes sur mer qu'il est brutal dans ses disputes sur terre. Oui, les douaniers le gênent diablement, et il leur donne diablement du tintouin. Il irait par tous les temps chercher du vin en Espagne et de la poudre en Angleterre, dans son vieux sabot de bateau. Il n'y a, ma foi,

que les douaniers qui le gênent. Sans eux, ce petit commerce-
là irait très loin. Jean Minuit vivrait de ses rentes. Il navigue
la nuit comme le jour, il se moque du mauvais temps : je crois
que quelqu'un lui a jeté un sort pour l'empêcher de se noyer.

— C'est un bon marin, patron.

— Personne ne dit le contraire, monsieur, c'est un très bon
marin.

— Et c'est un bon nageur aussi.

— Dites que c'est un poisson, monsieur. Personne ne s'est
jamais débattu dans l'eau comme ça, personne n'a jamais nagé
si longtemps.

— Et n'est-il pas bon pêcheur ?

— C'est-à-dire, monsieur, que quand il ne prend pas de
poisson c'est qu'il n'y en a pas. Je crois qu'il connaît le fond
de la mer par cœur et que, les yeux fermés, il mettrait le doigt
dans les trous où vont se cacher les congres. Ah ! si cet
homme-là avait voulu, il serait joliment à son aise à présent.
Mais, que voulez-vous, il a trouvé son maître.

— Quel est son maître ?

— L'eau-de-vie, monsieur, l'eau-de-vie l'a perdu, et l'eau-
de-vie le tuera comme elle en a perdu et tué bien d'autres, et
quand ça arrivera ce ne sera pas un mal pour le pays.

— On ne se guérit donc jamais d'être ivrogne ? demanda
curieusement Cadok.

— Le proverbe dit comme ça que : Qui a bu boira, monsieur. »

Et le vieux douanier, sur cet axiome, se leva en l'honneur
de deux étrangers qui entraient, et dont l'un d'eux portait une
casquette à insignes.

Cadok passa inaperçu derrière les deux arrivants et reprit
tout pensif le chemin de Kerguignon, où il arriva juste à temps
pour aider Fine à préparer le couvert pour le déjeuner.

« Cadok, tu as donc pris ta leçon ce matin, demanda
Mlle Angélique, qui, en arrivant dans la salle du trône, fut frappée de sa physionomie sérieuse.

- Non, ma tante, je suis sorti de très bonne heure, avec
Julien.

— Mon frère, il sera bientôt temps de nous occuper sérieusement de cet enfant, dit Mlle Angélique en allant soutenir les pas chancelants du vieillard. Il ne suit régulièrement que les cours de l'école buissonnière, il me semble.

— Cela lui donne de la santé, répondit le vieillard, frappant en passant un petit coup de son doigt décharné sur la joue fraîche de Cadok.

— Je ne dis pas non et je crois vraiment que notre santé à tous s'accommode assez bien de l'air salin qu'on respire ici. Vous et moi avons un appétit que nous ne connaissions pas à Pontmellac. Il faudra bien cependant qu'on s'occupe avec une certaine suite de l'instruction de Cadok. Il faut de la suite en tout. Si je ne m'étais mise sérieusement à mon classement, si tous les jours je ne dépouillais une liasse de papiers, cela avancerait-il, je vous le demande ? Vous savez que je lis très couramment le vieux français maintenant. Ah ! j'aurais joliment réussi à l'École des Chartes. Dites donc, mon frère, c'est une jolie carrière que celle-là. Si nous y mettions Cadok.

— Moi ! j'irais à une école de vieux papiers, s'écria Cadok, non, jamais. »

Mlle Angélique, qui avait pris sa place à table, faillit laisser tomber d'étonnement un plat plein de coquilles de moules.

— Mais quel feu ! dit-elle, quelle vivacité ! quelle indépendance ! Taisez-vous, Cadok, vous ne savez ce que vous dites. L'École des Chartes est la plus distinguée des écoles. C'est là véritablement qu'on apprend l'histoire, qu'on la déchiffre sur les documents anciens, et il vous serait avantageux d'y entrer, puisque vous pourriez faire quelques études préliminaires sur nos vieux parchemins.

— Ma tante, jamais je ne lirai vos vieux papiers. Je veux être marin, je serai marin. »

Mlle Angélique frappa du manche de son couteau plusieurs coups sur la table.

« Paix, petit morveux, s'écria-t-elle, vous serez ce que nous voulons que vous soyez. Mon frère, mon frère, entendez-vous

Cadok. Je vous assure que les vagabondages ne vont pas à cet enfant. Il est temps que vous lui cherchiez un collège.

— J'en chercherai, dit paisiblement le vieillard; j'en chercherai, Angélique; ce ne sont pas les collèges qui manquent.

— Vous entendez, jeune coq, dit Mlle Angélique, baissez le caquet, je vous en prie, et préparez-vous à reprendre sérieusement vos études. C'est très joli Kerguignon pour des gens qui n'ont plus rien à démêler avec le monde. Ce n'est point votre cas; vous aurez, mon cher, à faire votre carrière, à tirer, comme on dit vulgairement, votre épingle du jeu, et ce ne sera point en pêchant des crabes que vous vous y préparerez. »

En parlant ainsi Mlle Angélique avait pris cet air à la fois indépendant et ironique, qui annonçait une volonté bien arrêtée de faire respecter l'idée qu'elle émettait et le peu de cas qu'elle ferait des volontés contraires.

Cadok baissa la tête et garda le silence; mais, aussitôt le déjeuner fini, il courut à la cuisine et dit à Fine :

« Crois-tu que ma tante va me mettre au collège ? »

Fine répondit d'abord par un haussement d'épaules; puis elle ajouta :

« Monsieur Cadok, vous avez dû remarquer que mademoiselle parle bien longtemps des choses avant de les faire. De temps en temps je l'entends bien dire à monsieur qu'il faut s'occuper de votre instruction; il dit comme elle; puis il rouvre ses gros livres et elle retourne à ses papiers. Voyez-vous, tant qu'elle aura des papiers comme cela plein sa chambre, elle n'arrivera pas à se déranger pour vous chercher un collège. On dirait que ces papiers-là sont pleins de sorciers et de lutins. Mademoiselle, en les lisant, est comme si elle se trouvait en compagnie : on dirait qu'elle a beaucoup de monde dans sa chambre. Elle se parle toute seule, elle chantonne, elle pleure aussi quelquefois, et l'autre jour je l'ai trouvée tirant ses lunettes pour rire tout à son aise de ce qu'il y avait sur le papier. Vous comprenez bien que des choses comme ça lui font oublier votre instruction et le collège. N'allez pas vous inquiéter à l'avance. Et puis, songez-vous, monsieur, il y a encore une autre raison, la meilleure celle-là, et que j'ai gardée pour la fin, c'est qu'il faut de l'argent pour vous mettre au collège, et que dame! nous n'en avons pas. »

Un bond de joie de Cadok lui répondit. Cette dernière raison lui semblait si péremptoire que toutes ses craintes s'envolèrent à tire-d'aile.

« Tout de même vous ferez bien d'aller prendre une leçon de monsieur votre grand-père, reprit Fine, puisqu'il est assez savant pour vous en donner. C'est quand mademoiselle s'aperçoit que vous ne prenez plus de leçons qu'elle parle du collège.

— J'en prendrai une aujourd'hui, dit Cadok, j'en prendrai même deux, Fine.

— C'est ça qu'il faut faire, monsieur, c'est ça qu'il faut faire. Je vous promets que si vous ne passiez pas des journées entières sur la grève, mademoiselle n'aurait jamais l'idée de parler du collège. Elle n'a pas, non plus, tant d'envie que cela de vous voir vous en aller de Kerguignon. Non, non, il faudrait autre chose que cela pour vous faire aller au collège; comme un malheur, par exemple. N'allez pas trop souvent chez Jean Minuit, non plus. C'est tout de même un homme de mauvaise réputation, et il pourrait bien arriver quelque chose.

— Quoi, Fine, dis quoi?

— On ne sait pas, on dit qu'il a vendu son âme au diable, à la condition que jamais il ne se noierait. Il y en a qui assurent qu'il peut vivre au fond de la mer comme un poisson. Ça n'est pas raisonnable à dire; mais ce qu'il y a de certain, c'est qu'il est très méchant quand il a bu, et s'il arrivait quelque chose, on ne sait pas quoi, c'est alors qu'on vous enverrait au collège. »

Et, là-dessus, Fine s'en alla sans soupçonner que la prédiction qu'elle venait de faire se réaliserait.

CHAPITRE XI

La menace faite par Mlle Angélique d'envoyer Cadok au collège resta, ainsi que Fine l'avait prédit, à l'état de lettre morte. L'enfant se trouva aussi libre que par le passé, et sa liaison avec Jean Minuit se resserra tellement qu'il se trouva bientôt élevé à la dignité de confident. Un jour de belle humeur, Minuit emmena Cadok à la pêche en pleine mer.

Quand il eut pris autant de maquereaux que son vieux bateau en pouvait porter et qu'il l'eut suffisamment lesté avec les jolis poissons diaprés, il mit à la voile, et, le temps étant calme et la brise suffisante, il se mit à fumer et à causer et, de fil en aiguille, il conta à Cadok les choses les plus intéressantes du monde. Il lui confia que c'était la contrebande qui le faisait vivre et qui lui permettait de payer bien des gouttes aux camarades. Il tenait en égal mépris les règlements de pêche et les droits que la douane était chargée de faire respecter. Selon lui la mer n'avait pas été partagée et demeurait le bien de tout le monde. Aussi les bancs d'huîtres si jalousement gardés par l'État étaient-ils plus d'une fois raclés par sa drague, et les engins de pêche défendus étaient-ils demeurés ses engins favoris.

A six lieues à la ronde il ne se débarquait pas un paquet de tabac, un baril de vin ou de poudre qu'il ne fût le chef de l'expédition.

Et ce n'était pas timidement, à demi-voix qu'il révélait à
Cadok tous ces commerces illégaux, c'était à haute voix, la
visière relevée, le poing sur la hanche. Le danger de toutes ces
excursions, nocturnes pour la plupart, les ennoblissait singulièrement à ses yeux. C'est qu'il ne s'agissait pas du vol vulgaire, du vol tel que la loi le flétrit. Le plus hardi marin
l'avouait ; pas un panier d'huîtres, pas un baril de cognac qui
ne pût mériter la prison, et bien souvent coûter la vie. C'était
en pleine tempête qu'il naviguait la nuit sur un mauvais
bateau, c'était à la portée de la carabine de la sentinelle de
gárde qu'il débarquait la poudre. Et si la mer ne l'engloutissait pas, si la balle ne l'atteignait pas, il lui restait la prison
en perspective. On se défiait tellement de lui que sur le plus
léger indice une enquête s'établissait. L'enquête était sa
bête noire ; tant que la justice ne mettait pas le nez dans ses
affaires, elles allaient comme sur des roulettes.

Que de fois il avait acheté soit par la menace, soit par une
promesse de partage plus d'une conscience élastique. A la campagne on établit une distinction très grande entre les contrebandiers et les voleurs, et l'on pense assez généralement que la
mer et ses trésors, parfois si périlleux à ravir, appartiennent à
tout le monde.

D'un autre côté, la pluie d'impôts qui fond sur toutes les
denrées sera toujours vue de mauvais œil, et le verre de vin qui
n'a pas payé de droits paraîtra deux fois meilleur. Aussi la
discrétion est-elle de règle générale tant que le silence se fait.
Mais lorsque le premier coup de langue a été donné par les
coupables eux-mêmes dans ces explosions de vantardise propres aux ivrognes, mais lorsque les enquêtes sont commencées, et les justiciers mis en campagne, tout le monde parle,
et l'affaire se dévoile.

Cadok écoutait ces récits de forban avec un intérêt profond.
Il ne s'étonnait que d'une chose, c'est que Minuit fût regardé
comme un bandit. L'homme qui pouvait, à force d'audace et
en bravant mille périls, fournir aux aubergistes du vin et de
l'eau-de-vie qui n'avaient pas reçu le visa de la douane, celui

qui pouvait vendre aux braconniers de la même manière de la
poudre à bon marché, et livrer aux fumeurs du tabac presque
pour rien, cet homme, dont il admirait l'intrépidité, était-il
donc un voleur? Et comment se faisait-il qu'il fût passible
des peines infligées aux malfaiteurs?

Cadok, en revenant de ce petit voyage, aurait bien volontiers
questionné son grand-père sur cette anomalie; il aurait bien
voulu avoir quelques éclaircissements sur ce que c'était que

Minuit emmena Cadok à la pêche en pleine mer.

l'État et ses étranges prérogatives, mais il craignait toujours
que la mauvaise réputation de Minuit n'arrivât aux oreilles
de sa tante et qu'il lui fût défendu de se faire le compagnon
du contrebandier.

« On ne t'a pas vu de l'après-midi, lui dit Mlle Angélique,
qui avait apporté depuis quelques jours dans la salle du
trône un petit chevalet et qui s'amusait à dessiner; où étais-tu
donc?

— A la pêche, répondit laconiquement Cadok.

— As-tu pris quelque chose?

— Vous mangerez ce soir des maquereaux frais, ma tante,
c'est ma pêche.

— Ah! tu prends des maquereaux à la ligne maintenant?

— Non, ma tante ; mais quand j'embarque et que je vais jusqu'au lieu de pêche, j'ai droit à ma part. »

Mlle Angélique se tourna en riant vers son frère :

« Entendez-vous, Urbain, dit-elle, voilà une vocation toute particulière qui se dessine dans notre famille, celle de pêcheur de maquereaux.

— Mon père aimait beaucoup la pêche, répondit le vieillard, qui vivait ordinairement dans le passé.

— Oui, sur ses étangs.

— J'aime mieux la mer, dit Cadok.

— Aussi ne voyons-nous aucune difficulté à faire de vous un officier de marine, répondit majestueusement Mlle Angélique ; il y a eu dans notre famille des marins très illustres. »

On aurait pu lui demander avec quelque apparence de raison de quelle façon Cadok s'y prendrait pour devenir un officier de marine, la pêche aux maquereaux remplaçant les leçons de mathématiques ; mais à Kerguignon Mlle Angélique n'avait aucune de ces demandes indiscrètes à craindre, et elle pouvait en imagination attacher à l'avance l'aiguillette d'or à l'épaule de Cadok, sans se soucier aucunement des moyens qu'il faudrait employer pour la conquérir.

« Si monsieur Cadok peut entrer dans la marine, le pauvre Julien aura doublement mal au cœur, dit Fine, qui était entrée une soupière entre les mains, au moment même où Mlle Angélique prononçait sa dernière phrase.

— Pourquoi ? s'écria Cadok, du fond du trône, où il s'était englouti.

— Mais, monsieur, parce que sa mère trouve une bonne place pour lui, à Pontmellac, et qu'elle ne la laissera pas échapper.

— Quelle place ? demanda Cadok.

— Celle d'être apprenti chez le grand pâtissier, monsieur, chez celui qui est venu de Paris et qui demeurait tout près de chez nous, sous le réverbère.

— Pâtissier ! Julien pâtissier ! s'écria Cadok ; il ne voudra jamais être pâtissier.

— On ne fait pas toujours ce que l'on veut, fit remarquer Mlle Angélique, et, là-dessus, venez souper, Cadok. Si le guignon ne nous avait pas poursuivis, je sais bien ce que je ferais du petit Julien, qui est très gentil.

— Qu'en feriez-vous, ma tante? demanda Cadok, qui se rapprochait de la table en se dandinant sur ses jambes.

— Un groom, Cadok. Je dois avoir dans le grenier de l'hôtel de Pontmeliac une jolie petite livrée verte, à lisérés rouges et à boutons argentés, elle lui irait comme un gant.

— Ma tante, il aimerait mieux le chapeau ciré, la vareuse bleue et la ceinture rouge.

— Ce serait le choix d'un nigaud. Mon frère, n'est-ce pas votre avis? Faisions-nous la vie douce à nos domestiques? »

Le vieillard sourit.

« Trop douce peut-être, dit-il.

— Je ne dis pas non, ils ont pris leur petite part dans notre bien. Fine?

— Mademoiselle.

— Qu'est-ce que cette huile de mauvais goût qui assaisonne cette salade étrange?

— Mademoiselle, c'est de l'huile achetée au bourg.

— Tu la feras venir de Pontmellac. Et quand tu cueilleras la salade dans nos murs, tu la soumettras à M. de Kerhaliguen, qui est très savant en botanique. Depuis quelque temps tu nous sers des herbes qui ont une couleur et un goût alarmants. Enlève-moi tout ça, vite. Tiens, voilà un aide qui t'arrive; c'est le groom manqué. »

A la porte on voyait en effet scintiller les yeux bruns du petit Julien.

« Tu n'as pas entendu mademoiselle, cria Fine; viens m'aider, Julien, voilà une pile d'assiettes pour toi. »

Le petit garçon fourra son bonnet dans sa poche, s'avança pieds nus et saisit la pile d'assiettes.

« Ma tante, dit Cadok, j'ai fini de souper, voulez-vous que j'aille jouer avec Julien?

— Vous allez d'abord promener votre grand-père, Cadok; il

fait une soirée magnifique et vous avez assez joué comme cela, puisqu'on ne vous a pas vu de la journée.

— Et vous, ma tante? demanda Cadok.

— Oh! moi, je jouis du clair de lune des fenêtres de ma chambre et j'ai pris suffisamment d'exercice aujourd'hui. »

Cadok fit un signe à Julien, qui le regardait de loin, sa pile d'assiettes entre les bras, et courut à son grand-père.

« Venez-vous vous promener sur la terrasse? demanda-t-il en parlant très haut.

— Un tour, seulement, un tour, » répondit le vieillard, qui se leva et sortit au bras de Cadok.

Celui-ci marchait à petits pas.

« Grand-père, n'allons pas vite, dit-il, Julien veut nous rattraper pour nous raconter ses peines; bien sûr il a de la peine, car on voit bien qu'il a pleuré. »

Le bon grand-père sourit et régla obligeamment son pas sur le sien.

Ils venaient de tourner l'angle de l'étroite terrasse qui s'arrondissait sur la falaise autour du vieux pavillon, quand une respiration essoufflée leur annonça l'arrivée de Julien.

« Je me suis échappé, dit l'enfant; Fine voulait me faire laver des assiettes, mais je ne lui en laverai plus, parceque c'est elle qui a dit à ma mère que je suis adroit pour la vaisselle, et que je serais reçu chez le pâtissier. »

Et alors, sans attendre de question et tout d'une haleine, il raconta que sa marraine, qui fournissait des œufs au grand pâtissier de Pontmellac, avait imaginé de le lui proposer comme apprenti, mais qu'il était bien décidé à ne pas arborer le tablier blanc.

« Attends un instant que mon grand-père ait fini sa promenade et je te dirai quelque chose, » lui souffla Cadok, quand il acheva son récit.

Mais le grand-père ne se lassait pas d'admirer le lever de la lune sur la mer, et, trouvant un rocher à sa convenance, il s'assit. Cadok fit venir Julien à quelques pas de là, et, s'étendant sur le sol :

« Nous pouvons causer, grand-père est parti, dit-il. Quand il
regarde la mer comme cela, il n'entend plus rien. C'est moi qui
me suis amusé aujourd'hui. Jean Minuit m'a emmené à la
pêche. Il avait des maquereaux haut comme cela dans son
bateau. Et, comme nous revenions, il m'a raconté des histoires, de vraies histoires de marins. Il connaît beaucoup de
capitaines et de navires. Si tu voulais venir avec moi chez lui,
tu verrais qu'il te trouverait un embarquement.

— Ma mère me gronde chaque fois qu'elle sait que je lui ai
parlé, Cadok.

— Parce qu'il est ivrogne, les ivrognes font peur aux femmes ; mais nous savons bien, nous, que, quand il n'est pas ivre,
c'est un fameux marin. C'est lui qui rirait au nez de celui
qui parlai du pâtissier. Il m'a souvent dit que tu ressemblais
à ton père, qui était un bon matelot.

— Oui ; mais il s'est noyé, monsieur, et voilà pourquoi ma
mère veut me placer à Pontmellac. Mais moi je ne veux pas, et
puisque, quand on a fini ses communions, on peut devenir
mousse, je serai mousse.

— Demain nous parlerons de cela à Minuit, dit Cadok, je te
dis qu'il connaît beaucoup de capitaines. Une fois que tu seras
embarqué, ta mère ne dira plus rien. C'est qu'il faut que nouˢ
soyons marins vois-tu, Julien ; moi officier, toi matelot.

— Oui, dit énergiquement Julien, et si Jean Minuit connaît
un capitaine qui me prenne tout de suite à bord, je crois que
je me sauverai pour y aller.

— Il en connaît, affirma Cadok, et il pourra te conduire en
rade s'il le faut.

— Cadok, cria en ce moment une voix perçante qui tombait
de haut, allez-vous bientôt finir de faire faire salon à votre
grand-père sur cette roche glacée ? »

Cadok se leva d'un bond, et se détournant aperçut Mˡˡᵉ Angélique, qui l'avait apostrophé de sa fenêtre.

« Venez, grand-père, dit-il, venez bien vite, les nuages vont
cacher la lune, nous ne verrons plus notre chemin. »

Le vieillard obéit ; mais, levant lentement la main vers les nuages noirs ourlés de rouge qui envahissaient la partie ouest du ciel :

« Demain le ciel et la mer n'auront pas cet aspect, dit-il, ou je me trompe fort ou nous aurons de l'orage.

— Tant mieux, » dit Cadok.

Et se tournant vers Julien il ajouta :

« Demain, à quelle heure pourras-tu venir sur la grève ?

— Pas avant quatre heures, monsieur Cadok, c'est le jour où je porte du pain au four de Pierre de Notre-Dame-de-la-Pitié.

— Eh bien ! à quatre heures viens me chercher, et nous irons ensemble chez Jean Minuit. »

Julien répondit par un signe d'assentiment et partit en courant vers sa maisonnette, tandis que Cadok reconduisait au pavillon son grand-père, sur lequel Mlle Angélique, toujours penchée à sa fenêtre, faisait pleuvoir des appels mêlés de reproches sur son imprudence.

CHAPITRE XII

La prédiction de M. de Kerhaliguen se réalisa. Le lendemain matin la mer semblait entrer en ébullition, le ciel s'assombrissait et se mouvementait sans offrir toutefois des signes particuliers d'orage.

« C'est une véritable tempête qui se prépare, je crois, disait Mˡˡᵉ Angélique, occupée à dessiner dans la salle du trône ; le vent ne tardera pas à faire valser la mer de la belle façon. J'avoue que lorsque le tonnerre ne se met pas de la partie en guise d'orchestre, j'aime assez ce bouleversement des eaux et ce chaos dans le ciel.

— Pas moi, ma tante, car je pense aux pêcheurs, dit pensivement Cadok, qui recopiait la leçon annotée le matin et qui déposait sa plume de temps en temps pour contempler le ciel et la mer.

— Les pêcheurs resteront probablement chez eux aujourd'hui, Cadok.

— Plusieurs barques ont tenté ce matin le passage, fit remarquer M. de Kerhaliguen, qui avait fait pousser son fauteuil près de la fenêtre qui donnait sur la mer ; elles sont rentrées une à une dans la rade.

— Je vous crois sans peine, mon frère, il faut être fou pour avoir l'idée de faire naviguer des coquilles de noix sur une mer

pareille. Je ne mettrais pas le pied sur un de ces bateaux pour
un empire.

— Si, moi, dit Cadok, sur un bateau gouverné par Jean
Minuit. »

Et se mordant les lèvres il ajouta bien vite :

« Cela m'amuse beaucoup de sentir le bateau danser sur
les vagues.

— Chacun son goût. En fait de promenade, j'aime mieux
les lacs que la mer. Vous rappelez-vous, mon frère, nos ravissantes promenades sur le lac de Genève. Là, du moins, il n'y
avait pas cette horrible appréhension de se noyer, qui gâte à
mon sens toutes les navigations sur l'Océan.

— On se noie partout, dit le vieillard ; hier M. le Recteur
m'a conté partout les désastres maritimes de nos côtes. Ces
pauvres hommes de mer vivent dans le danger.

— Bah ! ils en réchappent. Vous avez dû le remarquer, ce
ne sont pas les vieillards qui manquent en ce pays-ci : tous les
hommes cependant ont plus ou moins navigué. On le devine
bien à leur tournure et à leur teint. Ces hommes de mer ne
ressemblent pas aux autres. Rien de pittoresque comme leur
allure et leur physionomie. Hier, comme je reconduisais M. le
Recteur, nous avons rencontré le pêcheur qui demeure au bas
de la falaise. Tu le connais, je crois, Cadok, tu sais de qui je
veux parler, n'est-ce pas ? Il habite avec sa mère la vieille
cabane de l'estacade, m'a dit Fine.

— Jean Minuit peut-être ? répondit Cadok non sans embarras.

— C'est un sobriquet cela, mon enfant, ce n'est pas un nom.

— Je le crois, ma tante, je n'ai jamais bien su son nom
véritable.

— J'aurais pu le demander à M. le Recteur, qui doit connaître
par A plus B tous ses paroissiens. Je n'y ai point pensé, j'étais
toute à mon étude. Cet homme a la plus belle tête de bandit
qui se puisse voir. Si j'avais encore de bons yeux et si le rhu-
matisme de mon poignet me permettait de dessiner comme
autrefois, je lui aurais demandé quelques instants de pose. Ces

figures farouches font très bien sur la toile. Il nous a salués fort honnêtement; mais comme je ne le vois jamais à la messe, je suppose qu'il compte parmi les brebis égarées que notre cher pasteur va poursuivre pendant la mission qui s'ouvre dimanche.

— Une mission, dit Cadok; qu'est-ce que cela, ma tante?

— Mon Dieu, Cadok, vous devriez bien le savoir. C'est une série de sermons, de prières, de cérémonies religieuses comme il s'en est fait lors de votre première communion.

— Une retraite, alors, ma tante.

— Quelque chose comme cela. Je ne vois pas trop l'utilité de cette mission ici parmi cette population, qui est si bonne en comparaison de celle des villes.

— C'est grâce aux éléments salins qu'elle renferme que l'eau de la mer ne se corrompt pas, remarqua le vieillard d'un air pensif. La foi, c'est le sel des âmes: il ne faut pas le laisser s'évaporer.

— Il est certain que nous vivons fort paisiblement à Caqueron, fit remarquer Mlle Angélique. Nous qui avons été si parfaitement volés, mon frère, nous pouvons, il me semble, faire la différence mieux que personne.

— Elle est immense, Angélique, elle est immense. L'homme qui ne relève que de lui-même prend avec le droit des autres d'étranges accommodements.

— Mais l'instruction, mon frère, cette panacée universelle, l'instruction n'arrivera-t-elle pas à rétablir les anciennes règles de la probité dans les mœurs et dans les affaires? »

Le vieillard joignit ses deux mains d'ivoire.

« Ma chère Angélique, dit-il, vous savez de quel amour désintéressé et profond j'ai aimé la science.

— Profond, mon frère, je le crois; désintéressé, j'en suis sûre, trop sûre, hélas! »

Le vieillard fit un geste de résignation, et, levant vers le ciel ses yeux qui devinrent extraordinairement lumineux, il ajouta:

« J'avais fait de la science ma passion, ma boussole, presque mon Dieu. Eh bien! je le confesse, quand je me suis trouvé mêlé aux affaires, quand j'ai eu mon jour de puissance, ce n'est pas ma science qui m'a permis de rester un honnête homme, ce n'est pas elle qui m'a donné la force de résister à de puissantes tentations, c'est ma conscience tout simplement, le peu de foi que ma sainte mère m'avait léguée dans un enseignement fait de bon sens et d'amour. Donc, je tire de ce fait qui m'est personnel cette conclusion rigoureuse : Si la science acquise est impuissante à enrayer les mauvaises passions qui sont le désordre chez l'individu avant de devenir le désordre collectif dans une société, il serait dérisoire d'attribuer à une instruction élémentaire, imparfaite, superficielle, ce magique pouvoir.

— Au fait, dit Mlle Angélique, les gens qui nous ont trompés et volés étaient tous munis de ce genre d'instruction. Ah! je suis bien revenue de ces idées-là, moi aussi. Chez les femmes surtout, à quoi sert-elle? J'ai eu deux coquines de femmes de chambre qui savaient lire, elles lisaient toutes mes lettres, et même écrire, elles écrivaient leurs poulets sur mon papier parfumé ; cela leur a beaucoup servi à se faire renvoyer, et je crois qu'une d'elles a fini ses jours en prison ; je me demande vraiment quelle faculté intelligente développe cette instruction-là. Fine, qui ne sait pas lire, a une conversation très sensée, ses réparties m'amusent extraordinairement, tandis que les deux créatures dont je vous parle étaient d'une bêtise prétentieuse qui me prenait sur les nerfs. Cependant, mon frère, je me demande à quoi aboutiront tous les sermons qui vont être prêchés?

— A l'instruction de ceux qui les écouteront, ma sœur. Nous ne négligeons que trop celle-là dans le monde.

— Bon, on dirait que vous avez envie de nous faire retourner au catéchisme.

— Le catéchisme est plein de sagesse, je voudrais que Cadok apprît et comprît son catéchisme.

— Eh! mais il le savait sur le bout du doigt. Cadok, venez donc... Eh bien! où est-il?

— Il est sorti. Nous ne le voyons plus guère. Voilà trois jours qu'il n'a pris de leçons. Ne trouvez-vous pas qu'il vagabonde un peu ?

— Que voulez-vous ? il n'y a pas d'autre plaisir que celui-là à Kerguignon, et cela se fait sans le moindre danger. Un jour ou l'autre cependant, tôt ou tard, il nous faudra le mettre au collège. Il est bien jeune, il a encore une année à prendre l'air, qu'il en profite ! Ah ! le voilà qui traverse la dune. Il saute comme un cabri et se moque bien du vent. Que c'est joyeux l'enfance. Il n'y a pas de soucis pour elle. Bon, il prend sa course, pstt, il a disparu. »

Cadok, qui avait jugé à propos de s'évader tout doucement de la salle du trône sitôt que la conversation avait pris un tour sérieux, ne songeait pas en effet à s'attarder sur la falaise. Craignant que l'heure du rendez-vous ne fût passée, il se hâtait. D'ailleurs cela l'amusait extrêmement de courir, soulevé en quelque sorte par ce vent violent qui commençait à remuer terriblement la mer et à couvrir sa surface de vagues énormes.

A son grand étonnement il ne trouva pas, comme d'habitude, la vieille mère filant auprès de sa porte. La porte, la fenêtre étaient soigneusement closes. Il se dit que la tempête avait peut-être nécessité ces précautions, et, levant le lourd loquet de fer, il se glissa dans la chaumière en refermant la porte au nez sur un tourbillon de sable qui se préparait à y entrer avec lui.

« Ah ! c'est vous, monsieur Cadok, dit la voix rude de Jean Minuit, la mère disait comme ça que vous ne viendriez pas, que le vent vous ferait peur, et moi je lui ai répondu : Il n'y a pas de danger, c'est un vrai marin qui ne sait pas trembler devant une bourrasque comme ces gens qui portent l'uniforme vert. »

Cadok répondit à cette phrase, qu'il trouvait si élogieuse dans la bouche de Jean, par un sourire d'orgueil, et, le voyant assis à la table avec deux hommes inconnus et occupé comme eux à vider une écuelle de soupe, il dit :

« Est-ce que vous embarquez malgré le mauvais temps, Jean?

— J'embarque, monsieur Cadok, et justement parce qu'il fait un temps du diable. Et ce n'est rien encore maintenant. Cette nuit, voyez-vous, toutes les sorcières qui dorment au fond de la mer vont monter par-dessus, et nous les entendrons hurler de deux lieues. Ah! il ne faudra pas avoir un coup sous le bonnet, ni du sable dans les yeux, pour tenir un gouvernail cette nuit, c'est moi qui vous le dis.

— Jean, dit la vieille mère, qui filait dans la pénombre produite par la vaste cheminée, vous n'allez pas, je pense, emmener M. Cadok avec vous.

— Non, ma mère, non, » répondit Jean.

Et passant sa large langue contre sa cuiller de bois, il ajouta avec un sourire singulier :

« Même par un temps calme, l'enfant serait de trop aujourd'hui, l'enfant serait de trop.

— Quand je vous dis que je n'ai pas peur, s'écria Cadok.

— Je le sais bien ; mais le bateau dansera tout de même un peu fort pour vous, mon petit, et il se pourrait aussi que vous nous gêniez pour la manœuvre. Mais si vous voulez venir avec nous, jusqu'à l'anse du Noyé, je vous dirai comment vous pourrez nous donner un coup de main.

— J'accepte, dit Cadok.

— Eh bien! allez de l'avant, s'il vous plaît, le bateau est amarré dans l'anse. Vous vous mettrez à l'abri derrière le rocher pour nous attendre. »

Cadok n'en demanda pas davantage, et, sortant de la chaumière, s'élança dans la direction indiquée.

« Jean, cet enfant-là va bavarder sur notre embarquement, dit à voix basse un des compagnons attablés, tu as toujours la langue trop longue depuis quelque temps.

« Lui! fit Jean Minuit en repoussant son écuelle vide, il n'y a pas de danger, vous allez voir comment il va nous servir. Mais il est temps de partir, un coup de fil-en-quatre et en route. »

Il se leva, marcha vers un vieux bahut, l'ouvrit à deux battants et tira de dessous une pile de vêtements une bouteille dont son œil d'ivrogne caressa l'étiquette dorée.

« La mère, dit-il, des verres. »

La vieille femme arrêta le mouvement de son rouet et s'en alla prendre sur le dressoir trois verres, qu'elle essuya avec son tablier et qu'elle vint déposer sur la table.

« Un coup seulement, dit Jean Minuit en élevant la bouteille en l'air, car celui qui s'embarquerait ivre par un temps pareil serait bien sûr de servir de souper aux cancres, un seul coup, camarades. Attendez que je vous donne la bouteille, ma mère, je vais vous donner la bouteille. »

Il remplit les petits verres ; de la main droite remit la bouteille à sa mère, et de la main gauche, levant son verre :

« A notre voyage, dit-il, et que le tonnerre écrase le douanier de malheur qui viendrait visiter le poisson que la *Bonne-Mère* aura à fond de cale ce soir. »

Les trois verres se choquèrent sur ce brutal souhait, et les trois hommes avalèrent d'une gorgée le liquide de feu. Cela fait, Jean Minuit compléta son équipement, et, faisant signe à ses compagnons de le suivre, il escalada une échelle plantée quasi-droit au bas de la cuisine et alla ouvrir la lucarne qui éclairait le grenier. Cette fenêtre ouvrait de telle façon sur la falaise qu'il n'y avait qu'un saut à faire pour se trouver sur le sentier.

Les deux compagnons de Jean enjambèrent la fenêtre, et Minuit allait les suivre quand il se sentit saisi par sa vareuse.

Il se détourna, sa mère était derrière lui.

« Jean, dit-elle, je n'aime pas à vous voir sortir par cette porte-là, et je crois bien maintenant que ce n'est pas à la pêche que vous allez par cette tempête. Vous voulez me tromper une fois de plus.

— Ma mère, vous avez vu que nous emportons nos lignes ; nous pêcherons, c'est sûr.

— Alors pourquoi vous en allez-vous par là pour vous cacher des douaniers ?

— Parce que nous pourrions bien trouver sur notre passage

un joli petit brick-goélette qui revient d'Espagne, » répondit-il avec un sourire sardonique.

La vieille femme joignit ses mains tremblantes.

« Et pour cela, dit-elle, pour fournir aux aubergistes du vin
à meilleur compte, vous risquez d'être pris et d'aller en prison.
Vous m'avez promis de ne plus faire de ces mauvais coups.

— Il faut bien que je gagne ma vie, gronda Jean Minuit, qui
se fâchait, tant pis pour le gouvernement. Allons, allons, ne
vous tourmentez pas. Je serai de retour de bonne heure et
comme nous n'avons pas embarqué d'eau-de-vie, je suis sûr
de n'être pas pris. Je suis un vieux renard qui ne tombe pas
vite dans le piège. Allez dire votre chapelet, ma mère, allez
dire votre chapelet, et, que diable, ne vous mêlez pas de mes
affaires. »

Sur cette recommandation il mit un pied sur l'appui de la
lucarne, sauta sur le sentier et se mit à marcher courbé en
deux, comme le faisaient ses compagnons, dont la tête par cette
attitude ne dépassait pas la ligne dentelée de la falaise qui
leur formait un rempart.

Cette falaise bizarrement déchiquetée se terminait par un
groupe élevé de rochers, au delà desquels s'arrondissait l'anse
du Noyé, où la *Bonne-Mère* était à l'ancre.

Cadok, blotti dans le creux du rocher, s'amusait à regarder
le va-et-vient violent imprimé au pauvre esquif, et, tout intrépide qu'il fut, il sentait devant le bondissement des vagues
s'apaiser le regret qu'il avait éprouvé.

« Les embarcations sont rares sur l'Océan, dit tout à coup
la voix de Jean Minuit derrière lui, amenez la *Bonne-Mère*,
amenez. »

Cadok, qui l'attendait par le sentier ordinaire, se retourna
vivement.

« Tiens, dit-il, vous venez par la falaise, ce n'est pas le plus
court.

— Ni le plus facile ; mais comme cela, voyez-vous, nous
embarquons sans que messieurs les douaniers, que le diable
les emporte, le trouvent bon ou mauvais.

— Ils trouveraient qu'il fait trop gros temps pour aller pêcher, Jean.

— Et ils n'auraient pas tort, monsieur ; mais tout de même, comme cela ne les regarde pas, nous mettons à la voile sans leur permission. Et tenez, un petit mot, s'il vous plaît. »

Il mit le pied sur le rocher, ce qui le haussa à la hauteur des oreilles de Cadok.

« Si vous dites à quelqu'un que nous sommes partis pour la pêche, vous nous ferez mettre à l'amende, dit-il.

— Je ne le dirai pas, affirma Cadok.

— Et si vous vouliez bien nous rendre un petit service, monsieur, ce serait de tenir un bout de conversation au douanier qui s'est mis à l'abri dans sa guérite. S'il ne voit pas le départ, il ne guettera pas l'arrivée.

— Vous avez donc bien peur de lui, Jean ! »

Un flot de sang monta au visage de Minuit.

« Moi, dit-il, qu'il vienne seulement ce soir ici où j'aborderai, et je l'abats d'un coup de gaffe.

— Vous ne feriez pas cela, Jean Minuit, murmura Cadok, qui, saisi d'un tremblement nerveux, se rencogna dans le rocher.

— Si, tonnerre. Mais, soyez tranquille, il ne viendra pas. Savez-vous que, ce soir, il n'y aura ni étoiles ni lune et qu'il fera noir comme dans un four. Avec cela une brise endiablée. Un bateau qui marche à la voile ne s'entend pas, et il n'y a pas de danger qu'on dise un mot, un seul mot à bord. Puisque vous ne pouvez pas embarquer, monsieur Cadok, je vous invite à venir voir comment nous débarquons le chargement et comment nous le faisons passer sous le nez de la douane.

— Arriverez-vous bien tard ?

— Nous serons ici à dix heures sonnant, monsieur, le milieu de la nuit à peu près.

— Voulez-vous que j'amène Julien, je n'oserais pas demander à venir tout seul.

— Si vous voulez ; à une condition, c'est que vous vous tairez tous les deux, et que vous n'approcherez pas du doua-

nier. S'il nous voit, si nous sommes découverts, il y aura de
l'amende, même pire.

— Nous nous cacherons bien, Minuit, je vous le promets,
si nous venons, ce qui n'est pas bien sûr.

— Voulez-vous tout de même nous rendre le service d'aller
occuper maintenant un peu notre douanier. Ce n'est pas la
première fois qu'en faisant causer avec lui, je lui ai caché que
j'embarquais. C'est une affaire de cinq minutes, monsieur,
seulement cinq minutes. En cinq minutes, par ce vent d'enfer,
nous serons hors de vue. Puisque je vous ai invité à venir voir
ce que je ne montre jamais à personne : mon débarquement,
vous pouvez bien me faire ce petit plaisir. Ce n'est pas un
mauvais service que vous rendez aux douaniers ; moins ils se
mêlent de mes affaires, mieux ça leur vaut. Il ne fait pas toujours bon me tomber sous la main, je ne vous dis que ça.

— Je vais y aller, dit Cadok, que l'intrépidité de Minuit
subjuguait complètement, et qui frémissait à l'idée d'une rixe
entre lui et ses chers douaniers.

— Allez, monsieur, je vous verrai très bien d'ici passer sur
l'estacade ; mais ne regardez pas trop de notre côté, car il se
pourrait que nous soyons quelque temps à mettre à la voile. »

Sur ces paroles il présenta son énorme main à Cadok, qui
s'y appuya, et d'un bond se trouva sur la grève. Sans presser
le pas, il se dirigea vers l'estacade et la traversa, ne jetant que
des regards furtifs vers la petite baie. Un instant avant de
tourner la guérite, il se détourna et il aperçut le suroë jaune
de Jean Minuit qui apparaissait au-dessus des rochers sombres.
Il pressa le pas, fit le tour de la guérite et se trouva en face du
douanier de garde ; heureusement ce n'était pas Baptiste ;
mais le vétéran à la barbe grisonnante, que Cadok ne connaissait que de vue.

« C'est vous, monsieur, dit-il en voyant apparaître le visage
vermeil du petit garçon ; le vent souffle joliment en tempête,
hein !

— Oui, dit Cadok en se cramponnant des mains à la porte
de la guérite. Il y aura des naufrages cette nuit, bien sûr.

Cadok se trouva en face du douanier de garde.

— J'en ai peur, monsieur. Mais entrez donc ici, vous serez à l'abri. Moi je suis fait à la tempête, voilà une cinquantaine d'années que nous nous connaissons.

— Non, non, dit Cadok en appuyant de toute sa force sur le battant que le douanier faisait mine de pousser; non, non, j'aime mieux être dehors. Cela m'amuse de sentir le vent à terre.

— A terre il fait bien des dégâts aussi; mais c'est sur mer qu'il est maître du pauvre monde. Pas un d'entre nous n'a osé sortir de la rade. Mon cousin Jean-Louis lui-même, qui fait ses meilleures pêches quand la mer est grosse, n'est venu que jusqu'à la pointe du Brisant. Je crois qu'il a eu raison de ne pas aller plus loin, et tous ceux qui sont sortis feront bien de rester mouillés où ils sont. Je ne connais que ce bandit de Jean Minuit qui serait capable de gouverner une embarcation par ce temps-là. »

Cadok eut un tressaillement et jeta machinalement un coup d'œil vers l'anse du Noyé.

Un bateau, celui de Jean Minuit, s'enfuyait à pleines voiles. On aurait dit un oiseau accroché au sommet des vagues énormes, et fatalement obligé de suivre leurs mouvements désordonnés.

« Eh quoi! Jean Minuit oserait sortir par un temps pareil, dit Cadok se détournant de la vue fascinante du bateau.

— Lui! s'écria le douanier en riant, vous ne le connaissez pas, monsieur. On dit comme ça qu'il a fait un pacte avec le diable et qu'il ne peut périr en mer. Moi, qui vous parle, je l'ai vu dans des passes où nous serions tous restés. Ah! celui-là peut se vanter de nous avoir donné du mal. Par le temps qu'il fait, cela arrangerait mon collègue de faire son service bien tranquillement assis dans la guérite comme je le suis; mais c'est justement ce temps-là que Minuit choisit pour faire ses mauvais coups, et il sera obligé d'avoir l'œil ouvert cette nuit.

— Je commence à comprendre pourquoi Jean Minuit n'aime pas les douaniers, dit Cadok, mais aussi pourquoi l'empêchent-ils de faire son commerce ? »

Le douanier se mit à rire bruyamment.

« C'est vrai qu'il appelle ça son commerce, dit-il.

— Il n'est pas voleur, pourtant, hasarda Cadok.

— Monsieur, il n'a jamais été dit que cet homme-là ait volé une pièce de cinq francs. L'argent qu'il boit en eau-de-vie, il l'a gagné, ses ivresses ne regardent personne. Violent, brutal et rancunier comme il l'est, il ne s'est jamais battu qu'avec ses poings, et à sa manière c'est un bon fils; lui qui jure contre tout le monde n'a jamais juré contre sa mère. Il faut être juste avant tout. Mais quant à voler le gouvernement, quant à se moquer des lois et des règlements, il n'a pas son pareil. C'est pourquoi il ne faudrait pas mettre l'uniforme de douanier devant lui quand il est pris de boisson, il deviendrait capable de tout.

— Cependant il pourrait bien vous rencontrer, maintenant surtout qu'il demeure si près de votre poste.

— Monsieur, quand il est trop ivre, cela n'a pas grande importance, car il a beau être fort comme un cheval, un enfant, dans ce moment-là, le jetterait par terre. C'est quand il n'est qu'à moitié gris qu'il devient très dangereux; mais alors il se met dans son bateau, et il se donne le plaisir d'aller jurer sur nous en pleine mer. Quand nous passons dans la péniche nous le voyons nous montrer le poing, nous l'entendons blasphémer comme un démon; mais nous savons d'où ça vient, et il n'y a qu'à le laisser dire. Il s'adoucit un peu maintenant, et il y a longtemps qu'on ne l'a pris.

— Et s'il ne faisait plus jamais de contrebande, demanda Cadok; s'il n'allait plus jamais en prison ?

— Il en fera toujours, monsieur; un jour ou l'autre il recommencera. Le proverbe dit : Qui a bu boira; et nous disons nous autres douaniers : Qui a fraudé fraudera. »

Et, sur cette sentence, le brave homme poussa le battant de sa guérite et sortit pour constater qu'il y avait une petite accalmie. Et avant qu'l se fût détourné vers le point de l'horizon où se montrait encore la voile de la *Bonne-Mère*, devenue un petit point noir, elle avait disparu.

Cadok, sûr désormais que le départ du contrebandier demeurerait un mystère, demanda, pour la forme, l'heure au vieux douanier et, apprenant que sa montre marquait cinq heures, il le quitta et reprit le chemin escarpé du pavillon, tout occupé de la singulière fête à laquelle l'avait convié Jean Minuit. Une sorte d'ardente curiosité s'était emparée de l'enfant. Comment cet homme intrépide, qui osait s'embarquer sur cet Océan convulsionné, aborderait-il la nuit, à cinq cents pas des gardiens vigilants du poste, sans être vu? Qu'apporterait-il dans son bateau? Où cacherait-il la cargaison?

Il était bien décidé, lui Cadok, à ne pas manquer l'occasion d'assister à ce spectacle intéressant et nouveau. Demander une permission en confiant à sa tante le motif de sa promenade nocturne, il n'y avait pas à y penser. En fait d'intelligence dans la place, il ne voyait que Fine qui pût lui être de quelque utilité.

Il lui fallait aussi Julien, comment aurait-il Julien?

Tout en montant le sentier escarpé, il réfléchissait profondément à ces difficultés qui se dressaient devant l'accomplissement de ses désirs, et c'était avec une étonnante puissance de concentration que son jeune esprit s'appliquait à les résoudre.

CHAPITRE XIII

Cadok, en arrivant aux Pêcheries, alla tout d'abord parler à Fine de l'ardent désir qu'il avait de visiter, après souper, un engin de pêche que Julien et lui avaient placé, il y avait deux jours, sur le courant d'une petite grève qui, par le mouvement du flux et du reflux, ne se découvrait en ce moment que la nuit. Il eut quelque peine à obtenir son consentement, et elle le fit dépendre de celui de Mlle Angélique ; mais, pour le moment, il n'en demandait pas davantage.

Cela fait, il courut chez Jeanne, à laquelle il servit le même prétexte pour sa sortie nocturne, en lui demandant la compagnie de Julien.

« Monsieur, il fera bien noir à cette heure, répondit la ménagère prudente, et la tempête sera plus forte encore que maintenant.

— Julien voit très bien la nuit, repartit Cadok ; avec lui je suis sûr de ne jamais mettre le pied dans les flaques d'eau. La mer étant retirée, il n'y aura pas d'autre danger ; Julien n'a pas du tout peur la nuit.

— Ça aime tant la mer que, tout petit, il courait voir les pêcheurs de nuit et ne donnait de repos à son parrain que lorsqu'il lui avait promis de l'emmener pêcher les aiguillettes.

— Dame, puisqu'il sera marin, Jeanne. »

Jeanne, qui disposait dans son large chaudron les pommes

de terre destinées au repas du soir, releva vivement la tête, et
son honnête visage exprima une angoisse profonde.

« Monsieur Cadok, n'est-ce pas assez que la marine ait pris
la vie du père sans qu'elle prenne encore celle de l'enfant, dit-
elle? Est-ce que je ne compte pas que Julien m'aidera à élever
ces deux petites innocentes, qui n'ont pas connu leur père?

— Il gagnerait beaucoup d'argent comme mousse, Jeanne.
Il en gagnerait plus que dans les autres métiers.

— Et j'aurais toujours le cœur dans l'inquiétude, monsieur
Cadok. Ah! voyez-vous, il serait bien plus raisonnable qu'il
apprît l'état de boulanger-pâtissier. Savez-vous qu'il serait
logé, nourri, habillé et qu'il apprendrait un bon état, chez de
bien braves gens? Vous devriez lui dire un mot là-dessus. Voilà
qu'il a fait ses communions, et il faudra bien qu'il se mette au
travail pour de bon. Vous avez peut-être le moyen de rester
à ne rien faire, vous, monsieur; mais pas lui.

— Moi, je serai officier de marine, dit Cadok, et je m'arrangerai de façon à avoir Julien à mon bord... s'il n'est pas
boulanger. »

Jeanne prit une poignée de gros sel et, tout en le semant
sur ses pommes de terre, répondit :

« Monsieur Cadok, je ne crois pas qu'on devienne officier
dans la marine en passant tout son temps à pêcher des crabes
et à godiller sur les plates.

— Mon grand-père me donne des leçons, dit Cadok avec un
haussement d'épaules, et comme il est savant, il m'apprend
beaucoup en peu de temps.

— Peut-être bien, monsieur, peut-être bien; mais pour Julien, je sais qu'il est bien temps qu'il entre en apprentissage.

— Vous lui permettrez bien de venir pêcher ce soir?

— Si cela vous fait plaisir, monsieur, je n'y mets pas oppo-
sition. Julien connaît assez les grèves pour retrouver son chemin jour comme nuit. Notre porte n'est jamais fermée à clef,
il rentrera quand il voudra : qu'il retire seulement ses sabots
à la porte, car ma petite Louise, qui vient d'avoir la rougeole,
s'éveille facilement et ne se rendort plus de la nuit.

Je lui recommanderai cela, dit Cadok. Qu'il vienne me chercher vers huit heures. C'est le bon moment. »

Et sur ses paroles, il s'en alla, trouvant *in petto* Julien bien heureux d'être libre comme l'air et de n'avoir pas même à tourner une clef dans la serrure pour entrer chez lui.

Tout enchanté de son succès près de Jeanne, il s'empressa de parler de sa pêche nocturne en arrivant dans la salle du trône, où Fine mettait le couvert pour le souper. Mais il avait compté sans les revirements d'humeur de Mlle Angélique, qui reçut très mal sa requête de ne rentrer qu'à dix heures du soir.

« Voilà qui achève de peindre vos habitudes de vagabondage, dit-elle aigrement ; les pêches du jour ne vous suffisent plus, il vous faut des pêches de nuit. Il y a cependant assez de deux malades à Kerguignon.

— On est malade, ma tante ?

— Mais trouvez-vous que votre grand-père soit très ingambe ces jours-ci, et mon mal de gorge ne vous paraît-il pas suffisant ?

— Vous avez mal à la gorge ?

— C'est-à-dire que la poussière qui s'échappe de la liasse de parchemins que j'ai attaquée ce matin m'a donné une inflammation horrible. Je l'ai toujours dit, ces papiers-là me tueront. Or, ce que m'a donné la poussière, l'humidité de la nuit vous le donnera, et je ne peux pas vous exposer à avoir une angine dans un endroit comme celui-ci où l'on aurait encore, à la rigueur, les secours spirituels pour s'en aller dans l'autre monde, mais où tout secours médical fait défaut.

— La nuit ne sera pas froide, ma tante ; au contraire.

— Et le vent, Cadok ?

— Le vent, c'est ce que j'aime le plus.

— Je ne dis pas le contraire : mais je vois qu'il soulève des tourbillons de sable et de poussière dont la plus légère gorgée suffirait pour vous enflammer les bronches.

— Je ne sais pas comment vous expliquer cela, ma tante ; mais la nuit justement on ne sent ni le sable ni la poussière.

— C'est bon ; je sais par expérience que plus la cause est mauvaise, plus les avocats trouvent d'arguments pour essayer de la rendre bonne. Je ne vais pas non plus laisser ma porte ouverte jusqu'à dix heures en l'honneur de votre pêche. Nous sommes terriblement isolés ici, et aujourd'hui même on me parlait de notre voisin de la falaise qui n'est point en odeur de sainteté, tant s'en faut. Vous allez bien souvent de ce côté maintenant. Je n'ai pas besoin de vous demander de ne point approcher de cet homme qui est l'effroi du voisinage.

» Eh bien! Fine, qu'attends-tu pour nous servir? Et qu'as-tu à faire des signes télégraphiques à Cadok? Il suffit, il me semble, que je lui refuse la permission qu'il demande, et tu n'as pas à t'entremettre là-dedans. »

Fine, se voyant découverte, disparut, et le souper commença.

Le potage ayant chassé la poussière de la gorge de Mlle Angélique, elle s'humanisa un peu, et Cadok, qui était au désespoir de manquer sa partie nocturne, se reprit à espérer. Après le souper, il se montra d'une complaisance rare. Il se lança à la découverte des lunettes de Mlle Angélique, qui demeuraient introuvables pendant des heures entières ; il lut, sur la demande de son grand-père et sans donner le plus léger signe d'ennui, deux articles de journal, que Mlle Angélique écouta assise sur le trône.

Fine, que Cadok avait tout à fait réussi à mettre dans ses intérêts par ses airs malheureux et pourtant résignés, venait de temps en temps à la porte, et riait à se tenir les côtes en le voyant tenir gravement des deux mains ce grand papier imprimé couvert de mots tellement incompréhensibles pour elle, qu'elle les croyait empruntés à une langue étrangère.

Quand huit heures sonnèrent au coucou de la cuisine, Mlle Angélique, qui commençait à sommeiller doucement, s'élança vivement du trône et appela Fine.

« Il nous faudra de la lumière pour monter, dit-elle ; cette lueur de jour n'éclaire pas suffisamment l'escalier. Cadok, demandez aussi votre bougeoir. »

En ce moment, un coup léger, que l'oreille de Fine et celle de Cadok reconnurent, fut frappé à la porte extérieure.

« Qui est-ce qui frappe à cette heure? s'écria Fine; monsieur Cadok, allez donc voir. »

Cadok s'élança vers la porte et revint juste à temps pour recevoir son bougeoir des mains de sa tante.

« C'est Julien qui vient me chercher pour aller relever les lignes, dit-il.

— A cette heure et par ce temps, Jeanne laisse son fils vaguer dehors, dit Mlle Angélique en offrant le bras à son frère; je lui en ferai mon compliment.

— Ma tante, dit Cadok sans se laisser déconcerter par ces paroles, vous pourriez bien me permettre cela pour une fois.

— Bien sûr, ce ne sera pas pour deux, monsieur Cadok, s'écria Fine en feignant une grande colère. Une fois, je veux bien veiller pour vous attendre, si mademoiselle me l'ordonne; mais, dame! il ne faudrait pas que ça recommençât.

— Ma tante, permettez à Fine de m'attendre? supplia Cadok.

— Mon frère, l'entendez-vous? A-t-il assez le diable au corps? Est-il assez obstiné? Voilà trois heures qu'il nous chante cette chanson aux oreilles, après un refus catégorique. Il est, ma foi, bien digne de s'appeler Kerhaliguen.

— Pour une fois, Angélique, dit le vieillard dont le regard terne s'arrêtait avec complaisance sur l'ardent visage de l'enfant.

— Oui, pour une fois, s'écria Cadok.

— Il suffit d'une fois pour faire de grandes bêtises, grommela Mlle Angélique. Enfin, puisque cela vous va à tous, j'y consens pour une fois. Fine, ne laisse pas la porte ouverte, car tu vas dormir debout sans doute, et les rôdeurs de nuit ne savent pas qu'il n'y a rien à voler ici. Eh bien! d'où vient ce courant d'air? Ah! c'est ce petit Julien qui ferait mieux aussi d'être sous ses draps. Montons bien vite, mon frère; s'il entr'ouvre un peu plus la porte, la bougie s'éteindra. »

Les deux vieillards montèrent lentement l'escalier, et quand la porte de leurs chambres respectives se fut refermée, Cadok fit deux ou trois bonds de joie, puis se laissa emmitoufler par Fine.

« Voilà, dit-elle, un béret qui tiendra sur votre tête ; cette cravate vous garantira la gorge ; si vous vous déchaussez, monsieur, prenez bien garde de mouiller le bas de votre pantalon. Je me demande comment vous verrez pêcher par cette nuit noire.

— Il fait clair dehors, Fine, dit Julien, qui s'abritait contre la porte extérieure.

— Tant mieux, dit Fine en riant ; mais, pour sûr, il faudrait y être quelque temps pour le savoir. »

Elle ouvrit la porte et livra passage à Cadok en lui disant :

« Monsieur, revenez pour dix heures, comme vous me l'avez promis, car je ne serai pas tout à fait tranquille de vous savoir sur les grèves par ce temps.

— N'aie pas peur, Fine, n'aie pas peur, dit Cadok, et referme la porte sans bruit, car ma tante pourrait bien me rappeler. »

Fine obéit, et les deux enfants se trouvèrent seuls.

« Julien, où es-tu? demanda Cadok, je ne te vois plus. Mon Dieu, comme il fait noir.

— Si vous voulez, nous n'irons pas là-bas, monsieur. Je vous assure que nous ne verrons pas seulement les lignes. »

Cadok lui prit le bras et l'entraînant :

« Il y aura quelque chose de plus amusant à voir, murmura-t-il, crois-tu donc que nous allons pêcher?

— Quoi, monsieur; alors quoi?

— Nous allons voir débarquer la cargaison de contrebande de Jean Minuit. »

Et, profitant de ce qu'ils pouvaient marcher quelque temps de front sur le sentier, Cadok, dont les yeux s'accoutumaient à l'obscurité, conta à Julien ses arrangements avec le contrebandier. La curiosité du petit garçon s'enflamma à ce récit; il comprit toute l'importance des recommandations qui leur avaient été faites, et, sur son conseil, Cadok prit, pour se endre à l'Anse du Noyé un sentier plus long, mais beaucoup moins découvert que celui qui y conduisait directement.

Arrivés au groupe de rochers, ils grimpèrent comme des chats sauvages jusqu'au dernier enfoncement qui leur offrait un abri commode, et ils attendirent en se communiquant leurs réflexions à voix basse. Ils auraient pu parler bien haut sans crainte d'être entendus par la sentinelle de la douane. La mer, poussée par le vent, se jetait contre la base du rocher avec un bruit assourdissant qui aurait étouffé la plus puissante des voix humaines. Cadok, qui n'était jamais sorti à cette heure et par un pareil temps, se sentait parfois frissonner des pieds à la tête. Jamais il n'avait vu ce ciel noir et lourd où pas une étoile ne brillait; jamais il n'avait entendu gronder de si près la mer en fureur. Pour la première fois, il se sentait initié aux vrais périls que couraient les gens de mer; pour la première fois, il avait avec la nature comme un solennel tête-à-tête.

« Monsieur, voyez-vous l'estacade? demanda tout à coup Julien, que rien n'émouvait ce soir-là.

— Je ne vois rien, Julien, je ne vois rien que le ciel et la mer.

— Regardez bien à gauche, ne voyez-vous pas de temps en temps une ligne blanche?

— Une ligne d'écume.

— Justement, c'est la mer qui frappe contre l'estacade. Et ne voyez-vous pas un petit point blanc, là, plus loin?

— Non.

— Moi, je le vois. C'est la guérite des douaniers.

— Mais si tu vois cela, Julien, le douanier lui aussi verra la *Bonne-Mère*.

— La *Bonne-Mère* a ses voiles de nuit, qui sont devenues grises de vieillesse, monsieur; on ne les a pas peintes en blanc comme la guérite. Oh! il fait bien noir, et Jean Minuit pourra bien atterrir ici sans être vu. Écoutez, écoutez: on dirait une voile qu'on cargue, le bateau arrive dans l'anse. »

Au-dessous d'eux se mouvait une masse confuse, et des chuchotements arrivèrent à leurs oreilles. Ils descendirent de leur observatoire et se heurtèrent à Jean Minuit, qui roulait une corde autour d'un énorme quartier de roche et dont les habits dégouttaient d'eau de mer.

« Ah ! c'est vous, dit-il, à voix très basse. Vous êtes-vous bien cachés du chien de garde ?

— Personne ne nous a vus, dit Cadok, il faisait plus noir qu'il ne fait maintenant quand nous sommes arrivés.

— Et puis, quand même, vous n'êtes pas suspects, vous ! Misère ! voilà le ciel qui allume. Vite au débarquement. »

Il redescendit vers son bateau, et aux lueurs intermittentes des éclairs qui sillonnèrent tout à coup le ciel noir, ils opérèrent le déchargement de la *Bonne-Mère*. Les trois hommes, trempés jusqu'aux os comme ils l'étaient, prenaient sur leurs épaules de petits barils, de lourdes boîtes et s'en allaient l'un après l'autre vers la chaumière de Jean Minuit par le sentier de derrière la falaise, qui aboutissait à la lucarne du grenier.

Ce qui amusait Cadok, c'était de les voir traverser le lambeau de grève qui restait à découvert. Pareils à des chasseurs à l'affût, ils marchaient à reculons avec leur charge, et les yeux fixés du côté de l'estacade. Si la lueur livide d'un éclair entr'ouvrait soudain les nuages, ils se laissaient choir sur le sable et ne se relevaient que lorsque cette clarté fugitive s'était dissipée.

Julien et Cadok trouvèrent de l'emploi quand le gros du chargement fut enlevé. Les bouteilles, les petits paquets leur furent abandonnés, et tout cela alla s'entasser dans le grenier de Jean Minuit.

Un seul baril, le plus lourd, restait à fond de cale.

« Laissons-le là jusqu'à demain, dit Jean Minuit, avec ces vieilles hardes par-dessus. »

Tel n'était pas l'avis de ses compagnons. Ce baril de poudre était la plus belle part de la prise : il fallait le mettre en sûreté le soir même.

La discussion faillit dégénérer en rixe, quand un des contrebandiers insinua que Jean Minuit ne serait pas fâché de s'adjuger cette part du butin.

Mais lorsque Jean Minuit n'avait pas bu, il savait laisser passer ses intérêts avant son amour-propre.

« Ceci est un compte que nous réglerons plus tard, grommela-t-il. Déchargez, puisque c'est votre idée ; mais faites vite ; car les éclairs vont nous jouer un mauvais tour. Halez-le sur le pont, je me charge du transport.

— Un moment, dit une voix, vous me laisserez bien un petit moment pour dresser un procès-verbal. »

« Malédiction ! » cria Jean Minuit.

Et Baptiste, le jeune douanier, apparut sur le rocher, que les éclairs illuminèrent magnifiquement.

« Malédiction ! » s'écria Jean Minuit.

Et, d'un bond, il se trouva à deux pas du douanier.

Celui-ci mit la main sur la garde de son sabre.

« Jean Minuit, dit-il très haut, vous savez à quoi vous vous exposez si vous m'attaquez quand je fais mon service. »

Cadok regarda Jean Minuit, et son sang se figea dans ses veines.

Le contrebandier, le visage enflammé de colère, la bouche écumante, levait sur la tête du jeune douanier, qui le bravait du regard, ce terrible poing fermé qui eût assommé un bœuf.

« Jean, Jean, » s'écria deux fois l'enfant.

Et, sautant à son tour sur le rocher, il s'accrocha des deux mains à ce bras menaçant, tendu comme une barre de fer.

« Vous ! c'est vous, monsieur Cadok ! dit le douanier, qui avait légèrement pâli, mais qui n'avait pas reculé d'une semelle devant l'agression du contrebandier ; du diable si je m'attendais à coucher jamais votre nom sur un procès-verbal. »

Et cette phrase prononcée, sa dignité lui paraissant sauve, il recula de quelques pas, et, la main appuyée sur la poignée de son sabre-baïonnette, il regarda fixement son adversaire.

« Allons, dit-il, soyez raisonnable, Jean Minuit, puisque ce soir vous êtes dans votre bon sens. Vous voilà pris, et vous savez qu'il est de mon devoir de mettre arrêt sur ces marchandises et de préparer un rapport. Les coups de poing et les coups de sabre n'empêcheront rien, et ne feront au contraire que gâter votre affaire. Chaque fois que vous avez résisté, vous avez eu une peine plus forte, voilà tout. »

Ces paroles, prononcées d'un ton conciliant, calmèrent la colère qui avait envahi le cerveau du contrebandier. Il avait vu trouble un instant, l'habitude de l'ivresse entretenant chez les ivrognes une excitation cérébrale dont ils ne se rendent pas toujours maîtres. Il comprit que la partie était perdue et que toute violence était inutile. Son bras retomba comme une masse à son côté, et le brave Cadok, qui était resté suspendu un instant entre ciel et terre, se retrouva sur la terre ferme

En ce moment, il se sentit tiré par le pan de sa veste.

« Monsieur Cadok, partons bien vite pendant qu'il n'y a pas d'éclairs, murmura la voix de Julien ; le douanier va vous coucher sur son rapport ; l'heure est passée ; si vous restez là, tant pis, je m'en vais à la maison. »

Cadok raffermit son béret sur sa tête.

« Oui, partons, répondit-il ; marche le premier, Julien. »

Et il suivit sans courir le petit garçon, qu'il voyait, comme une ombre sur la grève blanche, s'enfuir vers la falaise.

« Attends donc, disait Cadok de temps en temps, attends, Julien. Pourquoi cours-tu comme cela ? Personne ne s'occupe de nous. »

Mais Julien allait toujours.

Enfin, au haut du sentier de la falaise, il s'arrêta tout essoufflé.

« Monsieur, dit-il, et sa voix tremblait, si j'avais su tout ça, je ne serais pas venu à la baie ce soir. Savez-vous que Jean Minuit aurait assommé le douanier s'il avait été ivre, et que nous aurions été cités devant la justice comme témoins. Et savez-vous aussi que si ma mère connaissait tout ce qui nous est arrivé ce soir, elle me placerait demain chez le pâtissier de Pontmellac.

— Tu es un peureux, Julien, dit Cadok, qui essayait de faire bonne contenance, mais qui se remettait à grand'peine du saisissement qu'il avait éprouvé. Puisque nous nous sommes sauvés, nous ne serons pas dans l'affaire. Moi, je suis bien aise d'avoir vu tout ça. »

Sur cette dernière fanfaronnade, ils se séparèrent. Julien se glissa vers la maisonnette, et Cadok vint frapper les trois coups convenus à la porte du pavillon. Elle s'ouvrit aussitôt, et Fine, qui avait les yeux papillotants d'une personne qui a lutté contre le sommeil, et le visage tout assombri par l'inquiétude, apparut à la lueur blafarde d'une petite lanterne.

« Mais à quoi pensez-vous de rester si tard dehors? dit-elle en tirant violemment Cadok par le bras et en mettant son visage sous le rayon de sa lanterne; savez-vous que minuit va sonner, monsieur?

— Je ne croyais pas qu'il fût si tard, Fine; le temps ne m'a pas paru long à moi, je t'assure.

— Et votre poisson, où est-il?

— Il n'y a pas de poisson, ma pauvre Fine! »

Fine haussa les épaules, ferma la porte avec précaution, et, allumant une bougie à la petite chandelle de sa lanterne :

« Nous verrons bien si ces pêcheries de nuit recommencent, grommela-t-elle; pour moi, elles sont bien finies. Montez bien doucement, pour ne pas réveiller les autres, et ne demandez plus de permissions pareilles, car pour moi je ne resterai plus à vous attendre. J'avais compté que vous m'apporteriez au moins notre déjeuner de demain. Ah! vous ne m'y prendrez plus à veiller jusqu'à minuit pour vous voir rentrer sans poisson et avec une figure de cire comme celle que vous avez. »

Cadok la laissa grommeler et regagna sa chambre en silence. Fine était de trop fâcheuse humeur pour qu'il lui fît la confidence qui lui brûlait les lèvres. Il lui en coûtait cependant de n'avoir personne à qui confier les péripéties de la soirée; d'un autre côté, il se sentait tellement compromis qu'il reculait volontiers devant la révélation, sous prétexte que Fine n'était pas en disposition de l'entendre.

Il eut beaucoup de peine à s'endormir, et son sommeil fut hanté par d'effrayants cauchemars, dans lesquels la mer houleuse, le ciel sillonné d'éclairs et la figure sinistre de Jean Minuit apparaissaient toujours, pour plonger dans des terreurs folles l'enfant qui expiait ainsi sa première velléité d'indépendance et son imprudente curiosité.

CHAPITRE XIV

« Vous voilà levé de bien bon matin, monsieur Cadok ; on ne dirait pas que vous vous êtes couché hier dans les environs de minuit.

— C'est que, vois-tu, Fine, j'ai très mal dormi. Il paraît qu'on dort mal quand on se couche tard.

— C'est selon, monsieur. J'ai veillé quelquefois auprès des morts ou bien pour finir ma quenouille, et je n'en dormais pas moins bien pour cela. Est-ce que vous allez venir à la messe matinale de Notre-Dame-de-la-Pitié? J'avais déjà arrangé avec mademoiselle que je vous emmènerais à la grand'messe au bourg, car je croyais que vous ne vous seriez pas réveillé avant huit heures.

— Si je vais à la paroisse, je dormirai bien sûr au prône, dit Cadok avec un long bâillement. J'aime mieux aller à la Pitié.

— Alors, monsieur, mettez votre pied sur ce tabouret pour que je donne un coup de brosse à vos souliers, auxquels je n'ai pas touché ce matin, croyant bien que vous viendriez au bourg sur vos bottines. »

Cadok obéit et plaça alternativement sur le tabouret de bois ses deux souliers, que Fine rendit tour à tour, et en quelques coups de brosse, très noirs, puis très luisants. Ordinairement la langue de Cadok ne chômait pas pendant ces opérations; mais, ce matin-là, il se montra extraordinairement silencieux.

Son grand-père et sa tante, habitués à son babil, n'auraient pas manqué de remarquer l'étrangeté de sa physionomie pendant le trajet des Pêcheries à la chapelle de Notre-Dame-de-la-Pitié ; mais les petites filles de Jeanne, entraînées à la messe, étaient venues distraire leur attention par leurs chutes répétées et leurs gémissements plaintifs.

A la chapelle, le mouvement de va-et-vient, la vue des nouveaux visages firent sortir Cadok de sa torpeur, et il put s'acquitter convenablement de la mission dont Mlle Angélique le chargea. Il s'agissait de demander à M. le vicaire, avant qu'il montât à l'autel, les choses les plus insignifiantes du monde ; un simple prétexte de faire savoir à Mlle de Kerhaliguen qui était le prêtre à cheveux blancs qui priait au pied de l'autel et qui lui rappelait vaguement une figure connue.

Cadok revint avec le renseignement désiré.

Ce vieillard étranger était à la tête de la mission qui allait se prêcher à Caqueron, et il parlerait sans doute à l'Évangile

« Un sermon, je m'en doutais, murmura Mlle Angélique. Eh bien, Cadok, mettez-vous donc à genoux. Que regardez-vous avec cet air effaré ? »

Ce qu'il regardait, c'était Jean Minuit, qui entrait par une petite porte latérale, conduisant la vieille Perrine, qui semblait marcher avec une grande difficulté. C'était bien lui avec ses épais cheveux fauves tombant en broussailles sur son front sombre. Cadok ferma les yeux, puis les rouvrit. Il se croyait poursuivi par le souvenir de la scène de la veille et pensait que ses yeux le trompaient. Mais non, il était bien là le bandit farouche, il était là à genoux auprès de l'humble et paisible créature qui était sa mère. Il n'y avait pas à s'y tromper, c'était bien lui.

La première impression passée, sa présence fut une sorte de soulagement pour Cadok, qui n'était pas sans inquiétude sur ce qui s'était passé sur la grève après son départ. Et puis ce qu'il avait vu ne restait plus à l'état de cauchemar et ne lui causait plus cette sorte de sensation pénible dont il ne pouvait se délivrer. Ainsi qu'il l'avait fait dire à Mlle Angélique, le vicaire quitta l'autel après l'Évangile, et, revêtu de ses ornements sacerdotaux, alla s'asseoir sur un tabouret de bois placé à gauche du chœur. Le vieux prêtre en surplis, qui était resté en prière se leva, monta les degrés de l'autel et, se tournant vers l'assistance, se signa lentement.

Aux premiers mots qu'il prononça, M. de Kerhaliguen redressa sa tête vénérable, et Mlle Angélique, qui avait baissé son voile de dentelle pour cacher à tous les yeux son visage qui devenait somnolent, le releva par un geste vif et fixa ses yeux perçants, sur le prédicateur. Le vieux prêtre avait subi une transformation qui n'échappait à personne. Tout le monde avait vu prier, le front courbé, un vieillard aux cheveux blancs. Maintenant la taille du vieillard se redressait majestueusement; ses yeux, ombragés par des sourcils grisonnants, brillaient d'une superbe flamme intelligente; sa voix vibrante commençait dans un langage élevé et correct un discours dont la profondeur des pensées n'excluait pas la clarté. Ce n'est pas seulement en philosophie que l'on reconnaît que plus un penseur est profond, plus sa parole est claire. Et ce n'était pas seulement M. de Kerhaliguen et Mlle Angélique, dont cette parole d'une sobre éloquence éveillait subitement l'attention. Tous les auditeurs présents, les vieux pêcheurs, les jeunes fermiers, les femmes elles-mêmes écoutaient de toutes leurs oreilles et de toute leur âme.

L'homme sain de corps et d'esprit, l'homme dont les passions n'ont pas avili le cœur, ni atrophié l'intelligence n'a pas besoin d'avoir passé par les bancs pour comprendre l'admirable enchaînement et la suprême logique des enseignements religieux. Malgré la pureté de sa vie, il admet la chute originelle plus facilement que ceux qui ont de trop bonnes raisons de croire à son existence; malgré son ignorance des formules et son indifférence pour les sciences secondaires, il connaît en gros l'histoire du monde et s'agenouille librement devant ce Rédempteur qui vint en changer la face.

C'eût été peut-être en vain que le vieil apôtre eût parlé des grandeurs de la destinée humaine devant un auditoire de gens qui ne voient le firmament qu'à travers la fumée de charbon, devant les paysans qui cultivent la terre avec plus d'avarice que d'amour, et qui n'ont plus d'autre religion que l'argent.

Ici l'auditoire était tout autre. Chacun de ces êtres avait conservé quasi-intacte cette intelligence du vrai, du beau et du bien que la plus humble des familles chrétiennes dispense à ses enfants ; chacun d'eux possédait quelques notions de ces vérités immortelles qui sont l'aliment de toutes les âmes, la lumière de toutes les intelligences.

Les enfants seuls dans cette assemblée écoutaient le sermon avec une respectueuse indifférence ; Cadok lui-même n'était pas d'âge à suivre l'orateur dans les régions où il montait. Aussi, ce qui l'intéressait, c'était de deviner sur le visage énergique de Jean Minuit l'impression produite par les paroles du vieux religieux. Personne n'était plus attentif.

Assis contre la balustrade, il ne quittait pas des yeux le prédicateur. Plus d'une fois d'ardentes rougeurs montèrent à son front quand le saint prêtre parla des passions et de leurs ravages, stigmatisa l'ivrognerie, qui, même en ce pays privilégié, en ce pays de foi et d'honneur, faisait de telles victimes.

Plus d'une fois il inclina sa tête sauvage en signe d'assentiment quand une grande vérité tombait des lèvres du religieux. Parfois aussi il tournait et retournait avec embarras son chapeau de feutre entre ses doigts épais ; mais il écoutait toujours.

Cependant, quand le vieil apôtre prononça sa péroraison en exhortant chaleureusement les paroissiens de Caqueron à se rendre aux exercices de la mission, le contrebandier eut un terrible hochement de tête accompagné d'un sourire ironique qui signifiait clairement : « Du diable si vous m'y prenez. »

« C'est égal, pensait Cadok, je crois bien que ce sermon-là servira à faire passer sa colère, et maintenant, si je peux obtenir de Baptiste qu'il ne prononce pas mon nom dans son procès-verbal, ma tante ne saura jamais mon aventure. »

Tous ces raisonnements adoucirent beaucoup l'impression de terreur qu'il avait éprouvée la veille, et il revint aux Pêcheries délivré de ses plus vives appréhensions. Il aurait bien voulu, pour s'en délivrer tout à fait, courir au quartier et acquérir de Baptiste lui-même la certitude que son nom n'avait pas été écrit sur le procès-verbal; mais Fine assistait à la grand'-messe, et Mlle Angélique le constitua gardien de la maison. Il se résigna à remettre son excursion dans l'après-midi; mais, à son grand déplaisir, Fine, qui avait tout son dimanche à elle selon l'antique, chrétien et libéral usage, déclara qu'elle assisterait aux vêpres, et, son ouvrage fini, elle repartit sans tenir compte des murmures de Cadok, que Mlle Angélique serrait de près ce jour-là.

Mlle Angélique ne redoutait l'isolement de son habitation que le dimanche. Elle prétendait que les voleurs et les pillards mettaient à profit les loisirs de ce saint jour et opéraient beaucoup plus facilement quand ils savaient les fidèles enfermés dans l'église. Ceci était passé chez elle à l'état de manie et, se voyant obligée de permettre à Fine d'assister à tous les offices en l'honneur de la mission, elle se dédommageait en consignant Cadok.

« Je vous laisserais bien aller prendre l'air, lui dit-elle, si seulement nous avions un petit chien de garde dont les aboiements m'avertiraient du passage des gens; mais, n'ayant point ce moyen de défense à ma disposition, je vous prie de tenir la place de Fine, qui est d'une dévotion outrée, je le sais bien, mais qui, vous le savez, est intraitable sur l'article sermons. Nous avons trop parlé devant elle de ce vieux religieux, qui est certainement fort éloquent, mais dont la pauvre fille ne comprendra pas le langage élevé. Peu importe, il faut qu'elle aille l'entendre!

— Et à quelle heure finiront ces vêpres-là, demanda Cadok avec humeur.

— Je l'ignore absolument. Et puis vous comprenez qu'à l'issue des vêpres il y a les petits coups de langue obligés donnés à droite et à gauche, avec celui-ci et avec celui-là.

— Fine n'est pas bavarde, ma tante, dit Cadok, que le mécontentement ne rendait pas injuste.

— Non, oh! non! du moins dans le sens mauvais de l'expression. Ce n'est point aux dépens de ses maîtres que sa langue prend de l'exercice; mais enfin elle ne veut pas la laisser rouiller dans sa bouche.

— Je lui ai recommandé d'arriver de bonne heure.

— Oh! dans ce cas je ne doute pas qu'elle ne prenne ses jambes à son cou pour revenir. Quand on veut la faire marcher, il suffit de mettre M. Cadok en avant. »

Sur cette parole, soulignée par un sourire légèrement ironique, Mlle Angélique passa dans la salle du trône, où M. de Kerhaliguen traçait des figures géométriques sur une carte placée sur ses genoux.

Cadok resta dehors et se mit à arpenter comme un homme la grande cour silencieuse, où l'on n'entendait plus que l'harmonieux bruit du flot battant en mesure sur les noirs rochers. Jeanne avait emmené toute sa maisonnée à l'office, de sorte que Cadok n'avait même pas la ressource d'aller voir les petites sœurs de Julien cueillir pour leur vache les herbes folles qui croissaient sur les murs écroulés.

La mer elle-même était déserte, pas une voile ne se montrait à l'horizon. Les pêcheurs et les propriétaires de bateaux de promenade assistaient tous à l'ouverture des saints exercices de la mission et laissaient reposer leurs embarcations.

Enfin, comme quatre heures sonnaient au coucou de la cuisine, Cadok aperçut une coiffe blanche qui se balançait au-dessus des herbes vertes du chemin conduisant au bourg. C'était Fine qui arrivait avant tout le monde, dans la charitable intention de relever son petit maître de ses fonctions de gardien.

« Comme tu as été longtemps, Fine! cria Cadok, décidé à lui faire ce reproche, qu'il fût mérité ou non.

— Pouvez-vous dire cela, monsieur? Je suis restée sur mes genoux tout près du porche pour être la première dehors. Mais je ne voulais pas tout de même manquer le sermon, qui a été bien beau. Monsieur Cadok, je ne crois pas de ma vie avoir entendu un si beau sermon.

— Parce qu'il a été long, Fine, parce qu'il est très long.

— Mais non, monsieur, je vous assure, il n'est pas si tard que cela. D'ailleurs je vous avertis que si vous voulez votre liberté pour aller voir votre méchante connaissance de l'estacade, vous ne la trouverez pas. Jean Minuit n'est pas chez lui.

— Et qui est-ce qui t'a dit que je voulais aller chez Jean Minuit?

— Dame, il paraît que vous y êtes toujours fourré, et aujourd'hui même j'ai fait route, en allant à vêpres, avec la femme d'un douanier qui m'a conté qu'il courait bien des bruits sur vous depuis ce matin. »

Cadok frappa du pied avec colère.

« Je ne veux pas que tu parles de moi aux commères, dit-il.

— Monsieur, ce sont les commères qui me parlent de vous, que voulez-vous que j'y fasse? Et je ne peux guère penser non plus que Jean Minuit soit une bonne connaissance pour vous, le voyant comme je l'ai vu tout à l'heure à la porte d'une auberge, jurant et sacrant avec des yeux qui lui sortaient de la tête. Vous ne l'avez jamais vu ivre sans doute, monsieur; sans cela je ne sais pas trop si vous oseriez aller si souvent dans sa compagnie.

— Je vais où je veux, dit Cadok, et je ne suis pas une femme moi, pour avoir peur d'un homme ivre. »

Et là-dessus il tourna les talons et s'en alla vers le sentier de la falaise en sifflant.

« Monsieur, n'oubliez pas qu'aujourd'hui nous soupons à six heures, » cria Fine.

Mais Cadok ne l'entendait plus ou feignait de ne plus l'entendre.

En sa vie de liberté absolue, il avait contracté la dangereuse habitude de se sentir blessé au plus léger contact d'un frein. Cette journée où il lui avait été défendu de dépasser l'enceinte des Pêcheries lui avait paru d'une longueur insupportable, et c'était plutôt la pensée de faire acte d'indépendance que l'envie de changer le lieu de sa promenade qui le poussait vers les grèves désertes.

Au bas du sentier il s'arrêta indécis. Irait-il vers le quartier des douaniers pour prendre quelques renseignements sur les événements de la nuit? S'en irait-il vers les espaces solitaires qu'il aimait à parcourir?

« Voyons d'abord si ce que Fine a dit sur Jean Minuit est vrai, pensa-t-il ; voyons s'il n'est pas chez lui. »

Cette décision prise, il gagna la cabane et entra résolument. La vieille Perrine, assise sur une chaise de paille devant la fenêtre ouverte, égrenait son rosaire entre ses doigts desséchés, et sa physionomie était d'une tristesse qui frappa Cadok.

« Êtes-vous malade, bonne mère Perrine? demanda-t-il en se mettant à cheval sur un des bancs de bois qui flanquaient la table de chaque côté.

— Non, répondit-elle en hochant lentement la tête, du moins mon corps ne l'est pas plus que d'habitude, monsieur : mais on a de la peine de plusieurs manières, et j'ai grand mal ici aujourd'hui. »

Et sa main droite, qui tenait son long rosaire, se posa sur son cœur.

« Jean s'est-il enivré, dit Cadok, qui s'était prudemment assuré que le contrebandier ne se trouvait pas dans la chaumière.

— Je ne sais pas, monsieur ; mais je crains bien pour cette journée. D'abord vous savez qu'il a été pris en contravention cette nuit. Heureusement qu'il s'est endormi là, sur le banc auprès du feu et qu'il n'a pas touché à l'eau-de-vie du reste de la nuit. Ce matin, je l'ai emmené à la messe de Notre-Dame-de-la-Pitié. C'est étonnant comme le sermon a fait tomber sa colère. Voyez-vous, monsieur, cet homme-là comprendrait toutes les choses du bon Dieu si seulement il voulait aller à l'église au lieu d'aller perdre son argent et sa raison au cabaret. Il est revenu tout occupé du prédicateur et de ce qu'il avait prêché. Et il a passé la matinée à arranger son fusil, à brosser ses habits, et il n'a pas blasphémé une fois contre les douaniers, et je voyais bien que ce qu'il avait entendu à la chapelle lui était bien entré dans l'esprit. Mais voici que les compagnons de cette nuit sont venus lui reparler de la mauvaise affaire. Il a fallu donner un verre d'eau-de-vie, et la colère lui est revenue dans le cœur, et au lieu de retourner à l'église il est allé à l'auberge avec eux. Et maintenant je ne sais pas trop quand il reviendra, et je voudrais bien qu'il restât toute la nuit là-bas, car sûrement il ferait de mauvais ouvrage ici, car lorsqu'il a eu une affaire avec les douaniers et qu'il s'enivre par-dessus, j'ai toujours peur qu'un malheur n'arrive.

— Il ne va jamais au quartier, heureusement, dit Cadok, qui était tout oreilles.

— Il n'en a jamais l'idée, mais, — et la vieille Perrine baissa instinctivement la voix, — mais ici, monsieur, il y en a un devant lui, là dans la guérite, et si la frénésie le prenait, je ne sais pas, sainte Vierge, je ne sais pas ce qui arriverait.

— La frénésie! qu'est-ce que cela? demanda Cadok.

— Monsieur, il faut l'avoir vu pour le savoir. Je ne sais pas ce que les marchands mettent maintenant dans certaines boissons; mais quand mon pauvre Jean a bu de celles là, il devient frénétique, et dans ces moments-là, moi, sa mère, qu'il n'a jamais touchée du bout du doigt, je recommande mon âme à Dieu.

— Jean est vraiment bien méchant quand il a bu, » s'écria Cadok amèrement.

La pauvre mère soupira.

« Oui, dit-elle, et aujourd'hui, monsieur Cadok, avertissez Baptiste le douanier, que s'il est de garde sur l'estacade, il fera bien de ne pas pousser sa promenade de ce côté-ci. C'est à lui que Jean en veut à cause des affaires de cette nuit, et si cette colère-là lui revient et qu'il le voie là-bas à la citadelle, il y aura bataille, c'est sûr.

— Je vais aller voir Baptiste, et lui dire de prendre garde.

— Allez, monsieur, allez. Je ne sais pas ce qui fait cela, mais, je suis triste comme quand mon pauvre Jean doit faire un mauvais coup. Ah! je savais bien que l'affaire de la nuit dernière aurait mal tourné. Ça a été une mauvaise affaire. »

Tel était bien l'avis de Cadok, qui n'était pas à regretter de s'y être trouvé mêlé; mais pour le moment il n'était occupé que du danger que courait le douanier Baptiste, si le hasard voulait qu'il fût encore de garde à la citadelle ce soir du dimanche qui était le grand jour d'ivresse de Jean Minuit.

Il s'en alla donc jusqu'au quartier, mais il n'y trouva qu'un vieux douanier qui ne répondit à aucune de ses questions. Il se décida à aller frapper à la porte de Baptiste et ne rencontra que sa jeune femme, qui ne sut pas lui dire s'il était de faction le soir à la citadelle. Il aurait bien attendu l'arrivée du jeune douanier, mais il se rappelait que le souper du dimanche avait lieu à six heures aux Pêcheries, et il pensait qu'il n'avait que le temps de retourner au logis.

En passant devant la chaumière, il entra et prévint la vieille Perrine de l'insuccès de sa visite au quartier.

« Monsieur, répondit-elle, il tarde bien, il ne viendra peut-être pas ici ce soir, et j'en serai bien contente. Tant que l'affaire de cette nuit ne sera pas oubliée, j'aurai peur tous les dimanches et tous les lundis, et je désire en mon cœur qu'il ait oublié ce soir le chemin de sa maison. »

Comme elle prononçait ce vœu, un jurement effroyable retentit sous les solives enfumées, et Jean Minuit apparut sur le seuil de sa porte dans un état tel, que Cadok, saisi de frayeur et ne voyant pas la possibilité de s'enfuir, se glissa dans une encoignure devant laquelle cinq sacs pleins de pommes de terre empilés sur un banc formaient un épais paravent.

Du reste, la retraite lui fut immédiatement coupée par Jean qui, son jurement lâché, se détourna, et de sa main agitée par le tremblement nerveux de l'ivresse tourna la clef dans la serrure et la retira en s'écriant dans un hurlement :

« Ah ! tonnerre, qu'on vienne à présent chercher la poudre, le tabac et le vin que ce brigand de Jean a cachés cette nuit dans son grenier.

— Jean, mon cher Jean, venez vous asseoir ici, » dit tout doucement la vieille Perrine, qui s'était mise à hacher en brins très menus un fagot de branches sèches ramassées par elle dans le bois de sapins qui entourait la chapelle de Notre-Dame-de-la-Pitié.

Mais son fils n'entendit même pas ce doux appel. L'ivresse qui lui exaltait le cerveau devenait peu à peu de la folie, et c'était un véritable insensé qui se promenait en ce moment devant Cadok terrifié.

Le chapeau rejeté en arrière sur ses épais cheveux roux, la cravate dénouée, l'écume à la bouche, il marchait d'un pas saccadé, les poings fermés, grommelant d'une voix pâteuse des mots inintelligibles. Parfois il s'arrêtait, mettait le poing sur sa hanche et jurait sans discontinuer pendant cinq minutes. Mais au milieu de ses divagations, de ses bravades, une idée fixe se faisait jour : sa haine contre les douaniers. Alors sa large mâchoire se contractait d'une manière si féroce ; ses yeux, injectés de sang, lançaient de tels éclairs de fureur ; une colère si folle empourprait son front et faisait gonfler les veines de son cou, que Cadok sentait une sueur froide perler à ses cheveux. Tout à coup Jean s'arrêta dans sa marche en zig zags, et frappant sur la table un coup de poing à la briser, il cria : « De l'eau-de-vie. »

Et la vieille Perrine, secouant son tablier pour en faire tomber les brindilles, alla vers l'armoire du fond et apporta une bouteille et un verre.

CHAPITRE XV.

Un affreux rictus tordit les lèvres de l'ivrogne, qui porta immédiatement la main sur le bouchon. Mais il tenait bon. Jean saisit la bouteille entre ses doigts, cassa le goulot, comme Cadok eût fait d'une paille, et, appliquant ses lèvres à l'ouverture béante, au risque de se blesser grièvement, il avala une lampée d'eau-de-vie ; puis il replaça la bouteille sur la table et se laissa tomber comme une masse sur le banc.

Sa mère, qui le regardait du coin de l'œil, s'approcha de la table, et, à la stupéfaction de Cadok, témoin invisible de cette scène, remplit le petit verre du liquide de feu. Jean n'y prit pas garde ; la tête baissée sur la poitrine, les sourcils abaissés jusque sur les yeux, les bras pendants il s'anéantissait dans l'abrutissement complet.

Un appel qui vint du dehors lui fit malheureusement lever la tête. Son regard hébété chercha la fenêtre ouverte : il aperçut la silhouette du douanier de garde. Cette vue agit sur lui comme l'étoffe rouge sur le taureau, la colère ou plutôt la démence chassa soudainement l'hébétement. Il bondit sur ses pieds, jeta autour de lui des regards de fauve et s'élança vers la cheminée en poussant un horrible blasphème.

« Jean, ne touchez pas à cela, cria la pauvre Perrine en le voyant arracher son fusil du manteau de la cheminée ; vous n'êtes pas en état de toucher à cela. »

Un tonnerre de jurements et d'imprécations, au milieu desquelles on distinguait le serment de donner son compte au
douanier, fut la réponse de l'ivrogne. Et comme les doigts desséchés de la vieille femme se cramponnaient à la crosse du fusil,
il lui donna une si brutale secousse qu'elle lâcha prise avec un
gémissement.

Alors, les yeux injectés de sang, la bouche pleine de bave,
son fusil sur l'épaule, il dit qu'il y avait quelqu'un qu'il n'oserait jamais toucher du bout du doigt; mais qu'il tuerait ce
jour-là ceux qui s'opposeraient à sa vengeance.

Il ne reçut pour réponse qu'un long sanglot et s'élança vers
la porte. Il l'avait lui-même fermée à clef, ce dont il ne se souvenait plus. Il fit un geste de menace à l'adresse de sa mère, et,
la voyant se précipiter au-devant de lui les bras tendus comme
pour lui arracher l'arme de malheur, il bondit comme un chat
tigre et disparut par la fenêtre ouverte.

« Sainte Vierge! Sainte Vierge! empêchez qu'il n'arrive
un accident, » cria Perrine en se laissant tomber à genoux.

Cadok sauta hors de sa cachette et, les dents claquant
d'épouvante, s'approcha d'elle.

« Ah! monsieur, sauvez-vous, gémit-elle, vous êtes là, sauvez-vous; je ne l'ai jamais vu si frénétique, jamais. C'est la première fois qu'il me frappe.

— Le fusil n'est peut-être pas chargé, dit Cadok, il... »

Un coup de feu l'interrompit.

La vieille Perrine enfonça ses mains dans ses cheveux
blancs, et cria deux fois :

« Ah! Jean, ah! malheureux Jean. »

Cadok n'en entendit pas davantage. Saisi d'une frayeur
mortelle, sachant la porte fermée, craignant de rencontrer le
bandit s'il s'en allait par la fenêtre, il s'élança vers l'échelle
dressée au bas de la maison, la gravit, franchit la lucarne et
s'en alla rouler sur le sentier de la falaise.

Cinq minutes plus tard, il arrivait tout défaillant de la rapidité de sa course dans la cuisine de Fine et se laissait tomber
sur une chaise.

« Sainte Vierge! » s'écria Perrine.

« Fine, cria en ce moment la voix de Mlle Angélique au haut de l'escalier, est-ce enfin monsieur Cadok qui rentre ?

— C'est lui, mademoiselle, » cria Fine sur le même ton.

Et elle ajouta plus bas :

« Dans quel état, mon Dieu !

— Eh bien! n'oublie pas ce qui a été convenu, reprit Mlle Angélique. Un enfant qui se permet de faire retarder d'une heure le repas de ses grands-parents, et cela presque tous les jours, ne mérite que du pain sec.

— Du pain sec, mademoiselle, » répéta Fine avec énergie.

Puis, baissant la voix, elle ajouta :

« Qu'est-ce qui vous est arrivé, mon pauvre Cadok ? et que voulez-vous pour votre souper ? Je vous ai gardé un peu de tête de veau, vous l'aimez bien à l'huile et au vinaigre.

— Fine, je ne mangerai rien, dit Cadok reprenant enfin haleine, je ne pourrai rien manger.

— Enfin, mon Dieu, que vous est-il arrivé ? Que vous est-il arrivé ! vous voilà pâle comme un linge. »

Cadok avait le cœur trop plein et les nerfs trop ébranlés pour garder cette fois son secret. Il fit signe à Fine de fermer les portes, et, après avoir bu un grand verre d'eau pour rafraîchir sa gorge brûlante, il lui conta la terrible aventure.

Fine l'écouta pâlissant, se signant et soupirant de toutes ses forces. Cette fois la veillée ne se prolongea pas. Elle conduisit à sa chambre le pauvre Cadok, qui chancelait toujours sur ses jambes, et remercia Dieu par une fervente prière à Notre-Dame-de-la-Pitié quand elle le vit, après une bienfaisante crise de larmes, s'endormir profondément.

CHAPITRE XVI

Le coup de feu qui avait fait pousser des ailes aux pieds de Cadok pour s'enfuir de la chaumière, avait retenti plus terriblement encore dans le cœur de la pauvre vieille mère de Jean Minuit.

Son visage ridé était devenu terreux, ses yeux s'étaient fermés, et elle serait tombée sur la pierre de son foyer si sa main n'avait rencontré le dossier d'une grossière chaise de bois comme point d'appui. Cet étourdissement ne dura qu'une seconde ; elle put se traîner jusqu'au banc placé près de la table devant la fenêtre ouverte, par laquelle entraient de larges bouffées de brise.

Là, elle demeura néanmoins sans mouvement, les deux bras allongés sur la table, les mains jointes. Tout à coup, la clef tourna dans la serrure. La porte s'ouvrit, se referma, et Jean Minuit apparut dans l'indécise clarté du soir, pâle comme un spectre et son fusil à la main.

« Que le diable m'emporte, dit-il d'une voix rauque ; mais c'est fait ; cette fois, j'ai tué un homme. »

Et, lançant son arme fumante sur le banc du lit, il s'assit devant sa mère et se prit la tête entre les mains. Perrine se redressa, de grosses larmes tombaient une à une de ses yeux.

« Jean, Jean, Jean, prononça-t-elle trois fois, vous n'avez pas fait ce malheur?

— Je l'ai fait, ma mère. Écoutez ces cris ? Ce sont les gens qui ont vu tomber le douanier. J'ai bien visé, et pourtant j'étais ivre de colère et d'eau-de-vie. »

Il frissonna de tout son corps et, passant la main sur son front sillonné de grosses rides :

« C'est drôle ! mon coup de fusil m'a dégrisé, là, tout à coup ; mais c'était trop tard. Mon compte est fait ; pourtant, j'étais ivre. »

Il jeta son chapeau sur la table, se leva en chancelant et s'en alla vers le fond de sa chaumière. Ses deux mains se plongèrent dans un seau plein d'eau, il s'en aspergea la figure et la tête, puis revint lentement vers la table, et, arrêtant ses yeux sombres sur le visage défait de sa mère, qui continuait de pleurer amèrement :

« Quand ce ne serait qu'à cause de vous, ma mère, dit-il, voilà un mauvais coup que je regretterai toute ma vie. »

Elle essuya ses larmes avec le coin de son tablier et dit doucement :

« Jean, votre main a tremblé : vous n'avez pas tué le douanier ?

— Je l'ai visé, dit-il, il est tombé. Raisonnable ou fou, je ne manque jamais mon but. Qu'est-ce donc que cette satanée eau-de-vie que j'ai bue ? Quelles drogues le diable a-t-il donc jetées dedans ? »

Il saisit la bouteille dont il avait cassé le goulot, regarda l'ardent liquide à travers les lueurs roses du soleil couchant, se leva et, la lançant par la fenêtre, il ajouta :

« Que j'aille au bagne ou que je n'y aille pas, j'ai bu ce soir mon dernier verre d'eau-de-vie. »

Il respira fortement, plaça sa main droite sur sa large poitrine, et s'écria :

« J'ai là un feu d'enfer. Jamais je n'avais été lâche. Je me suis battu, j'ai donné des coups de poing et même des coups de couteau ; mais j'en recevais aussi, c'était partie égale. Ce soir, j'ai été lâche. Voilà ! On dira, si l'on me découvre, que je suis un assassin. »

Et sa tête fauve, tout humide encore de ses ablutions, retomba entre ses mains.

Perrine se leva et, fixant sur lui un regard d'une navrante éloquence :

« Jean, dit-elle d'une voix coupée par les sanglots, mon fils Jean, je vous avais bien assuré que le diable serait plus fort que vous. Vous dites que vous avez tué un homme. Jean, mon pauvre Jean, vous aviez cependant entendu le sermon de ce matin. »

Une sorte de rugissement lui répondit.

« Jean, Jean, votre main a tremblé. »

« Jean, mon fils Jean, votre péché est grand, plus grand que notre malheur.

— L'un vaut l'autre ; l'un vaut l'autre.

— Et il y a longtemps que vous offensez le bon Dieu ! Et moi qui comptais sur la mission pour vous convertir !

— Je me convertirai... en prison.

— Peut-être ne serez-vous pas découvert ? Peut-être que la justice ne sera pas appelée !

— Je ne lui en ai pas moins tiré un coup de fusil à cet homme, il n'en est pas moins mort.

— C'est là le péché, Jean, c'est là le péché. Est-ce que ça

n'est pas trop lourd pour votre conscience. On ne sait pas ce qui se passera demain. Le saint homme qui nous a parlé ce matin est au presbytère. Jean, mon pauvre garçon, faites-vous pardonner par le bon Dieu en attendant que les hommes vous fassent passer à leur jugement. »

Il bondit sur ses pieds et un moment la pauvre dévote et le formidable bandit se regardèrent comme font parfois ceux dont le sang ou l'affection ont mêlé les vies jusqu'au fond de l'âme. La mère parla la première en joignant ardemment ses mains desséchées.

« Puisque vous avez du repentir, Jean, dit-elle, allez chercher une absolution ; celle du bon Dieu ne vous sera pas refusée, puisque votre cœur est chagrin. »

Ce mot, étrange à prononcer à l'heure même d'un crime, s'enfonça comme une flèche dans l'âme de Jean. Sentir un remords cuisant, vengeur, et s'entendre parler d'absolution, c'était divinement consolant.

Quelque chose de sa pieuse enfance et de son honnête et chrétienne jeunesse remonta du fond de son âme à la surface, comme une brise souffle tout à coup des profondeurs du désert brûlant. Il saisit son chapeau et l'enfonça jusque sur ses sourcils.

« Cela ne m'empêchera pas d'aller en prison ou ailleurs, si les soupçons se portent sur moi, dit-il ; mais, ma foi, cela me soulagera. Je vais aller me confesser au vieux prêtre. »

Et il ajouta, en se donnant un grand coup de poing en pleine poitrine :

« Après un coup pareil, cela me fera du bien ; oui, cela me fera du bien de dire : *Mea culpa.* »

La vieille mère leva les deux mains par un geste de bénédiction.

« Que le bon Dieu vous pardonne et vous bénisse, dit-elle. Mais avant de partir, Jean, il faudrait cacher votre fusil.

— Ma mère, à quoi bon ! je ne chercherai pas de mauvaises raisons. Si l'on m'accuse, je dirai la vérité. Couchez-vous, je pense que, pour mon compte, j'irai dormir dans le grenier à foin du forgeron, et demain, ma foi, arrivera ce qui doit arriver. »

Sur ces paroles, prononcées froidement et avec résolution, il quitta la chaumière.

La vieille mère, demeurée seule, commença par se mettre à genoux et par dire tout haut un *Pater* d'actions de grâces ; puis elle ferma la fenêtre et ramassa l'arme fatale, qui s'était si malheureusement trouvée en état ce jour-là. Elle l'enroula dans un vieux tablier et la cacha derrière une pile de vêtements, dans une armoire branlante. Cela fait, elle balaya les cendres de son foyer, se coucha sur son pauvre grabat et s'endormit.

Certes, une grande inquiétude déchirait le cœur de la vieille femme ; un grand chagrin l'oppressait ; mais l'inquiétude est le pain quotidien des femmes et des mères de marins, et ce jour-là, sur sa grande détresse d'âme, s'était placé un baume assez puissant pour endormir la douleur.

CHAPITRE XVII

Le lendemain matin, Cadok, assis en vedette sur le poteau de la barrière d'entrée, semblait attendre quelqu'un avec autant d'inquiétude que d'impatience.

Enfin deux femmes se montrèrent dans le petit chemin qui conduisait au bourg, et dans la première il reconnut Fine, qui arrivait, son panier de provisions au bras.

Il courut au-devant d'elle.

« As-tu su quelque chose? demanda-t-il à demi-voix.

— Monsieur, répondit Fine en déposant son panier à terre, on dit comme ça par le bourg qu'un douanier a été blessé cette nuit par un contrebandier. On ne parle que de cela.

— Ah! il n'est que blessé, dit Cadok en poussant un gros soupir de soulagement. Et sais-tu qui on accuse?

On a dit beaucoup de noms devant moi. Tout le monde parle de ça, et vous comprenez que ce ne sont pas les histoires qui manquent.

— Mais parle-t-on de Jean Minuit? demanda Cadok en baissant la voix.

— Oui, monsieur; mais on croit qu'ils étaient plusieurs à faire le coup.

— Tant mieux. Baptiste n'est pas mort. Oh! mon Dieu, que je suis content.

— Non, parce qu'il n'y avait pas de balle dans le fusil. La gendarmerie de Pontmellac va arriver, à ce qu'on dit, avec la justice. Tenez, voici Jeanne qui vient du bourg et qui sait peut-être encore plus de nouvelles. »

Et elle se détourna vers une femme qui arrivait en courant, son tablier jeté sur la tête pour préserver sa coiffe de la pluie fine qui commençait à tomber.

« Vous voilà déjà, Jeanne? dit Fine. Vous me disiez que vous aviez des commissions qui vous prendraient bien du temps.

— Des commissions, répéta la paysanne en découvrant son visage bouleversé, il s'agit bien de commissions. Est-ce qu'on ne dit pas par le bourg que Julien va être mis dans le procès avec les contrebandiers. Ah! Seigneur, monsieur Cadok, qu'est-ce que vous avez fait là d'emmener cet enfant chez ce mauvais homme de Jean Minuit. On dit comme ça que son nom est couché sur le procès-verbal.

— On ne l'a pas vu, dit Cadok, il s'est caché, Jeanne, je vous dis que personne ne l'a vu.

— Tant mieux, monsieur ; mais on vous a vu, vous, et l'on dit que quand vous êtes sur une grève à dix heures du soir, Julien n'est pas loin. Et c'est comme ça que, sous prétexte de pêcher, vous allez avec des gens qui ont toujours des procès et de la prison au bout. A-t-on jamais vu des enfants hanter du monde sans le su de leurs parents. Julien va partir pour Pontmellac tout de suite, je vais le conduire chez le pâtissier, et il y restera s'il veut manger du pain. Fine, est-ce que vous pourrez jeter un coup d'œil sur les petites filles? Sans cela, je les emmènerais chez Pierre, de Notre-Dame-de-la-Pitié.

— Soyez tranquille, Jeanne, je m'en occuperai, dit Fine avec émotion.

— Vous savez que ma petite Louise fera bien le dîner, et c'est seulement par rapport au feu que je vous les recommande.

— Soyez tranquille, répéta Fine en remettant son bras dans l'anse de son panier, je vous promets qu'il ne leur arrivera pas de mal. »

Sur cette promesse les deux femmes se dirigèrent vers leurs logis respectifs.

Cadok, n'osant suivre Jeanne et voulant néanmoins savoir ce qu'il adviendrait de Julien, resta à la barrière, s'amusant, pour passer le temps, à franchir à pieds joints un petit talus voisin.

Du talus il finit tout naturellement par grimper dans un vieil orme, le seul arbre qui eût pris racine aux Pêcheries, et il s'établissait bien commodément sur la plus haute branche quand Jeanne sortit de sa maison en costume des dimanches et un paquet sous le bras. Julien la suivait, vêtu de son meilleur habillement, et portant également un paquet au bout d'un bâton placé sur son épaule.

Les petites filles, groupées sur le seuil de la porte, regardaient en souriant leur frère qui s'éloignait tête basse et se frottant les yeux. Il avait l'air si malheureux, le pauvre Julien, que Cadok n'osa pas lui jeter un adieu du haut de son arbre, comme il en avait eu l'intention.

Certain remords s'éveillait même en lui en ce moment, et les reproches émus de Jeanne retentissaient dans sa conscience.

Il se disait qu'elle n'avait pas eu tort de l'accuser et qu'il était bien pour quelque chose dans le malheur qui atteignait Julien, auquel il avait soufflé ses idées d'indépendance. Il se sentait tout triste en regardant s'éloigner le petit compagnon de ses jeux et de ses escapades. Lorsqu'il l'eut vu disparaître au tournant du sentier, il se laissa glisser du vieil orme et s'en alla au hasard, les mains dans les poches et le front soucieux.

Dans son inexpérience il s'étonnait de trouver si amers les fruits d'une liberté si charmante, et ne comprenait rien à cela. Machinalement il avait descendu le sentier de la falaise ; mais, en apercevant la chaumière de Jean Minuit, il eut un tressaillement d'effroi, et, s'en détournant violemment, il se mit à courir vers les grèves solitaires où il était sûr de ne rencontrer personne qui lui rappelât la terrible scène de la veille.

Dans cette promenade sans but défini, il lui était doux de s'ar-

rêter où bon lui semblait, et il fit une longue halte sur une grève
dont le sable était couvert d'une couche épaisse de superbes
galets. Par un de ces effets inexplicables qui se rencontrent à
chaque pas dans la nature, sables et coquillages avaient en cet
endroit cédé la place à des cailloux de formes et de couleurs
diverses, mais tous admirablement polis. Il y en avait des
milliers, tous arrondis et modelés comme par une main
d'artiste.

Cadok se dit qu'un de ces galets lui ferait un joli presse-
papier, et il en chercha un qui eût la taille, le poids et la
couleur qui lui convenaient. Il en découvrit un d'un granit
bleu, à paillettes d'or, d'un ovale parfait et le fit entrer dans
sa poche.

Cela fait, il s'amusa à en ramasser de petits et à les lancer
dans les flots, s'essayant à faire des ricochets comme il avait
vu Julien en faire.

CHAPITRE XVIII

Quand il eut assez de ce jeu et qu'il se sentit reposé par
.a halte, il reprit son chemin et ne s'arrêta que lorsque la
fatigue se fit sentir de nouveau. Sur la partie de la grève où il
était arrivé, le sable d'or étincelait sous le soleil. Il se laissa
choir tout de son long sur ce lit tiède et moelleux, et, fatigué
comme il l'était d'émotion et d'inquiétude, il s'endormit profondément.

Il dormit longtemps d'un sommeil bien calme. Le son
d'un cor de chasse, qui éclata tout à coup dans l'atmosphère,
le réveilla soudain.

Il entr'ouvrit les yeux et retint un cri de frayeur. Jean Minuit, assis sur le sable tout près de lui, était occupé à remmail-
ler son filet. Un moment de réflexion calma la terreur instinc-
tive que Cadok ressentait à la vue de cet homme dont il avait
encore devant les yeux l'effroyable colère, et il osa le regarder
à travers ses paupières à demi closes. Jamais il ne lui avait
vu la physionomie aussi paisible.

L'ivrogne de la veille, la bête féroce gorgée d'eau-de-vie
avait fait place à un brave homme de pêcheur tout entier au
raccommodage de son filet. Tout à coup il s'interrompit au
milieu de son travail.

« La mer avance, grommela-t-il, encore une dizaine de
brasses, elle viendrait enlever l'enfant. »

Il déposa son filet, se leva, et Cadok, qui avait fermé les yeux, se sentit soulevé de terre par les deux mains de Jean dont l'une glissa avec précaution sous ses bras, l'autre sous ses jarrets. Il fut ainsi porté tout au haut de la grève et déposé si doucement sur le sable que, s'il avait été réellement endormi, ce déplacement imprévu ne l'aurait pas réveillé. Un peu rassuré, il se décida à cesser son rôle d'endormi et ouvrit brusquement les yeux.

« Vous voilà revenu, monsieur Cadok, dit Jean Minuit, qui étendait son filet sur le sable. Une autre fois ne vous endormez sur la grève que là où la mer ne monte qu'aux grandes marées d'hiver... Aujourd'hui le vent souffle du large, et la marée sera haute, les vagues vous auraient roulé comme un galet, et vous dormiez si bien que je ne sais pas, ma foi, si vous vous seriez éveillé en ce monde.

— Il est bien heureux que vous m'ayez vu, Jean, dit Cadok en se mettant sur son séant ; je m'étais assis bien loin de la mer, et je ne comptais pas m'endormir. Comme elle vient vite, comme elle vient vite !

— C'est sa marche, monsieur, et c'est comme ça que le malheur arrive sur le pauvre monde. »

Cadok le regarda. Il parlait très sérieusement, les yeux fixés sur les grandes vagues qui accouraient au galop.

« Jean... et cette nuit, demanda Cadok précipitant ses paroles.

— Mauvaise, monsieur... et bonne aussi. L'enfer d'abord avec l'eau-de-vie, la poudre, la colère dans le sang, et, ma foi... après... le *mea culpa*. Voilà un fameux mot latin que je n'ai jamais si bien compris. Je l'ai dit de toute ma force et il y a là-haut quelqu'un qui me pardonnera. »

Et, frappant vigoureusement sa poitrine, il leva les yeux vers le firmament.

« Je vois bien que vous me croyez encore dans la déraison de la boisson, reprit-il ; mais non, monsieur. Tonnerre ! quand on a visé un homme et que la poudre s'allume à votre fusil, cela vous dégrise. Je suis un ivrogne, monsieur, un batailleur,

Il fut ainsi porté tout haut de la grève.

un contrebandier, mais je ne suis ni voleur, ni assassin. Et voyez l'effet de cette satanée eau-de-vie : si la balle, par bonheur, n'était pas tombée hors du canon de mon fusil, je tuais le douanier. Le sang m'en a fait un tour. A coups de poings cela va : je donne des coups et j'en reçois, et l'on ne meurt pas d'un œil poché. Mais tirer sur un homme ! Voyez-vous, monsieur, on nous a trop bien appris notre catéchisme pour que ça passe comme une lettre à la poste. On ne devient pas canaille comme ça quand on a eu une mère qui est une sainte femme ; que diable ! on a eu son baptême et ses communions. La mère m'a dit d'aller trouver le vieux prêtre, et ça m'a été un soulagement. Je ne boirai plus d'eau-de-vie, c'est dit, quand même je devrais en dessécher sur pied.

— Et vous n'irez pas en prison, Jean.

— Ah ! monsieur, ceci est une autre affaire. Le juge en surplis, le juge du bon Dieu m'a pardonné gratuitement ; mais l'autre, le juge en robe noire, va me saler, je pense. Je suis tout prêt, arrive ce qui pourra.

— Vous irez en prison ?

— Oui, monsieur. Je crois que Jean-Baptiste ne me chargera pas et que l'affaire sera plus douce qu'elle n'aurait pu être, vu ma sauvagerie ; mais je payerai ma dette d'une manière ou d'une autre. C'est surtout à cause de la mère que j'en suis fâché. »

Il se tourna vers Cadok et ajouta en baissant la voix :

« Vous irez quelquefois la voir, n'est-ce pas, monsieur ; la voilà bien éloignée de tout ; mais si vous me promettiez d'aller quelquefois la voir, cela me ferait du bien.

— J'irai, Jean, dit Cadok, que l'émotion du contrebandier gagnait ; je vous promets d'aller souvent demander de vos nouvelles.

— Merci, monsieur, me voilà content. Elle aura de quoi manger, les patates seront bonnes cette année, et je lui laisserai tout mon argent. Le grenier est plein de goémon sec, et il y a des gens qui ne refuseront pas de l'aider pour ramasser le nouveau. Et comme ça je peux m'en aller tranquille. »

Sur ces paroles, il jeta son filet sur l'épaule et partit sans prendre congé de Cadok.

L'enfant demeura quelque temps rêveur, cherchant, mais en vain, à deviner cette énigme vivante qui s'appelait Jean Minuit; puis il pensa qu'il allait s'attarder, et il reprit tout reposé le chemin des Pêcheries. Par le chemin qu'il suivit, il arriva juste en face des réservoirs au-dessus desquels s'élevait le pittoresque promontoire de rochers.

Sur ces rochers, Cadok aperçut une femme qui agitait un mouchoir en signe d'appel.

Il pressa le pas et reconnut que c'était Fine, qui l'appelait du geste et de la voix et qui descendait de son rocher pour courir au-devant de lui.

« Ah! monsieur, arrivez vite, dit-elle; on est venu raconter des choses effrayantes sur votre compte à mademoiselle. Elle a pris peur et elle m'a envoyée commander la carriole de Pierre. Je crois bien qu'aujourd'hui même vous ne coucherez pas aux Pêcheries.

— Es-tu folle, » dit Cadok en hochant la tête d'un petit air de défi.

Néanmoins il la suivit fort inquiet et pâlit quand, la porte de la salle du trône s'ouvrant devant lui, il aperçut, se détachant sur le fond sombre du vieux fauteuil de chêne, le visage irrité de Mlle Angélique.

CHAPITRE XIX

« Entrez, monsieur, entrez, dit Mlle Angélique en secouant furieusement la tête. J'en ai appris de belles sur votre compte, et nous voilà tous en de beaux draps, grâce à vous. Ce n'était pas assez de notre ruine, nous n'avions pas assez de nos créanciers pour troubler notre paix : il fallait encore que vous imaginiez de vous mêler à de sottes et criminelles entreprises. Et qui est-ce qui vous a permis de vous encanailler comme cela, monsieur ? qui est-ce qui vous a donné le droit de courir la prétentaine la nuit avec des pilleurs de mer ? Qui ?

— Ma tante... personne ; mais je n'irai plus, dit Cadok tout saisi. J'ai eu bien peur aussi, allez ; je ne savais pas que les affaires de contrebande finissaient comme cela. Je vous promets que je ne recommencerai pas.

— Vous en serez bien empêché, monsieur, vous en serez bien empêché. Je n'attendrai pas que vous nous ameniez les gendarmes à Kerguignon.

— Les gendarmes ! répéta Cadok avec terreur.

— Eh ! sans doute, les gendarmes. C'est sous leur escorte que votre ami le bandit va prendre incessamment le chemin de Pontmellac. Heureusement que vous n'êtes qu'un morveux et que votre témoignage n'a aucun poids envers Dame Justice. Mais nous en avons assez de cette incartade. Le maire, le curé, les douaniers nous ont fait passer un trop mauvais

quart d'heure ce matin. Votre grand-père a failli tomber en
attaque, et moi j'en ai brouillé trois séries de paquets classés
avec un soin extrême et qui n'attendaient plus que l'étiquette.
Aussi, monsieur, il est bien décidé que vous quitterez Kerguignon aujourd'hui. Je vais vous coffrer dans un collège, le grand
air vous étant décidément très malsain. Nous partons après déjeuner. Fine, qui s'est imaginée de se constituer votre avocate,
a bouclé vos malles, que j'ai commencées de mes mains. Allez y
donner un coup d'œil si vous voulez, et changez d'habillement,
celui que vous portez restera ici. Après déjeuner nous partons
immédiatement, vous n'avez donc pas une minute à perdre. Je
n'entends pas être en route la nuit avec le joli voisin que nous
possédons. Vous n'avez pas d'armes, je suppose. On prétend
que vous avez tiré votre coup de pistolet; mais j'ai traité cela
de chanson. Cet homme vous aurait-il vraiment donné de la
poudre, des armes. Allons, dites?

— Jamais, ma tante, jamais.

— J'en étais sûre. Allez donc et ne tourmentez pas votre
grand-père, qui a toujours été trop faible pour vous, car ma
décision est irrévocable cette fois. Cela m'est une grande gêne
d'argent; mais je la subirai, je suis décidée à la subir. »

Cadok, sentant que toute insistance serait inutile, sortit de
la salle du trône et monta dans sa chambre, où tout avait été
mis sans dessus dessous par Mlle Angélique.

Il jeta un coup d'œil désespéré sur les valises entr'ouvertes
où avait été entassée sa garde-robe, et ce fut en versant des
larmes amères sur la perte de sa liberté qu'il revêtit la toilette
étalée sur son lit. Quand il descendit dans la salle du trône, il
trouva son grand-père et sa grand'tante en sérieuse conférence.

« C'est entendu, mon frère, dit Mlle Angélique en le voyant
entrer, c'est entendu, nous ne faiblirons ni l'un ni l'autre, et
maintenant en voilà assez sur un sujet qui nous est parfaitement désagréable. »

Le vieillard fit un geste d'assentiment et tourna vers Cadok
un regard que celui-ci trouva sévère. Il prit sa place à table
sans mot dire, et pendant le déjeuner ne souffla mot, de crainte

de réveiller la verve de Mlle Angélique, qui, heureusement pour lui, entretenait M. de Kerhaliguen des diverses commissions qu'elle se proposait de faire à Pontmellac.

De temps en temps il se risquait à échanger un coup d'œil d'intelligence avec Fine, qui lui restait seule fidèle ; mais Fine, qui savait si bien lire sur la physionomie de ses maîtres, paraissait complètement découragée.

Quand la carriole de Pierre entra à grand bruit dans la cour pavée, Cadok se leva et courut se jeter au cou de son grand-père en murmurant des paroles confuses dont Mlle Angélique devina le sens, car elle s'écria :

« Cadok, aurez-vous bientôt fini de secouer votre grand-père comme un prunier plein de prunes. Vous n'obtiendrez aucun sursis, aucun, vous avez trop abusé de notre confiance. Et, s'il faut tout vous dire, votre absence des Pêcheries est nécessaire. Ce n'est pas au collège qu'on va chercher des témoins à charge ou à décharge. Jeanne a fait disparaître son fils, nous faisons de même pour vous, et je vous prie de cesser ces simagrées. Allez plutôt aider Fine à descendre votre malle. Pierre n'aime pas à attendre, et me voici prête dans cinq minutes.

— Va, dit M. de Kerhaliguen en posant sa main tremblante sur la tête de Cadok, va puisqu'il le faut. Tu nous manqueras, tu nous manqueras beaucoup ; mais le collège est nécessaire, c'est une véritable nécessité qui s'impose à nous.

— Venez, monsieur, dit Fine ; je n'ai pas mis les billes dans votre malle, et il faut aussi que je vous apprenne à la fermer. »

Cadok s'empressa de la suivre, et M. de Kerhaliguen, se tournant vers sa sœur qui échangeait son bonnet contre un chapeau, et sa longue pèlerine contre un châle tartan, appela :

« Angélique !

— Que voulez-vous, Urbain ?

— Est-il vraiment urgent que vous l'emmeniez aujourd'hui ? Je le trouve pâle, fatigué ; quelques jours de repos lui...

— Lui donneraient le temps de vous retourner comme un vieux gant : est-ce ce que vous voulez, Urbain ? Il partira, je l'emmènerai. N'est-ce point un assez grand souci pour moi ?

N'est-ce point une dépense imprévue pour nous? Et sais-je seulement où le placer? Mais, voyez-vous, si je ne profite pas de l'excitation nerveuse dont ces rapports m'ont gratifiée, la chose en restera là. Demain nous serons l'un et l'autre retombés dans notre apathie, et Cadok recommencera ses escapades. Et qu'en ferons-nous! Sa place est-elle ici? Nous pouvons, nous, rester à nous vieillir tout à notre aise à Kerguignon; mais lui? Franchement M. Le Breuil avait raison : il est plus que temps de le mettre au collège. Que de familles déchoient grâce à cette négligence particulière aux gens qui comptent sur leur fortune. Notre fortune! Elle est à vau-l'eau, et si vous ne voulez pas que Cadok dégringole au plus bas de l'échelle sociale, il faut nous en séparer. Pour nous, les études d'un enfant ne sont rien; pour lui, elles sont l'avenir. M. Le Breuil nous l'avait bien dit. Donc, pas de compromis, et n'allons pas faiblir au dernier moment. »

Ces raisonnements, débités avec volubilité, énergiquement accentués, triomphèrent des résistances intimes de M. de Kerhaliguen, et quand Cadok parut, la casquette à la main, pour prendre congé, il l'embrassa gravement et lui recommanda de lui faire honneur au collège où il allait.

« A quel collège, grand-père? demanda Cadok.

— Vous le saurez à temps, dit majestueusement Mlle Angélique; vous avoir laissé la bride sur le cou a développé chez vous une insupportable habitude de questionner les gens à tout propos. Fine, je n'ai pas besoin de te recommander de ne pas quitter M. de Kerhaliguen. A ce soir, mon frère, ne m'attendez pas. J'arriverai le plus tôt possible, quoique je parte tout à fait à la Providence, sans argent pour payer le trimestre. En route, Cadok. Si j'avais su hier toutes vos équipées, nous serions partis ce matin. »

Sur ces paroles elle se dirigea vers la carriole.

« Ah! nous voyageons en bonne compagnie, dit-elle, en jetant un regard ironique à deux jeunes veaux qui occupaient le fond de la voiture.

— Mademoiselle, ces petits veaux, sauf votre respect, sont vendus au boucher de Pontmellac, et j'ai pensé que vous me permettriez de les emmener, dit le fermier en soulevant son chapeau.

— Certainement, certainement, Pierre; ces petits animaux ont de fort beaux yeux mélancoliques et ne sont pas quinteux comme certains de leurs semblables. Je n'aurais pas accepté des cochons, qui vont toujours grognant. Des veaux, cela s'accepte. Des cochons, c'est une autre affaire. Je ne voudrais pour rien au monde voyager dans votre carriole quand elle est pleine de ces groins enragés. »

Tout en parlant ainsi, elle monta dans la carriole et se plaça sur le premier banc avec Pierre et Cadok, auquel Fine venait de glisser un tout petit paquet bien ficelé.

« Allons, c'est assez d'adieux comme cela, dit Mlle Angélique en voyant Cadok se détourner sans cesse vers la maison. Vous allez donner des idées aux petits veaux, qui ont bien quelque chose à regretter eux aussi; sans compter que vous, du moins, on ne vous mène pas à l'abattoir. »

Cadok détourna la tête en soupirant et promena ses yeux désolés autour de lui. L'Océan resplendissait sous le soleil; barques et navires s'y croisaient gracieusement.

C'était un Éden qu'il quittait pour une destination inconnue, et deux fois il se leva impétueusement, tout prêt à s'élancer hors de la carriole.

« Je vous défends ces soubresauts, Cadok, dit Mlle Angélique en entourant de ses doigts nerveux le bras de l'enfant. Imitez la patience de vos compagnons de voyage, et n'allez pas leur rappeler intempestivement leurs pâturages. Il ne me conviendrait pas d'entrer à Pontmellac au milieu des braiments de ces innocentes bêtes dont les côtelettes en papillotes feront, cette semaine, leur entrée sur la table des gens de Pontmellac. »

Comme sous ce langage plaisant et cette ironie déguisée se cachait la ferme volonté de se faire obéir, Cadok ne détourna plus la tête et se laissa aller à une somnolence qui engourdit ses regrets pendant tout le voyage.

Il se réveilla dans les bras de Pierre, qui l'enlevait délicatement du banc pour le déposer à terre.

« Allons, secouez-vous, dit Mlle Angélique; vous avez fait un bon somme, qui, je l'espère, aura rafraîchi vos idées.

— Nous sommes arrivés déjà ? murmura Cadok.

— Déjà, répéta Mlle Angélique ; on voit bien que, comme les petits veaux de Pierre, vous n'avez pas connu de moyens plus doux de transport. Pour moi, je me demande si c'est bien Angélique de Kerhaliguen qui vient d'être si cruellement secouée sur cette banquette de bois? Débuter par une bonne calèche et finir par ce chariot! Mon frère a une expression latine qui peint admirablement cette culbute. Avez-vous fini de faire des caresses à ce cheval! Il s'agit maintenant d'autres choses. Pierre, vous m'attendrez au Pommier-Fleuri.

— A quelle heure, mademoiselle? demanda Pierre.

— Je l'ignore absolument, il faut que je caserne monsieur, et cela ne se fait point en cinq minutes. Descendez les malles chez nous, à notre maison, et demandez l'hospitalité pour elles, fût-ce sous la porte cochère. Mon locataire ne refusera pas de me rendre un petit service. Ces petits veaux ont une physionomie vraiment intéressante. On dirait qu'ils regrettent de nous voir les quitter. Et dire qu'on les sacrifie dans un âge aussi tendre. Cadok, pourquoi ne laissez-vous pas cette valise dans la carriole ? Mes amies Bidan vont croire que nous venons nous installer chez elles pour huit jours.

— Je leur dirai ce qu'il y a dedans, dit Cadok.

— Des inutilités, sûrement. Enfin chargez-vous de cela si le cœur vous en dit et marchons. Vous connaissez la rue des Merles? »

Naturellement, Cadok, qui avait habité Pontmellac, pendant deux ans connaissait surtout cette rue, où il allait entendre chanter les merles, et il marcha en avant portant tantôt à la main, tantôt sur son épaule, tantôt sur sa tête, la valise qui contenait mille objets précieux dont il voulait conserver la garde.

Après avoir traversé deux ou trois ruelles mal pavées et bordées de rustiques auberges, ils débouchèrent dans une rue fort large et fort bien entretenue qui ne possédait de constructions que du côté du levant. Une belle ligne de maisons bourgeoises, bâties avec un certain luxe, faisait face à un immense enclos moitié jardin, moitié verger, où les merles trouvaient de temps immémorial de si bonne pâture et des arbres tellement commodes pour déposer leurs nids, qu'ils y reparaissent régulièrement tous les printemps.

Au coin de cette rue s'étalait au soleil une vaste maison carrée, proprement et richement encadrée dans du granit. Au-dessus de la porte se lisait la date de la construction : 1820.

« Voici où le père Bidan a débuté dans le notariat, dit Mlle Angélique en faisant retomber sur un large clou de cuivre doré un serpent de bronze enroulé; mais cette maison, qui est belle, bien qu'étriquée en beaucoup d'endroits, ne ressemble guère à la bicoque que les yeux de mon enfance ont contemplée. Cadok, je vous engage à vous bien présenter. Je ne dirai pas un mot de vos escapades, afin de ne pas vous nuire dans l'esprit des demoiselles Bidan, qui sont des personnes fort correctes et point du tout disposées à admirer vos hauts faits de petit corsaire. Ma bonne, les demoiselles Bidan sont-elles chez elles? Puis-je leur souhaiter le bonjour? »

Ceci s'adressait à une jeune fille qui entr'ouvrait discrètement la porte, dont Mlle Angélique avait laissé retomber le marteau. Et comme elle ne se pressait pas de répondre et surtout d'ouvrir, Mlle Angélique gravit le dernier degré de pierre et, poussant d'autorité la porte massive et brillamment vernie :

« Voyons, dit-elle, vous ne me connaissez pas, sans quoi vous sauriez que l'on ne fait point ainsi attendre Mlle de Kerhaliguen à une porte amie. Ces demoiselles sont-elles chez elles, oui ou non?

— Je vais le leur demander, madame.

— Parfait, c'est bien cela, vous n'êtes pas encore stylée aux mensonges que débitent si bien nos femmes de chambre avisées, et je vous en fais mon compliment. Ah! voici une figure de connaissance. Bonjour, Françoise, vous du monis vous saurez ce que c'est que le nom de Kerhaliguen, car, si je ne me trompe, vous avez pris naissance quelque part sur leurs terres.

— Oui, mademoiselle, oui, répondit une très vieille paysanne,

qui s'avança se voyant découverte, et il serait bien à désirer
que mon petit neveu qui tient la ferme eût encore d'aussi bons
maîtres. Yvonne n'est au service que depuis quelques mois. Elle
ne vous connaît pas ; mais elle connaît bien votre nom, il lui a
été assez dit à la ferme de son grand-père, qui était mon frère.
Yvonne, ouvrez les persiennes du salon, et faites entrer Mlle de
Kerhaliguen, je vais prévenir nos demoiselles. »

Et elle se dirigea vers l'escalier dont on apercevait la rampe
au fond du corridor.

Yvonne ouvrit une porte vernissée en jaune, marcha à tâtons
dans un vaste appartement, ouvrit la fenêtre, puis les persiennes, et le soleil y entra à flots en même temps que Mlle Angélique et Cadok.

Cela fait, la jeune fille sourit à Mlle Angélique, regarda autour
d'elle, sourit de nouveau et dit :

« Asseyez-vous, il y a des chaises ; et disparut.

— Et des fauteuils aussi, dit Mlle Angélique en se laissant
tomber en riant sur un canapé de velours rouge. Voilà une
manière bien originale de nous inviter à nous asseoir. Cadok,
vous n'eussiez pas dû apporter votre sac sur ces tapis. Vous
prenez des manières d'une rusticité étonnante. Allez me mettre
cela dans le corridor. Je vous le répète, une valise ne s'apporte
jamais dans un salon, et les demoiselles Bidan ne vous pardon-
neraient pas cette infraction aux lois du savoir-vivre. Elles sont
très fières de leur salon ! hum ! hum ! ce n'était pas ainsi que je
comprenais l'ameublement quand je m'en occupais. Ceci est
beau, mais manque absolument d'élégance et de cachet. Les
glaces sont de prix, mais placées trop haut ; les couleurs de ces
tapis sont criardes ; ces fauteuils ont l'air de lourdauds
endimanchés, et sur ces belles boiseries, qu'est-ce que ces
petits objets accrochés. Ils sortent de la boutique à quatre sous :
on a vraiment des tentations de les jeter par la fenêtre. Olympe
avait beaucoup de goût autrefois, je ne comprends pas qu'elle
permette ces bigarrures. »

Cette dernière remarque, formulée à demi-voix, fut la dernière. Les demoiselles Bidan entraient par ordre hiérarchique

dans le salon dont Mlle Angélique venait de faire la revue critique
très fidèle, et se plongeaient dans un abîme d'excuses sur l'ignorance de la jeune Yvonne, qui, entrée à leur service depuis peu,
ne connaissait aucun de leurs vieux amis.

Cela expliqué, elles s'assirent en rond autour de Mlle Angélique et de Cadok dans l'ordre exact que les fauteuils occupaient
contre la tapisserie, et se préparèrent à écouter la confidence
que Mlle Angélique déclarait avoir à leur faire.

« Asseyez-vous »

« Et d'abord laissez-moi renvoyer Cadok, dit Mlle Angélique
en s'installant commodément dans son fauteuil ; me permettez-
vous de le lâcher dans votre jardin, où, je l'espère. il ne fera
aucuns dégâts. »

Les trois sœurs inclinèrent la tête en même temps, et Cadok,
qui se sentait tout penaud à l'idée d'entendre raconter en détail
ses terribles aventures, se hâta de profiter de la bienheureuse
permission en s'éclipsant. Et Mlle Olympe, croyant faire
plaisir à sa visiteuse, dit avec intérêt :

« Angélique, devons-nous penser que vous avez enfin découvert cette pièce importante qui devait vous rendre vos droits
à la succession de la baronne de Grandeloup. »

A cette simple question, les yeux de Mlle Angélique étince-

lèrent, ce que Fine appelait la flamme du papier ; s'alluma au
fond de ses prunelles, et elle répondit :

« Non, cela ne m'est pas encore tombé sous la main ; mais,
mes chères amies, vous ne vous figureriez jamais l'importance
des trouvailles que j'ai faites depuis que je suis parquée comme
une huître sur les rochers de Kerguignon. »

Elle toussa pour s'éclaircir la voix, et, devant ces trois visages
attentifs, elle se lança à corps perdu dans ses sujets favoris.
Elle raconta en ses plus minces détails l'histoire du banc de
Notre-Dame-de-la-Pitié, celle d'une redevance qui consistait en
une guirlande de feuille de chêne accompagnée d'une belle
truite de rivière. Avec une mémoire véritablement prodigieuse,
elle récitait mot à mot les singulières formules pour lesquelles
tous ces droits divers avaient été transmis aux Kerhaliguen et
pendant une demi-heure ne parla que de cela.

« N'avez-vous trouvé que ces pièces honorifiques, Angé-
lique? demanda Mlle Olympe, quand Mlle Angélique s'arrêta à
bout de souffle et aussi de découvertes.

— Ma chère, c'est déjà quelque chose, que d'avoir tant
d'honneur à son actif.

— Certainement, dit gravement Olympe ; nous avons, comme
vous, l'habitude de placer l'honneur au premier rang ; mais
vous nous aviez fait espérer d'autres découvertes.

— Il est bien dommage que vous n'ayez pas encore mis la
main sur le testament de votre bisaïeule qui n'a jamais été
retrouvé, fit remarquer Mlle Euphrasie.

— Ni le reçu des 20 000 francs prêtés par votre père à son
coquin d'intendant, ajouta Mlle Méta.

— Rien de tout cela, mes bonnes amies. Mais, vous le comprenez, je n'ai pas fini mes explorations. Mes papiers me repré-
sentent une de ces forêts vierges où il faut se former des sen-
tiers à tâtons, la hache à la main, à la sueur de son front. J'ai
fait les premiers pas, j'ai élagué quelques branches, mais l'important reste à faire ; et je n'y vois pas encore clair. »

En ce moment la pendule-empire qui ornait la cheminée
sonna trois coups argentins.

« Ma chère Angélique, dit Mlle Olympe après avoir, selon son habitude, consulté du regard ses sœurs, bien qu'elles semblassent toujours deviner ce qu'elle allait dire ; je n'ai pas besoin de vous annoncer que nous comptons sur vous pour dîner, puisque vous avez bien voulu quitter votre ermitage pour nous faire une visite. »

Mlle Angélique passa les doigts sur son front :

« Ce n'est pas uniquement pour cela, dit-elle, j'avais un motif très sérieux de venir à Pontmellac, j'avais un grand service à vous demander. Qu'était-ce donc ? En me parlant de mes papiers, vous m'avez fait enfourcher mon dada, de sorte que me voici retombée dans mes obscurités d'intelligence.

— Absolument comme lorsque vous arpentez votre forêt vierge, fit remarquer en souriant Mlle Méta.

— Absolument. Mais que suis-je donc venue faire à Pontmellac aujourd'hui ? »

Comme elle prononçait cette question, les deux doigts posés sur son front, un frais éclat de rire pénétra dans le salon rouge.

« Ah ! Cadok, s'écria-t-elle, je l'avais oublié. Mais c'est pour ce pauvre Cadok que je suis ici. Il me faut un collège pour lui. Cadok s'est rendu impossible à Kerguignon. C'est un petit monstre d'intrépidité ; nous ne pouvons plus songer à le garder. »

Et, continuant sur ce sujet, elle initia les demoiselles Bidan aux méfaits commis par Cadok. Ce récit, imagé, causa une véritable consternation aux trois sœurs. Comment cet enfant à l'air si gracieux se liait avec des brigands ! Comment il assistait à des scènes aussi terribles !

« Entre nous, reprit Mlle Angélique en relevant fièrement la tête, ce n'est pas que je le blâme. Le sang des Kerhaliguen coule dans ses veines, et chacun sait que ce sang-là est généreux. Son intrépidité me servirait si j'avais chez moi un ensemble d'éducation pour contrebalancer ses explosions d'indépendance. Mais réduite à Fine, je ne puis plus garder ce petit vif-argent. Il lui faut le collège.

— C'était ce que nous disait M. Le Breuil, il n'y a pas plus
de huit jours, dit Mlle Olympe. C'est un homme qui ne sait pas
se mêler indiscrètement des affaires d'autrui ; mais Cadok le
préoccupait beaucoup. Et nous ne nous en étonnions pas,
sachant la grande intimité qui existait entre son père et lui. Je
ne veux pas être indiscrète, Angélique, mais ne vous avait-il
pas proposé de l'emmener à Brest !

— Il me l'a proposé ; mais hum ! hum ! l'enfant était bien
jeune. Il ne nous avait jamais donné à penser qu'il fût difficile
à gouverner. A Pontmellac il allait quelquefois caresser les
chevaux du Cadran-Solaire et grimper sur le siège des omnibus ; mais il n'y a pas de garçons qui ne se permettent ces
petites équipées, et comme je n'ai plus de chevaux, je ne pouvais l'empêcher d'aller s'amuser avec ceux des autres. A Kerguignon, les dangers sont tout autres. Il n'y a pas de semaine où il
ne nous donne la terreur de le croire noyé. De plus, cette sotte
Fine s'est faite sa complice dans toutes ces promenades
qui ont si mal tourné. Aussi nous avons pris sur-le-champ
notre décision. Je viens le coffrer. Il y a au moins un collège à
Pontmellac.

— Il y en a deux, dit Mlle Olympe.

— Lequel coûte le moins cher ; il faut que j'aille d'après
ma bourse.

— La pension Maugrand.

— Eh bien, va pour la pension Maugrand. Il y passera l'été
fort utilement et même fort agréablement, si vous avez la
bonté de le faire sortir. »

Les trois sœurs inclinèrent la tête en signe d'assentiment.

« Maintenant, au collège, dit Mlle Angélique en se levant, je
n'ai pas un moment à perdre. Le cheval qui me ramène à
Kerguignon a une manière de trotter à lui, et nous sommes
des heures en route. Donc, mes bonnes amies, venez avec moi
si le cœur vous en dit, et veuillez appeler Cadok. »

Les trois sœurs échangèrent un de ces mystérieux coups d'œil
d'intelligence à l'aide desquels elles avaient appris à se communiquer leurs pensées les plus intimes, et un arrangement tacite

se fit immédiatement. Mlle Olympe monta pour revêtir sa
toilette de rue, Mlle Euphrasie resta tenir compagnie à Mlle Angélique, et Mlle Méta alla chercher Cadok, qui se promenait
mélancoliquement par les allées bien ratissées et bordées de
buis d'un jardin plantureux où croissaient les plus beaux
légumes de Pontmellac.

« Est-ce que je vais entrer au collège tout de suite, ma
tante ? demanda-t-il à Mlle Angélique, qui l'engageait à prendre
une démarche moins paresseuse.

— Oh ! nous obtiendrons bien que vous veniez dîner avec
votre tante, dit Mlle Olympe, prévenant la réponse de Mlle Angélique.

— Ne le gâtons pas, ne le gâtons pas, dit doctoralement
Mlle Angélique ; le temps des gâteries est passé. Cependant, si
la chose est permise, je ne m'y opposerai pas. »

Et là-dessus elle s'en alla avec Mlle Olympe, et elles descendirent ensemble vers le centre de la ville, suivies de Cadok.

CHAPITRE XX

Un moment elles s'arrêtèrent pour se consulter. En traversant la place plantée d'arbres qui se présentait devant elles, elles gagnaient du terrain ; mais un bataillon d'infanterie y faisait l'exercice, et Mlle Olympe trouvait à propos de prendre un autre chemin.

« Moi, j'ai un faible pour l'armée, dit tout à coup Mlle Angélique ; cet uniforme français me ravit les yeux ; passons donc, ne fût-ce que pour faire plaisir à Cadok, avant sa mise en cage. »

Sur ces paroles elle poussa la barrière d'un geste résolu et s'engagea dans une des allées latérales avec sa compagne sans prendre garde à Cadok, qui s'était mis à bondir sur le gazon pour arriver plus vite auprès d'un petit mitron qui, mélancoliquement appuyé contre un arbre, regardait de tous ses yeux les soldats présentant les armes. Sous le bonnet de calicot blanc il avait reconnu Julien, qui avait déposé au pied de l'arbre sa grande corbeille et qui, tout à l'exercice, ne voyait pas qu'un des chiens errants, nombreux à Pontmellac, après être tombé en arrêt devant elle, avait insinué délicatement son museau jusqu'au fond.

« Julien, cria Cadok en se mettant devant lui.

— Ah ! monsieur Cadok, c'est vous, dit l'enfant rougissant de plaisir.

CADOK.   15

— C'est moi, mon pauvre Julien, moi qu'on vient mettre au collège.

— A Pontmellac?

— Oui.

— Tant mieux, monsieur, car je vous verrai peut-être quelquefois, et cela me désennuiera... C'est moi qui m'ennuie avec ce tablier blanc. Et Julien s'enfonça ses deux poings dans les yeux.

— Je m'ennuierai encore plus au collège, dit Cadok. Au moins tu peux venir voir faire l'exercice, tandis que moi je ne pourrai bouger de cette vilaine pension où ma tante me conduit.

— Ah! monsieur, reprit Julien, c'est votre faute aussi, nous n'aurions pas dû aller avec Jean Minuit. Sans ce qui s'est passé, je n'aurais pas ce bonnet-là sur la tête, et je serais peut-être embarqué sur la *Bernache*, qui vient d'arriver et qui sera demain en route pour l'Espagne.

— Si tu t'en allais, Julien, ta mère te laisserait peut-être embarquer mousse sur la *Bernache*.

— Je n'ose pas à présent, monsieur, mais j'en ai bien envie. Ah! comme cela m'ennuie de porter des pâtés. Je veux être marin. Ah! mon Dieu, mon Dieu, le chien qui a mangé les gâteaux. »

Il lança au chien, dont le museau était plein de crème et qui se pourléchait doucement, un coup de pied qui le punit sur-le-champ de son vol et de sa gourmandise; puis il remit le grand panier sur sa tête en disant :

« Je vais être grondé. Oh! comme je vais être grondé. Est-ce que vous entrez tout de suite à votre collège, monsieur?

— Non, ma tante a promis de rester à dîner chez les demoiselles Bidan.

— J'irai vous voir, car, bien sûr, je vais être renvoyé, et cela m'est égal maintenant, puisque la *Bernache* est en rade et que mon parrain y est second.

— Viens; mais ne demande pas ma tante, demande-moi, Julien. »

Julien avait déposé sa corbeille au pied d un arbre.

Sur cette recommandation Cadok prit sa course pour rejoindre ses compagnes, qui s'étaient arrêtées pour le chercher des yeux, tandis que Julien reprenait, tout penaud, le chemin du magasin de son patron.

Au delà de la place, Mlle Olympe s'engagea dans un fouillis de ruelles noires et malpropres, et ce fut devant la porte d'une grande maison qui semblait avoir tourné le dos exprès à la lumière du soleil qu'elle s'arrêta. Il en est parfois ainsi dans les petites villes de province. On met un certain orgueil à voir s'aligner en rues des maisons qui auraient toute liberté de s'orienter selon les lois de l'hygiène, et il n'y a pas de petite ville qui ne se fasse l'ennemie d'une certaine irrégularité pittoresque qui était de mode autrefois.

La pension Maugrand s'était de temps immémorial écrasée entre ce labyrinthe de ruelles. On lui avait donné le luxe d'un second étage, et autour du jardin s'était élevé un cordon de maisonnettes qui servaient de classes. Mais naturellement tout cela était borné par des murs hauts de dix pieds; on n'eût pas cru être à la ville, si les pauvres écoliers avaient pu, de ces étroites cours de récréation, plonger leur regard jusqu'au fond du délicieux vallon voisin.

Étant donnée cette situation, l'appartement dans lequel entrèrent les deux visiteuses était des plus mal éclairés, et Cadok, en se laissant tomber sur la dure banquette placée contre la muraille, éprouva la sensation d'un oiseau qu'on introduit dans une cage sombre.

L'arrivée de M. Maugrand ne changea pas son impression. M. Maugrand, qui avait cependant l'air du plus honnête homme du monde, apparut tenant par les oreilles deux pensionnaires qui faisaient les plus hideuses grimaces.

En apercevant Cadok et ses conductrices, il parut surpris et il expliqua gaiement sa méprise. Il avait cru que les dames annoncées étaient les mères des deux jeunes garnements qu'il tenait par les oreilles et qui étaient renvoyés de son institution. S'apercevant de son erreur, il lâcha les deux prisonniers, qui s'éclipsèrent sans demander leur reste.

Eux disparus, il s'assit lourdement sur un vieux fauteuil et écouta la requête que lui faisait Mlle Angélique. Il y répondit en faisant l'éloge de son établissement et en donnant le détail de ses prix, qui étaient des plus modestes. Mais il y avait une difficulté : la maison était pleine comme un œuf, et il ne pourrait accepter Cadok que lorsqu'un des pensionnaires dont il avait si bien tiré les oreilles serait rendu à sa famille.

« Je suis sûr que la place sera libre demain, affirma-t-il, et si elle n'est pas libre demain, je fais ramener l'élève chez lui après-demain ; ce n'est donc qu'un jour d'attente. »

Mlle Angélique jeta les hauts cris. Elle était à plusieurs lieues de Pontmellac, elle n'avait plus d'équipage à sa disposition, il lui était impossible de refaire le même trajet à deux jours et même huit jours d'intervalle, tant sa rustique voiture avait le don de lui endolorir les membres. Elle parlait avec tant de conviction qu'une lueur d'espoir se fit jour dans l'esprit de Cadok.

Il écoutait passionnément sa tante, et sa figure s'éclairait à mesure qu'elle dépeignait avec plus d'énergie les fatigues occasionnées en carriole. Mais son espoir s'évanouit en l'entendant s'écrier :

« Et cependant il faut qu'il entre au collège, il faut qu'il nous quitte et qu'il commence de sérieuses études. Mon frère a consenti à son départ, Dieu sait avec quelle peine ; si je le ramène, les mêmes difficultés recommenceront. S'il ne reste pas à Pontmellac, le collège est à vau-l'eau.

— Angélique, dit Mlle Olympe, ne vous découragez pas ainsi. Nous pouvons offrir une chambre à Cadok pour un jour et même pour deux. Je prends sur moi de vous dire que mes sœurs seront enchantées de vous rendre ce petit service.

— Petit ! répéta Mlle Angélique, c'est un fort grand service que vous me rendez là, Olympe. Eh bien, Cadok, si tu remerciais mademoiselle ! »

Et, le voyant baisser tristement la tête, elle ajouta violemment :

« Tu sais que tu n'es plus possible à Kerguignon ; je n'ai pas besoin d'en conter les raisons à tout venant. Je t'amène au collège, mon petit, tu y resteras. »

Cette déclaration faite, elle se reprit à discuter avec M. Maugrand les conditions de la pension, laissant toujours dans l'ombre, non sans intention, la condition aussi essentielle que désagréable du payement anticipé du premier trimestre. Après un court débat, le nom de Cadok fut inscrit sur le registre de la pension Maugrand, et il fut convenu qu'il attendrait chez les demoiselles Bidan la place qui allait devenir vacante, ce qui était solennellement promis pour le lendemain.

On ne parlait du surlendemain que pour la forme.

L'affaire étant ainsi entendue, les deux dames prirent congé de M. Maugrand et emmenèrent Cadok, que toutes les bonnes grosses plaisanteries de M. Maugrand n'avaient pu dérider.

« Il se fait tard, dit tout à coup Mlle Angélique en tirant sa montre; ma chère Olympe, je ne pourrai pas rester à dîner avec vous. Chez vous, tout se fait avec poids et mesure, et je ne voudrais pas vous faire avancer l'heure de votre repas. Croyez bien que vous m'avez rendu le plus grand service que vous puissiez me rendre : celui de garder Cadok jusqu'à son entrée. Donc, si vous voulez bien, je vais prendre congé de vous ici et m'en aller au Pommier-Fleuri, où descend Pierre de Notre-Dame-de-la-Pitié.

— Mais, Angélique, il faudra bien que vous dîniez quelque part.

— Ma chère, si mon estomac réclame, je mangerai un morceau sur le pouce à l'auberge. On me connaît au Pommier-Fleuri, je suis de l'ancien monde moi, et je ne dédaigne pas l'auberge dont se contentaient très bien nos pères. S'il faut tout dire, je la préfère à vos hôtels modernes, qui essayent de remplacer par un clinquant de mauvais goût l'élégance des hôtels de grandes villes. Ne soyez pas en peine de mon dîner, j'ai toujours été sobre aussi, ai-je conservé l'estomac le plus complaisant du monde. Ce dont je ne me soucie pas, c'est de me faire cahoter en pleine nuit dans les landes désertes de Caqueron. Emmenez-vous Cadok ?

— Cadok, voulez-vous rentrer, demanda Mlle Olympe, ou préférez-vous reconduire votre tante?

— J'aime mieux aller reconduire ma tante.

— Parfait, je lui donnerai mes derniers conseils, dit gravement Mlle Angélique; adieu Olympe, et merci, je pars délivrée d'un grand souci, grâce à vous. Soyez bien tranquille, je ne retiendrai pas Cadok, afin qu'il n'arrive pas en retard; vous savez qu'il connaît Pontmellac comme sa poche. »

Les deux dames se serrèrent la main, et Mlle Angélique, une main appuyée sur l'épaule de Cadok, prit une rue descendante qui les conduisit au port. Ce port, assez considérable, formait comme une portion distincte de Pontmellac et en était, on peut le dire, la richesse et le pittoresque. Les maisons remontaient comme l'hôtel de Kerhaliguen, à la plus haute antiquité et les habitants n'avaient pas encore échangé les élégants costumes nationaux contre les vulgaires habillements modernes.

Mlle Angélique se dirigea vers la grande auberge, à la porte de laquelle une vieille enseigne représentait un gros pommier qui n'était plus fleuri que sur l'étiquette. Dans la grande salle commune où elle entra avec Cadok, elle vit Pierre attablé avec un homme en blouse au visage rubicond.

« Est-ce que nous partons déjà, mademoiselle? demanda-t-il en se levant.

— Quand vous voudrez, mon bon Pierre; j'ai dépêché mes affaires, car, je vous l'avoue, je ne serais pas fâchée d'arriver avant la nuit. Les affaires qui m'appelaient à Pontmellac étant finies, s'il en est ainsi des vôtres vous pouvez atteler. »

Pierre se détourna vers son vis-à-vis; et, tendant en avant sa large main :

« Assez causé, camarade, dit-il, et assez bu aussi. Est-ce marché fait oui ou non? »

L'homme en blouse interrogea fixement la physionomie de Pierre, et, y lisant une de ces déterminations qui rendent toute insistance inutile, il laissa tomber sa main dans celle qui lui était tendue.

« C'est fait, dit-il. Quand vous amènerai-je la bête? »

— A votre prochain voyage à Caqueron ou au premier jour du marché.

— C'est dit. Marie-Joseph, apportez-nous le fil-en-quatre.

— Mlle de Kerhaliguen est pressée de partir, dit Pierre qui n'était pas ivrogne, et commençait à trouver la séance suffisante.

— Pas tant que ça, Pierre; buvez le coup de l'étrier, dit Mlle Angélique. Je ne serais pas fâchée non plus de manger un morceau. Oh! un rien. Marie-Joseph, donnez-moi une tartine de pain, du beurre et un verre de votre bonne eau claire.

— Mademoiselle, si vous voulez passer dans le salon, je vous servirai, répondit une belle jeune fille qui portait avec une grande adresse plusieurs bols pleins de cidre.

— Merci, Marie-Joseph, j'aime mieux ta salle que ton salon. Voilà une table vide, mets dessus le pain, le beurre et un verre. Ici j'entends causer mes bons amis les pêcheurs et les paysans; dans ton salon, je trouverais des clercs d'huissier et des finauds de campagne qui m'ennuieraient à mourir. Cadok, asseyez-vous. Je ne vous offre pas de partager cette collation, vous qui allez vous asseoir à la table la mieux servie de Pont-mellac. »

Sur ces paroles, Mlle Angélique s'assit devant le haut de la table que Marie-Joseph avait recouvert d'une serviette blanche et mangea à la hâte, sans perdre l'occasion de dépeindre à Cadok le luxe déployé dans les hôtels où elle s'était arrêtée jadis dans ses voyages. Elle s'arrêta, avec une complaisance particulière, à un hôtel de Turin, un vrai palais, affirmait-elle, et tout en mangeant le pain bis du Pommier-Fleuri, tout en buvant un verre d'eau claire, elle lui détailla le menu d'un certain déjeuenr que son père, le baron de Kerhaliguen, avait offert à de célèbres voyageurs de sa connaissance.

Cette excursion dans les splendeurs du passé dura le temps qu'il fallut à Pierre pour boire le coup de l'étrier, qui cimentait le marché qu'il venait de faire, et celui d'atteler le cheval gris de fer à la carriole.

« Remontez-vous à pied ou en voiture, Cadok, demanda

Mlle Angélique; nous pourrions vous déposer près du chemin qui mène à la rue des Merles, si l'équipage vous tente. »

Cadok, que la vue de la carriole avait mis en disposition de cavalcade, allait répondre affirmativement, quand ses yeux rencontrèrent dans le lointain une petite toque blanche qui se balançait sur la vergue d'un beau brick, dont toutes les voiles se carguaient rapidement.

« Je préfère regarder un instant les bateaux, ma tante, dit-il, et puis je m'en irai.

— Vous n'avez qu'un petit quart d'heure ; ne l'oubliez pas, il faut que vous soyez à sept heures chez les demoiselles Bidan. Rappelez-vous que l'exactitude est la fleur de la politesse chez les gens bien élevés.

— Ma tante, je serai à sept heures rue des Merles, » répondit Cadok.

Sur cette annonce elle l'embrassa, monta sur le siège, auprès de Pierre, et la carriole prit un chemin montueux qui aboutissait à la grande route de Caqueron.

A peine avait-elle disparu que Cadok courait en bondissant vers le quai, et assistait à la descente de Julien qui n'avait pas craint d'aller se promener en tablier blanc sur les vergues du brick. Les deux enfants entamèrent une conversation à demi-voix. Julien parlait avec une animation extraordinaire, et Cadok l'écoutait attentivement. Le son clair d'une cloche voisine sonnant sept coups, qui précèdent l'*Angelus* interrompit l'entretien. Ils prirent rendez-vous pour le lendemain, au même endroit, et s'élancèrent joyeusement vers la ville.

Les derniers tintements de l'*Angelus* s'éteignaient dans l'air limpide, quand Cadok franchit le seuil de la maison des assises de granit. Les trois demoiselles Bidan descendaient lentement leur escalier pour se rendre à la salle à manger, et elles sourirent en voyant l'air affamé de leur petit hôte, qui tremblait d'arriver en retard.

A leur grande joie il soupa avec appétit, et, à leur grande surprise, il apporta à leur table un visage ouvert et des plus joyeux.

CHAPITRE XXI

Les trois sœurs espéraient que M. Maugrand réclamerait son élève le lendemain même, selon ses promesses. Ce n'était pas que Cadok les gênât : il était un atome dans leur grande maison ; mais elles se demandaient, non sans raison, à quoi elles occuperaient Cadok, ce qu'il ferait en leur société.

Le premier matin, il fut lâché dans le jardin, selon l'expression de Mlle Angélique ; mais, en le voyant se promener avec toutes sortes de précautions, les bonnes âmes ne pouvaient s'empêcher de s'avouer que le plaisir devait lui paraître fort mince.

Mlle Méta, qui avait un faible pour les enfants, rappela à ses sœurs qu'il y avait dans le grenier une balançoire conservée en souvenir de leur jeunesse ; mais les deux sœurs aînées reculèrent devant une pareille innovation. Si, par malheur d'ailleurs, Cadok, qu'on savait entreprenant, se blessait pied ou aile, elles devenaient ses garde-malades, et elles ne voulaient point endosser une telle responsabilité.

Après le déjeuner, Mlle Olympe, qui n'aimait pas les incertitudes, confia à ses sœurs qu'elle allait signaler à la pension Maugrand l'oubli dans lequel on laissait Cadok, et demander l'heure à laquelle il faudrait le conduire, c'est-à-dire l'heure à laquelle elles en seraient débarrassées.

Mlle Olympe partie, les deux sœurs s'ingénièrent à amuser l'enfant ; mais celui-ci leur déclara qu'une seule chose l'amuserait à Pontmellac, c'était le port. Le départ de Mlle Olympe, qui était de beaucoup la plus imposante des trois sœurs lui avait fort délié la langue, et il en vint à obtenir la permission d'aller visiter les navires.

Il ne donna pas aux deux sœurs le temps de regretter cette permission, car il s'empressa de détaler ; mais, ayant vu poindre de la rue, le chapeau de Mlle Olympe, il s'en alla prudemment de l'autre côté.

Mlle Olympe marchait les yeux baissés en personne préoccupée, et ne prenait pas garde aux passants. Elle rapportait à ses sœurs une nouvelle qui avait son importance. D'abord l'élève qui devait céder la place à Cadok ne devait partir que le lendemain au matin, ensuite le trimestre de la pension se payait toujours d'avance, et Mlle Angélique, oublieuse de ce détail, était partie sans même en faire mention.

Voilà ce qu'elle confia à ses sœurs dans la grande chambre du premier, où les cheveux blonds des trois sœurs s'étaient insensiblement décolorés, et où leurs tailles fluettes avaient insensiblement dévié. Cette chambre était le sanctuaire du travail et le magasin des confidences. Généralement elles attendaient qu'elles fussent réunies là pour discuter les infiniment petits intérêts de leur calme existence, pour se confier, à voix basse, les bruits un peu sérieux, pour gémir de concert sur les rares scandales et sur les infortunes plus nombreuses de tout Pontmellac. Cette chambre avait trois fenêtres, et chaque sœur avait fait de chaque embrasure une sorte de salon personnel. Rien que par les objets appendus à la boiserie, rien que par les meubles groupés près de chaque embrasure, un habitué eût assigné sa place à chacune des sœurs.

Le grand tableau religieux, les simples chaises de paille, indiquaient celle de Mlle Olympe, dont la piété revêtait de plus en plus un caractère d'austérité.

Les bibelots entassés sur une élégante étagère, les livres à la couverture claire, la corbeille à rubans, désignaient celle de

Mlle Eudoxie, dont les goûts conservaient un certain cachet mondain et même frivole.

Un complet attirail de dessin, quelques jolies aquarelles, des bibelots choisis, embellissaient celle de Mlle Méta, qui avait des goûts artistiques fort inconnus et même légèrement critiqués à Pontmellac, ce qui les lui faisait dérober le plus possible au vulgaire.

« Et que pensez-vous de cet oubli d'Angélique, mes sœurs?

Cette chambre était le magasin des confidences.

demanda Mlle Olympe en prenant son tricot, cet éternel tricot qui s'en allait discrètement vers les pauvres.

— Qu'en pensez-vous, Olympe? répondirent ensemble les deux sœurs, qui laissaient généralement à leur aînée le soin de toutes les décisions.

— Je trouve la distraction un peu forte, et cependant je crois qu'Angélique, en conduisant l'enfant à la pension Maugrand, pouvait avoir les fonds nécessaires à sa disposition.

— Je le crois aussi, dit Mlle Eudoxie.

— D'ailleurs, lorsqu'il a été question du prix, M. Maugrand a bien souvent répété, en la soulignant, la phrase : *payé d'avance*. Et Angélique n'a témoigné ni contrariété, ni étonnement.

— Oh ! elle ne s'étonne ni ne se contrarie pour si peu, fit remarquer Mlle Méta en souriant.

— Je suis de l'avis d'Olympe, et cependant la distraction dépasserait les bornes cette fois, ajouta Mlle Eudoxie.

— Oui, continua Mlle Olympe, et elle nous met dans un grand embarras, car il est certain que nous ne pouvons conduire l'enfant, comme nous nous y sommes engagées, sans donner ce trimestre, qui se paye toujours à l'avance : cela ne se fait jamais.

— A combien monte-t-il? demanda Mlle Eudoxie.

— A cent soixante-quinze francs.

— Ce n'est pas une somme, fit remarquer, mais fort timidement, Mlle Méta.

— En prêts comme en dettes, les petits ruisseaux font les grandes rivières, Méta, dit Mlle Olympe. Et puis il n'est pas besoin de s'expliquer longuement : ce serait un dangereux précédent, Angélique n'ayant jamais su compter et se montrant volontiers généreuse avec l'argent des autres, maintenant qu'elle ne peut plus l'être avec le sien propre. C'est pourquoi, mes sœurs, il me paraît grave de prêter, ne fût-ce qu'une somme minime, à Angélique.

— Elle ne nous a jamais adressé de demande d'argent, dit Mlle Méta.

— Elle n'y a pas pensé, et puis j'ai toujours eu soin d'écarter entre nous ce sujet de discorde. Mais aujourd'hui, en cette occasion qui se présente tout à fait inopinément, la chose devient délicate. »

Il y eut un moment de silence.

Chacune des sœurs réfléchissait en son for intérieur au pour et au contre soulevés par l'étrange distraction de Mlle de Kerhaliguen.

La large aisance dont jouissaient les demoiselles Bidan était la résultante d'une économie que beaucoup avaient qualifiée d'avarice, et l'habitude en était prise. Il avait fallu trois générations pour la créer, et aucune des trois sœurs n'aurait voulu y porter une main imprudente.

Ce fut Mlle Olympe qui reprit la parole la première.

« Réflexion faite, dit-elle, nous pourrions faire cette avance sans en parler à Angélique et en nous bornant à lui envoyer le petit billet qui m'a été remis avec le mot *à l'avance*, souligné. Car, encore une fois, je ne puis croire qu'elle eût conduit Cadok à la pension Maugrand si elle n'avait pas eu d'argent.

— Elle croyait en avoir, très probablement, dit Mlle Méta avec un sourire.

— Elle en a eu tant à sa disposition, fit remarquer Mlle Eudoxie. On se demande vraiment comment ces Kerhaliguen ont pu venir à bout d'une fortune aussi bien assise.

— Ils ont mené une grande et agréable vie, » murmura Mlle Méta en jetant un coup d'œil vers ces murailles auxquelles elle avait eu plus d'une fois la velléité de se montrer infidèle.

Mlle Olympe hocha doucement la tête.

« Trop grande, dit-elle, trop agréable, et maintenant le sort de cet enfant sera triste.

— Il est intelligent, dit Méta, il relèvera la famille.

— Méta, c'est plus facile à dire qu'à faire.

— Enfin, le premier pas est fait, s'écria Méta, l'important est qu'il reste au collège, car enfin, tout gentil, tout intelligent qu'il est, ce petit Cadok ne relèverait rien du tout s'il restait à ces Pêcheries si bien nommées « Kerguignon », par Angélique.

— Ainsi, mes sœurs, vous êtes d'avis que pour ce trimestre, il faut... »

Elle s'arrêta, les paroles qu'elle allait prononcer la prenaient à la gorge ; elles portaient atteinte au premier des principes de l'économie et même de l'ordre pour les bourses moyennes : ne jamais prêter.

« Il faut prêter ces cent soixante-quinze francs, acheva-t-elle.

— Oui, répondirent d'un commun accord les deux sœurs.

— M. Le Breuil sera bien content d'apprendre la nouvelle de l'entrée en pension de Cadok, se hâta d'ajouter Mlle Méta, espérant une diversion qu'elle jugeait nécessaire ; ce sera une bien bonne nouvelle à apprendre à M. Le Breuil, Olympe.

— Repassera-t-il par Pontmellac ?

— Probablement.

— L'époque de son retour est loin déjà, dit Mlle Eudoxie, je crois bien qu'il aura passé franc. »

Il s'ensuivit une de ces discussions anodines que se permettaient les demoiselles Bidan dans l'intimité et qu'elles semblaient prolonger à plaisir. Elles dissertèrent pendant une demi-heure sur ce sujet : à savoir si l'ingénieur de la marine, M. Le Breuil, aurait repassé par Pontmellac sans leur faire la visite promise. On consulta l'almanach, les calepins de poche, et chacune d'elle garda soigneusement son sentiment qui d'ailleurs ne s'étayait que sur des probabilités tout à fait imaginaires.

Mais la principale question était résolue, l'incroyable oubli de Mlle Angélique serait réparé. Seulement Mlle Olympe, aussitôt cette décision prise, s'en alla vers le grand bureau de chêne qui avait été le plus bel ornement de l'étude de son père et prépara, illico, la lettre savante à force de délicatesse et de sous-entendus, qui devait signaler à Mlle Angélique l'obligation qu'elle avait si légèrement mise en oubli.

Comme elle finissait cette missive de rédaction difficile, on annonça l'arrivée de Cadok. Cadok se présenta, la joue animée, l'œil brillant, et il déclara qu'il s'était beaucoup amusé sur le port. Et cependant la nouvelle du retard apporté à son entrée dans la pension Maugrand parut le consterner. Il devint silencieux et demanda à aller prendre des nouvelles de son camarade Julien, qui était apprenti pâtissier, et auquel il avait une commission à faire.

Mlle Méta le lui permit, et on ne le revit qu'à l'heure du souper, auquel il fit grand honneur.

CHAPITRE XXII

La présence de Cadok n'avait pas jeté le plus léger embarras dans la vie parfaitement organisée des demoiselles Bidan. Les deux aînées d'ailleurs l'avaient complètement confié à leur sœur cadette, qui avait eu la faiblesse de condescendre à tous ses caprices. C'est ainsi qu'il avait passé sa seconde journée sur le port ou à la porte du pâtissier, en conférence avec Julien, de plus en plus sombre sous la toque de calicot.

Cependant ce ne fut pas sans un certain sentiment de soulagement que Mlle Olympe vit se lever le jour définitif de l'entrée de l'enfant à la pension Maugrand.

Le mauvais côté des existences indépendantes et légitimement dégagées de toute responsabilité est de les confiner dans une tranquillité qu'un rien trouble, au rebours de ces âmes courageuses que l'on voit en religion allier le détachement le plus complet des créatures, l'isolement le plus parfait de l'âme, avec le plus admirable, le plus énergique et le plus persévérant dévouement au prochain.

Les trois sœurs assistèrent comme de coutume à la messe matinale qui se disait dans leur paroisse ; puis elles revinrent faire leur premier déjeuner, pendant lequel il ne fut question que de l'internement de Cadok.

Elles s'entendaient pour déplorer qu'un enfant, qui avait compté des hommes distingués dans sa famille, fût réduit à faire ses études dans un collège de quatrième ordre, tout en reconnaissant qu'il était heureux qu'il fût arraché à la vie paresseuse des Pêcheries et à la compagnie de deux vieillards absolument repliés sur leur passé.

« Cadok est-il levé? demanda Mlle Olympe, en pliant avec soin la serviette de fine toile qui servait à son déjeuner du matin; il serait peut-être bon qu'il m'accompagnât à la recherche de ses malles.

— Ma sœur, il dort encore, répondit Mlle Méta; rien ne bouge chez lui, et il n'a pas répondu quand on a frappé. Je n'ai pas voulu qu'on le réveillât. C'est le dernier jour de congé du pauvre enfant.

— Méta, on le sait, tu aimes à gâter les enfants. Enfin, comme tu dis, c'est le dernier jour, et je m'occuperai de ses bagages. Ne t'es-tu pas chargée de lui acheter les quelques livres qui lui manquent?

— C'est moi, dit Mlle Eudoxie; j'ai la liste dans ma boîte à ouvrage, et je vais m'en occuper ce matin.

— Je croyais que Méta avait aussi reçu une mission d'Angélique, dit Mlle Olympe, qui mettait de la circonspection en toute affaire.

— Certainement, c'est moi qui lui fais ressemeler des souliers. Les bottines qu'il a dans les pieds sont ses bottines du dimanche. Le cordonnier m'a promis les souliers pour neuf heures. Je vais aller lui rappeler sa parole.

— Que tous ces objets soient ici avant onze heures, dit Mlle Olympe; il ne faut rien laisser traîner après Cadok. »

Elle fit une pause et ajouta :

« Je crois que nous avons agi avec toute la délicatesse que comportait la situation et qu'il serait imprudent de nous engager davantage. Angélique devient très oublieuse, et cependant il n'est pas à propos que nous nous chargions de l'entretien d'un enfant qui aura par sa mère une certaine fortune personnelle et qui ne nous est rien. On n'a que trop à aider les siens parfois, comme vous le savez bien, mes sœurs. Mais si nous sortons toutes les trois, il se trouvera livré à Françoise, ce qui équivaut à dire qu'il sera le maître de la maison.

— Soyez tranquille, Olympe, elle en aura bien soin, dit Mlle Méta. C'est elle qui m'a engagée à ne pas le réveiller. Pour elle, Cadok est un poupon, et elle le soigne en conséquence.

— Méta, recommande-lui bien de ne pas le laisser sortir. Il a contracté à la campagne des habitudes de liberté peu compatibles avec notre manière de voir.

— Cet enfant-là est plein de vie, fit remarquer Mlle Méta ; il lui faut du mouvement. Néanmoins, comme il ne convient pas qu'il prenne trop l'air ce matin, je lui ferai dire de nous attendre. D'ailleurs, depuis que la porte a sa serrure de sûreté, nous sommes sûr que personne ne sort de chez nous sans notre permission, et Cadok ne sera pas libre de sortir. »

Sur ces paroles, elles se séparèrent et allèrent s'occuper de l'enfant avec cet ordre qu'elles savaient mettre en toutes choses.

L'affaire la plus importante était naturellement échue à Mlle Olympe, et elle prit à pas lents le chemin de la pension Maugrand, d'abord pour s'assurer que la place était bien libre, ensuite pour demander que le garçon de l'établissement allât chercher la malle de l'élève, restée depuis son arrivée sous la voûte de la porte cochère du vieil hôtel de Kerhaliguen.

A la pension Maugrand, Mlle Olympe fut introduite dans le salon, qu'un garçon époussetait à force de bras, si bien qu'elle dut s'enfuir dans le corridor. Dans le corridor, elle acquit la certitude du départ de l'élève qui faisait place à Cadok, voyant passer ses malles, portées par un employé du chemin de fer.

M. Maugrand ne paraissant pas, elle demanda son remplaçant. Ce fut un maître d'étude qui vint, c'est-à-dire un jeune paysan à la redingote râpée et aux cheveux incultes, qui écouta poliment la requête de Mlle Olympe, et qui donna d'une voix de tonnerre ordre au garçon qui époussetait le salon d'accompagner Mlle Bidan à l'hôtel de Kerhaliguen.

Le garçon répondit brutalement qu'il ne pouvait pas être partout en même temps ; et que le salon n'avait pas été épousseté depuis huit jours, ce que l'on croyait sans peine

en voyant le nuage de poussière qu'il soulevait rien qu'en
frappant le tapis qui recouvrait la table.

Cette protestation faite uniquement pour la satisfaction de
son mauvais caractère, il remit le tapis, jeta dessus le plumeau
et le torchon sale qu'il avait à la ceinture, et suivit en bras de
chemise, et mal peigné comme il était, M\ue Olympe, qui,
malgré son parti pris de politesse et de bienveillance, prenait à son insu, en sortant de cette maison mal tenue, un petit
air nuancé de dédain.

A l'hôtel de Kerhaliguen on ne fit nulle difficulté de livrer la
malle de Cadok, qui ne gênait personne d'ailleurs, et qui était
restée tranquillement jour et nuit sous ce portail ouvert à tout
venant.

M\ue Olympe la fit charger sur les épaules du garçon ébouriffé
qui l'avait suivie de si mauvaise grâce, et poussa la condescendance jusqu'à s'en retourner avec lui jusqu'à la pension Maugrand.

Elle se permit un léger soupir de satisfaction quand la porte
jaune se referma derrière la caisse, et reprit paisiblement le
chemin de sa maison. Devant le Cadran-Solaire, elle dut faire
un circuit pour éviter l'omnibus, qui arrivait de la gare, et
comme elle attendait patiemment que la lourde voiture eût
dégagé la rue étroite, un des voyageurs s'avança vers elle, le
chapeau à la main.

« Monsieur Le Breuil, dit M\ue Olympe avec sa plus gracieuse révérence; bien enchantée de vous voir à Pontmellac,
monsieur.

— Je suis fort étonné de m'y revoir, mademoiselle; mais
j'ai appris à Rennes que l'un de mes collègues, avec qui j'ai à
traiter une affaire des plus importantes, s'y trouvait en tour-
née, et je me suis donné le plaisir de m'y arrêter.

— Monsieur, il n'est pas besoin, je pense, de vous rappeler
votre promesse. Vous nous avez dit à votre dernier voyage :
« Si jamais je repasse par Pontmellac, j'irai, comme c'était
» autrefois mon habitude, vous demander à déjeuner. »

— Je ne l'ai pas oublié, mademoiselle, et comme je n'ai

point à voir aujourd'hui mes amis de Kerhaliguen, disparus de Pontmellac, m'a-t-on dit, me voici tout prêt à tenir ma parole.

— A une condition, monsieur. Si vous acceptez notre simple déjeuner de famille, vous voudrez bien, pour nous dédommager, nous promettre de revenir dîner un peu plus confortablement. »

M. Le Breuil accueillit par un sourire cette aimable proposition, mais répondit :

« Mademoiselle, je dois dîner avec mon ami au bourg de Caqueron, où il inspecte des travaux. J'ai commandé une voiture pour midi par dépêche. Il y a, paraît-il, quatre bonnes lieues de Pontmellac à Caqueron.

— Je le crois. Mlle de Kerhaliguen s'est plainte de cette grande distance qui rend si difficiles les approvisionnements.

— La propriété de M. de Kerhaliguen est située à Caqueron ?

— A Caqueron se trouve leur église paroissiale.

— Si les distances ne rendent pas ma visite impossible, je la leur ferai. Je tenterai encore une fois d'arracher le petit Cadok au déclassement que ses grands-parents lui préparent sans le savoir.

— Cadok est à Pontmellac, monsieur ; Cadok se prépare à entrer... ; non, Cadok entre aujourd'hui à la pension Maugrand, un de nos collèges.

— Mademoiselle, la nouvelle est aussi inattendue qu'agréable. Les études sont-elles fortes dans cet établissement ? »

Mlle Olympe jeta un coup d'œil prudent autour d'elle, et, baissant la voix, répondit :

« Je n'oserais affirmer que ce soit là l'établissement qui convient au petit-fils de M. de Kerhaliguen.

— Ah ! je m'en doutais. Vous allez me parler avec plus de détails de cette affaire, n'est-ce pas ? Permettez-moi de recommander au cocher de ne pas oublier qu'une voiture m'a été promise pour midi. »

Il se dirigea vers le cocher de l'omnibus, occupé à dételer ses chevaux, dit un mot de ses bagages, renouvela sa recom-

mandation à propos de la voiture qui devait le conduire à
Caqueron. Cela fait, il rejoignit Mlle Olympe, qui s'était mise à
l'écart du remous de choses et de gens qui se faisait, à l'heure
des trains, devant la porte de l'hôtel. Il lui offrit le bras, et ils
prirent le chemin de la rue des Merles, en parlant de Cadok et
de Mlle Angélique.

Mise en train par la cordialité expansive de son cavalier,
Mlle Olympe s'enhardit peu à peu et alla jusqu'à refaire le récit
de Mlle Angélique sur les frasques de Cadok.

M. Le Breuil l'écoutait avec un intérêt des plus sérieux, et,
quand le récit fut terminé :

« Un peu plus tard, et c'était probablement trop tard pour
ce pauvre enfant, dit-il, il est vraiment heureux que cette
petite histoire de contrebandier ait enfin effrayé nos amis de
Kerhaliguen. »

Comme il prononçait ces paroles, ils arrivèrent devant la
solide maison à bordure de granit. Introduit par Mlle Olympe
dans le salon de réception, il y fut bientôt rejoint par Mlle Eudoxie, qui rentrait avec un paquet destiné à Cadok.

« Ma sœur Olympe m'a dit que vous étiez pressé, monsieur,
dit-elle, et je vais faire servir le déjeuner tout de suite. »

Et comme il voulait s'excuser sur le dérangement qu'il causait, elle ajouta :

« Non, monsieur, vous ne nous dérangez pas ; le déjeuner
était avancé aujourd'hui à cause de Cadok, et nous attendions
pour nous mettre à table ma sœur Méta, qui ne tardera pas à
rentrer... D'ailleurs nous pouvons commencer sans elle, si
vous craignez de n'être pas prêt à l'heure voulue. »

M. Le Breuil déclara qu'il attendrait que ses hôtesses fussent
réunies, et ce fut au milieu même de cette déclaration polie
que Mlle Méta arriva, extrêmement mécontente du résultat
de ses démarches.

Le cordonnier lui avait manqué de parole, et elle avait couru
tout Pontmellac sans pouvoir obtenir que la réparation deman-
dée fût faite à l'heure dite.

Après avoir, d'un air moitié badin, moitié fâché, formulé

Il fut introduit dans le salon de réception.

ces plaintes, elle demanda à M. Le Breuil s'il avait vu le jeune Cadok.

« Pas encore, répondit-il en souriant ; mais je suis enchanté de le savoir entre vos mains et sur le point d'entrer dans un collège quelconque. »

En ce moment même, Mlle Olympe rentra avec une précipitation tellement hors de ses habitudes, qu'elle témoigna à elle seule d'un certain trouble d'esprit, et elle s'écria :

« Méta, as-tu donc permis que Cadok allât se promener. »

Mlle Méta répondit qu'elle n'avait donné aucune permission, et qu'elle ne l'avait pas vu. Mlle Olympe, pâle d'impression, annonça que l'enfant ne se trouvait pas dans la maison, et que personne ne savait ce qu'il était devenu.

Une enquête sérieuse suivit cette communication alarmante. Françoise dut comparaître. Elle ne savait rien : elle avait cru bien faire en laissant Cadok dormir tout son soûl ; elle ne l'avait ni vu ni entendu. Quand, sur l'ordre de sa maîtresse, elle était allée le chercher pour le présenter à M. Le Breuil, elle avait trouvé la chambre vide, le lit à peine défait, la fenêtre ouverte et une corde attachée au balcon.

Les trois sœurs, accompagnées de M. Le Breuil, montèrent dans cet appartement d'où Cadok avait délogé sans tambour ni trompette, et firent faire une battue dans la maison, dans le jardin et dans les environs.

Personne ne trouva Cadok. Cadok avait disparu ; il s'était sauvé, était parti pour une destination inconnue.

CHAPITRE XXIII

Dans cette aventure malheureuse, la présence de M. Le Breuil fut un véritable soulagement pour les trois sœurs.

Elles trouvaient en lui un appui, un conseil et un témoin. Plus contrarié de cette nouvelle fugue qu'il ne voulait le paraître, il calma néanmoins leur effroi par ses raisonnements, et traça de justes limites à la responsabilité dont elles s'exagéraient le poids.

Quand il fut bien prouvé que Cadok était, pour le moment, introuvable, il se fit conduire dans la salle à manger.

« Mesdemoiselles, il n'y a pas lieu de tant s'émouvoir pour une escapade de ce genre, dit-il. D'ailleurs, je vous promets mon concours dans la chasse à l'écolier. Nous finirons par le rencontrer sur terre ou sur mer, et ce dernier trait me donnera peut-être une facilité imprévue de le soustraire une bonne fois à sa vie paresseuse et indisciplinée. Donc mettons-nous à table, et déjeunons sans nous préoccuper outre mesure de ce petit incident. »

Et là-dessus il déposa son chapeau et s'assit à la place qui lui avait été assignée. Les demoiselles Bidan l'imitèrent, et le déjeuner commençait quand le marteau de la porte résonna avec force. Les trois sœurs se regardèrent et se tinrent à quatre pour ne pas se précipiter dans le corridor.

« C'est peut-être notre fugitif qu'on nous ramène par les

deux oreilles, dit M. Le Breuil en riant ; nous allons lui faire expier toutes nos émotions. »

Ce n'était point lui, c'était un express de Loring, le pâtissier. Il envoyait demander si les demoiselles Bidan n'avaient point vu Julien, l'apprenti, qui avait disparu depuis la matinée.

« L'apprenti aussi ! s'écria Mlle Méta. Il est parti avec Cadok. Tous les jours je les voyais en conférences. Mes sœurs, ceci doit nous rassurer : Cadok n'est pas parti seul. Ces enfants-là sont tout simplement retournés chez eux.

— Très probablement, appuya M. Le Breuil.

— Dieu vous entende ! dit Mlle Olympe, et, maintenant, ne laissons pas refroidir le déjeuner. Ensuite, nous nous occupe-rons de cette triste affaire pour la terminer. »

Et, plongeant une cuiller d'argent dans une savoureuse purée de pommes de terre surmontée d'une couronne faite d'une andouille non moins savoureuse, elle en offrit à son hôte, auquel Mlle Méta expliquait la relation qui existait entre le départ de Cadok et celui de l'apprenti pâtissier.

La pensée que Cadok s'était donné un compagnon allégea un peu l'angoisse des trois sœurs. Néanmoins, elles demeu-rèrent sous l'empire de leur pénible préoccupation, pendant ce déjeuner troublé.

Mlle Olympe, qui était la rectitude même dans ses phrases, parlait à la fois sur la meilleure manière de découper un poulet, et sur le poids des responsabilités que créaient les rela-tions sociales.

Mlle Eudoxie, qui était le grand échanson et le sommelier de la famille, se trompait sans cesse sur le nom et la qualité des vins qu'elle offrait à son convive et mettait aux carafes les bou-chons destinés aux bouteilles.

Mlle Méta, elle, revenait sans cesse au fugitif et ne pouvait s'expliquer comment il avait pu faire, sans se blesser, le saut périlleux de la fenêtre dans la rue.

Cette dernière question, mise très souvent sur le tapis, fut élucidée au sortir du déjeuner. Les demoiselles Bidan se coif-fèrent de leur capeline de jardin et firent une sortie ensemble

pour examiner au dehors cette malheureuse fenêtre par laquelle Cadok avait pris la clef des champs. Ici encore elles
avaient exagéré le danger.

M. Le Breuil leur prouva sans peine qu'un enfant agile et
hardi avait très bien pu enjamber le balcon, se laisser glisser
sur l'appui de granit et de là sauter à terre sans se faire le
moindre mal. Ceci était déjà un grand point acquis, car les
bonnes âmes se figuraient que Cadok avait dû au moins se
démettre une cheville, accident dont elles demeureraient éter-
nellement responsables.

Mlle Méta, qui avait les yeux perçants, découvrit, dans les
touffes d'herbes qui croissaient péniblement sous la fenêtre
de cette chambre, un bouton d'acier, qui fut reconnu pour
appartenir au gilet du petit fugitif.

Cette revue passée, M. Le Breuil rentra un instant avec elles,
et, après un quart d'heure de pourparlers, il fut convenu qu'il
se chargerait d'avertir discrètement le commissaire de police
de la fuite des enfants, afin qu'il essayât de savoir quelle route
ils avaient bien pu prendre ; puis, qu'il partirait pour Caqueron et qu'il irait conférer de l'événement avec Mlle Angélique.
Si, comme il se plaisait à le dire, il rencontrait le fugitif aux
Pêcheries, il se hâterait de télégraphier cette bonne nouvelle
aux demoiselles Bidan.

Cela convenu, il prit congé de ses hôtesses, qui essayèrent,
de leur côté, quelques démarches. Mlle Olympe, qui, en sa
qualité d'aînée, endossait volontiers la plus grande part des
responsabilités, chargea sa sœur Eudoxie d'aller consulter un
de leurs parents qui avait la spécialité des conseils avisés, et
sa sœur Méta d'aller prévenir à la pension Maugrand qu'une
légère indisposition de Cadok les obligeait à le garder quelques
jours. Quant à elle, elle se réserva la visite chez le pâtissier,
M. Loring qui, par le récit des faits et gestes de son apprenti,
lui fournirait peut-être quelques éclaircissements sur la fuite
des deux enfants. Cela posé, elles s'en allèrent dans toutes les
directions, mais non sans avoir juré leurs grands dieux que
jamais elles ne prendraient la garde d'un écolier.

M. Le Breuil, beaucoup moins inquiet que ces demoiselles, mais moins rassuré qu'il ne voulait le paraître, fit rapidement les quelques démarches qu'il jugeait nécessaires ; puis il se rendit au Cadran-Solaire, où l'attendait la voiture qu'il avait commandée.

En montant, il dit au cocher de l'avertir si, sur la route de Pontmellac à Caqueron, il apercevait deux petits garçons d'une douzaine d'années.

« Soyez tranquille, monsieur, je sais peut-être de qui vous voulez parler, répondit le cocher d'un petit air intelligent ; et je connais bien les deux compagnons qui se sont enfuis ce matin. »

M. Le Breuil sourit en acquérant une fois de plus la preuve de l'étonnante rapidité avec laquelle se transmettent les nouvelles dans les petites villes.

Toutes les précautions mystérieuses prises par Mlle Olympe n'y avaient rien fait. Il avait suffi que Françoise racontât à la petite bonne du pâtissier qu'on était dans des transes sur la disparition du petit M. de Kerhaliguen pour que l'histoire de la fuite des deux enfants eût fait en un clin d'œil le tour de la ville.

Le cocher suivit d'ailleurs ponctuellement les ordres de M. Le Breuil. Pas un groupe d'enfants n'apparaissait sur la route sans que la voiture ralentît aussitôt sa marche. Précaution inutile : ils aperçurent le clocher de Caqueron avant d'avoir vu trace des fugitifs.

A l'arrivée, le chemin quittait brusquement les grandes landes désertes et côtoyait la grève de très près.

« Voilà un beau brick qui marche bien, monsieur, dit tout à coup le cocher ; mais nous serons tout de même avant lui à Caqueron ; car il n'ira pas tout droit comme nous. Peut-être aussi ne s'arrête-t-il pas à Caqueron et va-t-il en Angleterre ou en Espagne. Il a mis à la voile de bonne heure à Pontmellac ce matin. Faut croire qu'il s'est arrêté en route ; mais il a eu le vent contre lui, et la mer n'est pas commode aujourd'hui non plus. »

La mer en effet s'agitait terriblement et secouait de la bonne façon le navire signalé par le cocher. Il marchait quand même, s'inclinant gracieusement dans le sillon profond creusé par les vagues, pour se relever plus gracieusement encore. Les hommes de l'équipage fumaient paisiblement sans se soucier du roulis et enchantés de n'avoir rien à faire qu'à laisser le vent enfler les voiles.

Le capitaine, reconnaissable à sa casquette de loutre, pas-

« Voilà un beau brick. »

sait, suivi d'un mousse et un papier à la main, entre des tonnes entassées sur le pont et semblait en additionner le nombre.

M. Le Breuil vit tout cela très clairement du fond de son phaéton. Un moment la voiture et le brick se trouvèrent presque à portée de la voix. Puis le chemin fit un coude, et le cocher fouetta son cheval afin d'entrer glorieusement dans le bourg de Caqueron, dont le clocher servait de phare aux marins des environs.

Et le voyageur entra dans Caqueron sans avoir aperçu sur le beau brick qui naviguait vers l'Espagne ou vers l'Angleterre deux petits garçons cachés entre les grands barils que comptait le capitaine.

CHAPITRE XXIᵛ

La première personne que M. Le Breuil trouva en mettant le pied dans l'hôtel de Caqueron, une grande maison blanchie à la chaux, qui occupait tout un des côtés de la place principale du bourg, fut son ami l'ingénieur, qui s'en allait inspecter ses travaux ; la seconde fut Mlle Angélique de Kerhaliguen. Elle entrait à l'hôtel du Bon Pilote pour demander un commissionnaire qui pût lui porter des provisions jusqu'aux Pêcheries.

En l'apercevant, M. Le Breuil promit rapidement à l'ingénieur d'aller le retrouver à ses travaux, qui s'annonçaient de loin par des piles de granit, et s'avança, vers Mlle Angélique qui parlait à la maîtresse d'hôtel, du seuil de la porte, sans prendre souci des voyageurs qui allaient et venaient.

« Vous, monsieur ! s'écria-t-elle, en reconnaissant celui qui s'inclinait devant elle, vous à Caqueron ! Le soleil ne me donne-t-il pas la berlue ! Est-ce bien vous ?

— C'est bien moi, mademoiselle.

— Qui venez à Kerguignon.

— Pas précisément. Cependant je me proposais de ne pas quitter Caqueron sans vous voir.

— Eh ! je crois bien ! Je ne vous pardonnerais pas cela : je tiens essentiellement à votre visite. Savez-vous que Kerguignon n'est plus gai du tout depuis le départ de Cadok. Mais vous ignorez l'événement. Eh bien ! vos conseils ont porté leurs

fruits. Nous nous sommes décidés à nous séparer de lui. Cela
nous a coûté ; mais son avenir avant tout, n'est-ce pas ? Cependant il nous manque, il manque surtout à M. de Kerhaliguen. Je
n'aurais jamais pensé que la secousse fût si forte. J'ai cru qu'il
allait tomber en enfance tout de bon. Les premiers jours, il a
perdu la parole. Cela va mieux, il a, comme moi, pris son parti
en brave, et le voilà convaincu que son petit-fils va devenir un
élève très brillant. Nous causons de ses succès, et nous n'y
allons pas de main morte. Cependant votre visite vient à point
pour le remettre tout à fait. Peut-être nous blâmerez-vous
d'avoir pris ce grand parti au milieu de l'année ; mais la chose
était urgente, très urgente. A quelle heure nous arrivez-vous
à Kerguignon, monsieur ?

— Mais aussitôt que possible, mademoiselle. Seulement
j'aurais un mot à vous dire, une petite nouvelle à vous annoncer. Pouvons-nous entrer dans cet appartement ? »

Et M. Le Breuil indiqua au hasard une porte vitrée entr'ouverte.

« Marie, la salle aux navires est-elle libre, » demanda Mlle Angélique à une jeune fille occupée à rincer des verres.

Pour toute réponse Marie donna dans la porte un léger
coup de pied qui la fit ouvrir toute grande. C'était un grand
appartement vide, dont les murailles étaient constellées de
navires, les uns dessinés au charbon par des mains novi-
ces, les autres, gravures ou lithographies, collées dans tous
les sens.

M. Le Breuil montra du geste la porte à Mlle Angélique ; ils
entrèrent et s'assirent.

« Mesdemoiselles Bidan m'ont chargé d'une commission
pour vous, mademoiselle, » d'une commission pressée, commença M. Le Breuil.

Mlle Angélique l'interrompit par un rire clair.

« Ah ! elles se pressent donc quelquefois, mes bonnes amies
de la rue des Merles, dit-elle ; une fois n'est pas coutume. Il
s'agit d'argent, n'est-ce pas ? Vraiment je n'ai qu'à me louer de
leur grande complaisance. Elles ont accueilli Cadok avec une

amabilité d'autant plus méritoire qu'elles n'aiment pas plus les enfants que je ne les aime. Cadok est gentil, je le sais, mais ce n'est pas une raison. Je ne puis dire combien elles m'ont édifiée quand elles lui ont promis de le faire sortir régulièrement. Cela nous a été un grand soulagement. Pauvre Cadok, il avait bien besoin de cette bonne promesse pour se refaire un peu, car c'est un oiseau qui n'aime point les cages. Pauvre, pauvre Cadok, je le vois d'ici, par ce beau soleil, pâlissant sur une grammaire latine, bâillant sur...

— Mademoiselle, pas trop de compassion, interrompit vivement M. Le Breuil, qui ne pouvait s'empêcher de sourire ; je vous assure qu'elle est hors de saison. Cadok ne pâlit sur aucun livre latin : Cadok n'est point en cage ; Cadok court les champs.

— Plaît-il ! fit Mˡˡᵉ Angélique en le regardant fixement.

— C'est ce que je suis chargé de vous annoncer, continua M. Le Breuil ; l'écolier s'est sauvé de chez les demoiselles Bidan, et j'espérais le trouver aux Pêcheries. »

Et, profitant de l'anéantissement dans lequel cette nouvelle plongeait Mˡˡᵉ Angélique, il lui conta toute l'aventure. Naturellement il éloigna l'idée de tout danger, afin de ne point effrayer son interlocutrice.

C'était peine inutile.

Au saisissement avait succédé, chez Mˡˡᵉ Angélique, une sorte d'intérêt romanesque pour l'équipée de son petit-neveu, et quand M. Le Breuil eut fini son récit, elle s'écria gaiement :

« Je l'ai toujours dit, monsieur, ce petit diable de Cadok est un Kerhaliguen tout pur. Comment ! il s'est sauvé de cette paisible maison ! Et par la fenêtre encore ! Je vous prédis qu'il continuera la tradition interrompue des grands errants de notre famille. Vous savez qu'un Kerhaliguen a découvert je ne sais quelle île en Australie sous Louis XIV ; qu'un Kerhaliguen faisait partie de la malheureuse expédition de la Pérouse ; qu'un Kerhaliguen s'est allié aux Bougainville. J'ai découvert récemment une note très curieuse sur...

— Permettez, mademoiselle, si nous cherchions d'abord

celui qui doit se renouer à ces glorieuses traditions, interrompit M. Le Breuil, en souriant, vous paraissez oublier que
Cadok est perdu.

— Égaré, seulement égaré, il se retrouvera, monsieur. Au
fait, c'est la question palpitante. Comment ! il s'est sauvé de
cette maison paisible ! Trop paisible peut-être. Chez les demoiselles Bidan, tout est confortable, correct même, excepté ces
horribles bibelots de quatre sous qu'elles suspendent dans
leur salon ; mais l'atmosphère est lourde, elle l'a toujours été,
même quand elles étaient jeunes et assez jolies. On ne s'est
jamais amusé chez elles, et maintenant qu'elles ont vieilli,
dame c'est l'ennui à sa dixième puissance. Cet ennui-là a saisi
Cadok à la gorge, et il a pris le large. C'est affreux. S'il n'est
pas arrivé aux Pêcheries, je serai très inquiète. Il est sans
doute sur le chemin pendant que nous causons ici. Ah ! par
exemple, je jouirai de son air penaud quand j'arriverai. Quant
à son grand-père, il lui ouvrira les bras avec bonheur, sans
même lui demander d'où il vient ; mais moi, je parlerai ferme,
je vous le dis.

— Eh bien, mademoiselle, voulez-vous retourner aux Pêcheries avec un commissionnaire que vous m'expédierez pour
m'annoncer que Cadok a réintégré la maison paternelle. Autrement je me mettrai en rapport avec le commissaire de police
de Pontmellac, qui a dû commencer ses recherches par la
ville. »

Mlle Angélique, à ce mot, se leva et ouvrit la porte.

« Je pars, dit-elle, en nouant d'une main agitée les brides
de son chapeau ; voilà l'inquiétude qui me prend aussi. Ce
pauvre enfant se sera peut-être égaré, sera peut-être tombé de
fatigue en chemin. Je pars à l'instant...

— Un instant, dit M. Le Breuil en lui posant la main sur
l'épaule. Écoutez donc ce que dit ce brave marin qui vient
d'entrer. »

Pendant qu'ils prenaient leurs dernières dispositions, un
homme vigoureux, coiffé d'une casquette de loutre, avait fait
son entrée dans l'hôtel. Debout dans la grande salle, il disait

en s'adressant au maître de l'hôtel, qui apparaissait un panier
de bouteilles à chaque main :

« Il me faudrait une réponse tout de suite, Legall, je n'ai
qu'une heure à rester à Caqueron et je ne peux pourtant pas
emmener ces deux mousses en Espagne, sans savoir si les
parents sont consentants.

— As-tu entendu, Marie? dit le maître d'hôtel en déposant
ses paniers. Le capitaine demande si nous connaissons un
certain Julien et un certain Cadok des Pêcheries, qui se sont
proposés à lui comme mousses, mais qui n'ont pas de pièces
constatant que leurs parents sont consentants.

— Julien est le fils de Jeanne Lecorre, peut-être, répondit
Marie, celui qui jouait avec M. Cadok, ajouta-t-elle en regardant Mlle Angélique, qui s'avançait. Sa mère l'avait pourtant
placé chez un pâtissier de Pontmellac.

— C'est ça, dit le capitaine ; son petit camarade, — c'est toujours lui qui parle, — m'a dit qu'il ne voulait pas être pâtissier.

— Et comment s'appelle le petit camarade ? demanda
M. Le Breuil en s'avançant vers le capitaine.

— Il a refusé de dire son nom, monsieur ; mais j'ai entendu
l'autre gamin l'appeler Cadok. »

Mlle Angélique et M. Le Breuil se regardèrent en poussant un
soupir de soulagement.

« Capitaine, dit M. Le Breuil, je vous serai obligé de me
dire où vous avez embarqué ces enfants et ce qu'ils vous ont
demandé.

— Monsieur, ils ne m'ont pas dit grand'chose. Voilà trois
jours que celui qu'on appelle Julien rôde par mon brick, causant avec mes hommes et se faisant proposer comme mousse.
Le petit me revenait, et comme j'avais été obligé de me débar-
rasser de celui que j'avais, je n'y ai pas regardé de trop près,
ayant l'idée que je pourrais toujours écrire à ses parents, puisqu'ils étaient de Caqueron. Mais voilà que, ce matin, à quatre
heures, mon mousse m'est arrivé avec un petit monsieur de son
âge, un gaillard qui vous grimpe joliment aux mâts et qu'il me
l'a proposé comme second mousse. C'était de trop ; mais j'ai

pensé que, puisque je faisais escale à Caqueron, je pouvais
laisser faire le voyage à mes deux mousses. Cependant j'ai dit
non ; mais croiriez-vous qu'ils se sont cachés entre les tonnes
et que je viens seulement de les découvrir. J'ai voulu les débarquer, le petit monsieur a résisté. Je voudrais parler à la mère
de Julien, qui habite les Pêcheries, tout près du bourg, m'a-t-on
dit.

— Pas si près, dit Mlle Angélique, mais je me charge de
vous l'envoyer, capitaine. Quant à l'autre enfant, à celui qui
répond au nom de Cadok, vous allez, s'il vous plaît, mele ramener à terre, car il n'est rien moins que mon neveu, M. de Kerhaliguen, qui, au moment d'entrer au collège, a trouvé bon de
se payer une traversée sur votre brick.

— Il aime la mer, c'est vrai, ce petit ; madame, il aime
beaucoup la mer.

— Ceci n'a rien d'étonnant. Et où allez-vous de ce pas,
capitaine? avec votre navire s'entend.

— En Espagne, madame. »

Mlle Angélique se tourna vers M. Le Breuil.

« Rien que cela, dit-elle, rien que cela : il filait en Espagne.
Je vous l'ai dit, il tient de ses ancêtres, de ceux qui avaient
l'humeur aventureuse : c'est un Fernand Cortez en herbe. »

Elle se retourna vers le capitaine et ajouta :

« Voulez-vous avoir la bonté de vous occuper de son retour
à terre. J'espère, capitaine, qu'il ne fera plus de difficultés
lorsqu'il saura que je l'attends. Vous pouvez lui dire que sa
tante, Mlle Angélique de Kerhaliguen, l'attend en personne à
l'hôtel du Bon-Pilote.

— Mais l'autre, dit le capitaine, je serais bien aise de garder
l'autre comme mousse, puisqu'il est de la graine dont on les
fait. Il me va, ce petit bonhomme, il me va.

— Capitaine, vous l'aurez ; mais tout d'abord ramenez-
nous Cadok. Aussitôt son arrivée, nous repartons pour les
Pêcheries, et nous vous envoyons la mère du petit mousse.
Vous vous entendrez facilement avec elle, elle souffrait beaucoup de contrarier la vocation de son fils. »

Le capitaine la remercia et sortit de l'hôtel en lui promettant de lui ramener Cadok dans quelques minutes.

« J'attends ici de pied ferme mon Christophe Colomb, dit Mlle Angélique en rentrant dans la salle aux navires, et en s'adressant à M. Le Breuil ; puis je repartirai avec lui pour Kerguignon, où vous viendrez, n'est-ce pas ? Mon frère sera si heureux de vous voir, et il a si peu de visites maintenant, le pauvre homme !

— J'irai après avoir télégraphié l'heureuse nouvelle aux demoiselles Bidan ; mais à une condition, mademoiselle...

— Laquelle ?

— C'est que vous me permettrez de renouveler la proposition que je vous ai faite : celle d'emmener Cadok au collège qui lui préparera l'entrée au Borda.

— Oh ! je vous le livre, s'écria Mlle Angélique avec un hochement de tête énergique ; cette fois, je vous le livre pieds et poings liés. »

Et elle ajouta, d'une voix plus sérieuse et avec une physionomie des plus graves :

« Vous comprenez que voilà deux escapades qui me donnent à réfléchir. S'il a de pareilles velléités d'indépendance à cet âge, que fera-t-il plus tard, mon Dieu ! quand il aura barbe au menton ? Je vous le dis bien sérieusement, si son grand-père y consent, vous l'emmènerez aujourd'hui, et rien ne sera plus facile, ses bagages étant restés à Pontmellac. »

Sur cette promesse, M. Le Breuil la quitta, et elle s'assit sur un des tabourets de paille pour attendre le petit transfuge. Il se présenta bientôt en compagnie du loup de mer, qui lui jetait des regards de travers.

« Madame, je vous déclare que ce petit monsieur ne sait pas le premier mot de la discipline, dit-il à Mlle Angélique en prenant Cadok par les épaules pour le pousser en avant ; j'ai cru qu'il faudrait en venir aux grands moyens. Il ne voulait pas lever l'ancre.

— Eh quoi ! Cadok, c'est ainsi que vous nous faites honte sur toute la ligne, dit Mlle Angélique non sans majesté. On vous laisse chez des amies avec lesquelles vous jouez le rôle de vagabond ; monsieur le capitaine vous fait faire une traversée gratis et veut bien vous ramener à votre famille, et vous lui résistez.

— Ma tante, je ne veux pas aller à la pension Maugrand ; je veux être marin, dit Cadok, qui avait très bonne mine et l'air plus décidé que jamais.

— Voyez-vous, capitaine, c'est la mer qui le tient. Eh bien ! monsieur, je vous déclare que vous irez où votre grand-père et moi jugerons convenable de vous mettre, et je vous trouve bien osé de poser des conditions. Il me semble que, de tout ceci, vous n'êtes pas sorti vainqueur, et je vous engage à baisser le ton. Capitaine, je vous remercie de nouveau au nom de M. de Kerhaliguen, le grand-père de ce petit corsaire, et au mien. Je vais vous envoyer la mère du petit mousse. »

Une révérence gracieuse termina cette phrase, et Mlle Angélique prit avec Cadok le chemin de Kerguignon. Elle hâtait le pas afin de tenir la promesse qu'elle avait faite au capitaine, de sorte qu'il n'y eut guère de conversation possible entre elle et Cadok, qui jouait au traînard. A la barrière de la cour, il retrouva ses jambes et la traversa en quelques bonds pour aller se jeter au cou de son grand-père, qui se promenait tout seul comme une âme en peine. Fine, attirée par les vibrations de cette chère voix, se montra bientôt sur le seuil de la porte, et ce furent de nouvelles explosions de joie.

« Mon aventurier est, au fond, un très bon petit diable, dit Mlle Angélique, qui, du seuil de la chaumière de Jeanne, assistait à toutes les expansions du retour et qui n'en perdait pas un incident tout en contant à Jeanne l'odyssée de son petit Julien. Seulement on dirait que mon frère et cette sotte de Fine se figurent que le voilà revenu pour toujours. »

Elle soupira et reprit :

« Cela me coûte bien aussi de m'en séparer, mais aujourd'hui je sens qu'il le faut. »

Ce monologue avait lieu pendant que Jeanne la remerciait avec effusion du fond de sa chaumière, où elle passait à la hâte

Il ne voulait pas lever l'ancre.

ses habits du dimanche. La pauvre femme avait le cœur gros de voir son garçon malheureux sous le tablier blanc; elle avait fait aussi ses réflexions, et si l'embarquement était avantageux, elle était toute disposée à laisser Julien suivre sa vocation.

Cela entendu, Mlle Angélique revint vers le pavillon et entra dans la salle du trône, où elle s'était promis de chapitrer Cadok et d'enlever par la même occasion le consentement du grand-père, à la proposition de M. Le Breuil. Elle n'y trouva que M. de Kerhaliguen et Fine, qui s'extasiaient tour à tour sur le caractère résolu de l'enfant.

« Eh bien! s'écria Mlle Angélique, où est passé notre chercheur d'aventures? J'aurais cru qu'un sage repentir lui eût donné la patience de m'attendre.

— Il vous a attendu, ma sœur, répondit M. de Kerhaliguen, qui avait son air le plus heureux ; il vous a attendue.

— Pas bien longtemps. Je suis restée dix minutes chez Jeanne, pas plus, certainement. Qu'est-il devenu?

— Mademoiselle, dit Fine en jetant un coup d'œil vers M. de Kerhaliguen, comme pour se donner du courage, M. Cadok a très bon cœur, et comme il a entendu dire par le bourg que les gendarmes étaient à la recherche de Jean Minuit, il a voulu aller voir sa pauvre vieille mère.

— Ah ça ! Fine, perdez-vous la tête, et vous, mon frère, avez-vous bien pu laisser Cadok s'esquiver? Ne vous a-t-il pas dit que notre ami M. Le Breuil allait venir aux Pêcheries, et n'était-il pas convenable qu'il restât à le recevoir?

— Il ne m'a rien dit de M. Le Breuil, Angélique. Il n'était occupé que de Jean Minuit, des gendarmes et de la vieille mère. Il a très bon cœur, cet enfant; il a un excellent cœur.

— Et une tête à la Kerhaliguen, vous pouvez ajouter ceci, mon frère. C'est maintenant à savoir où ce cœur et cette tête pourraient bien le mener si on le laissait faire. Je commence à voir clair, je commence à voir très clair sur toutes choses, et surtout en ceci. Vous savez où nous en sommes de notre fortune; aucun héritage ne s'échappe encore de mes papiers : il y en a, il y en a, je continuerai mes recherches jusqu'à extinction de force ; mais enfin c'est le présent qui nous étreint, il faut songer au présent. Cadok, il faut bien lui rendre cette justice, est l'être le plus indépendant et le plus indiscipliné du monde. Il a l'air de vouloir prendre la vie en flâneur. Ce sont là des goûts dispendieux, mon frère, des goûts très dispendieux et que les Kerhaliguen ne doivent plus se permettre. Fine, je te déclare que si M. Le Breuil arrive avant que Cadok soit revenu, tu iras le chercher chez Jean Minuit... Mais on frappe à la porte, il me semble; Fine, va donc ouvrir. Qui est-ce ? Laisse entrer. Nous y sommes certainement, monsieur, nous y serons toujours pour vous. Urbain, c'est M. Le Breuil. »

M. de Kerhaliguen accueillit le visiteur avec sa cordialité habituelle. Quant à Mlle Angélique, elle se multipliait en amabilités. L'air résolu et si peu repentant de Cadok, après une semblable équipée, lui avait positivement donné à penser, et l'impression qu'elle avait ressentie avait été telle, qu'elle fut la première à remettre la question intéressante sur le tapis. Elle en avait à peine dit un mot, que M. Le Breuil renouvela ses offres généreuses. Il se dit heureux d'avancer à ses amis de Kerhaliguen la somme nécessaire pour les années de collège, et il se chargeait de mettre Cadok dans un établissement qui le conduirait à la carrière de son choix.

« Vous comprenez, mon frère, qu'il n'y a pas à hésiter, appuya vivement Mlle Angélique; nous l'avons un peu par entêtement emmené à Kerguignon, et nous avons été obligés de nous en séparer pour le mettre où? dans cette abominable pension Maugrand, où l'on fait également maigre chère pour l'intelligence et pour l'estomac. Sans compter ce payement d'avance, que j'avais oublié et qu'un billet très poli d'Olympe Bidan est venu me rappeler ce matin.

— Angélique, je comprends vos raisons, répondit doucement M. de Kerhaliguen, et je comprends aussi qu'il y aurait folie à refuser les propositions de notre ami. J'aurais bien aimé à faire élever mon petit-fils sous mes yeux ; mais, puisque cela n'est pas possible, laissons faire notre ami Le Breuil. J'ai eu le plaisir d'embrasser l'enfant, il ne faut pas trop exiger.

— Par extraordinaire nous voilà tous d'accord, s'écria Mlle Angélique ; tous n'est pas le mot, cependant. Il me semble que le consentement du principal intéressé nous manque. Savez-vous que les agissements de messire Cadok m'ont confondue. Je croyais n'avoir pas encore à compter avec cette volonté, et je me suis trompée. Certes je puis bien lui commander de vous accompagner, mon cher ami ; mais il ne faudrait pas qu'il recommençât ses équipées.

— Il ne manque pas de raison, fit remarquer le grand-père.

— Vous trouvez, mon frère. J'avoue que les derniers événements me prouvent que, en vrai Kerhaliguen, il n'hésite pas à mettre la raison à la queue, dans l'ordre de ses conseils. Mais c'est un enfant sensible à l'honneur : il faudrait obtenir son consentement, mais là un vrai consentement, quelque chose qui l'engageât lui-même. Avec les natures chevaleresques, ce n'est pas l'utilité qu'il faut mettre en avant, c'est je ne sais quoi de délicat qui les enchaîne plus sûrement que tout. Il faudrait que Cadok promît sur son honneur de ne plus déserter.

— Si vous le permettez, j'essayerai d'en arriver là, dit M. Le Breuil en se levant.

— Monsieur, je vais l'envoyer chercher à l'estacade, où il s'est rendu.

— Non, non, il ne faut pas l'effaroucher. Indiquez-moi le chemin, j'irai le trouver. En certaines occasions, voyez-vous, il ne faut pas craindre de traiter les enfants intelligents en hommes, et à traiter avec eux de leurs propres affaires.

— En vérité, monsieur, vous lui faites trop d'honneur à ce petit morveux de Cadok. Fine, puisque tu sais où est ton scélérat de petit maître, indique donc à monsieur l'endroit où il pourra le trouver. »

Fine, qui, pour dire la vérité, avait été quelque peu aux écoutes pendant cette conversation où se débattaient les intérêts de Cadok, et qui s'était dit qu'elle préférerait le voir sous la gouverne de ce monsieur distingué qu'à la pension Maugrand à Pontmellac, où l'on ne mangeait guère que du lard rance, s'empressa d'obéir à l'ordre de sa maîtresse et conduisit M. Le Breuil jusqu'au sentier de la falaise rocheuse.

« Monsieur, dit-elle, vous le trouverez au bas de ce sentier, dans la maison ou sur l'estacade, car il m'a dit qu'il allait guetter l'arrivée des gendarmes qui sont venus chercher Jean Minuit. »

M. Le Breuil se fit indiquer la position de la chaumière et descendit seul et très lentement le sentier abrupt.

CHAPITRE XXV

Au bas du sentier, à quelques pas de la chaumière, M. Le Breuil aperçut celui qu'il cherchait. Adossé au rocher, Cadok regardait la mer, qui était mauvaise. M. Le Breuil s'approcha doucement et lui frappa sur l'épaule.

« Petit Cadok, me reconnaissez-vous? » demanda-t-il.

Cadok se détourna, se découvrit en rougissant et répondit : « Oui, monsieur.

— Les gendarmes sont-ils arrivés, demanda M. Le Breuil du ton dégagé d'un homme qui sait à fond l'affaire dont il parle. »

Cadok rougit plus fort.

« Monsieur, balbutia-t-il, on vous a dit...

— On m'a tout dit, et, s'il faut l'avouer, je porte un certain intérêt à Jean Minuit. »

Le visage de Cadok s'éclaira.

« Si vous saviez comme il n'est pas méchant avec les enfants, dit-il, et comme il n'est pas voleur !

— Et cependant le voilà condamné à la prison, mon petit ; mais je vous expliquerai à fond cette singulière contradiction. Pourquoi n'entrez-vous pas chez lui ? »

— Monsieur, dit Cadok avec embarras, je n'osais pas, pensant que les gendarmes y étaient peut-être; je suis sûr qu'ils ne sont pas venus, et il pourrait encore se sauver. Son

bateau est à l'ancre dans la petite anse, et la mer est bien mauvaise, personne n'oserait le poursuivre sur la mer.

— Cadok, quand on a mérité une punition, le mieux n'est-
il pas de la subir?

— Mais puisqu'il ne boit plus d'eau-de-vie, monsieur.

— Il en a bu, et c'est le passé qu'il expie. Eh bien! qu'avez-
vous? »

Cadok avait soudain pâli.

« Les gendarmes, » balbutia-t-il.

M. Le Breuil suivit la direction de son doigt tendu en avant
et aperçut en effet, dans le lointain, l'uniforme des braves gardiens de la paix publique.

Cadok s'était précipité vers la chaumière, et il y entra suivi
par M. Le Breuil.

« Les gendarmes, cria-t-il, sauvez-vous, voici les gendarmes.

— Eh bien! monsieur, qu'ils viennent, répondit le contrebandier de sa voix formidable, mais tranquille. Je ne leur
aurais pas donné la peine de venir jusqu'ici si la mère n'avait
pas été malade. C'est ce qui m'a empêché de me rendre à
Pontmellac. Asseyez-vous, monsieur, je ne vous connais pas ;
mais, puisque vous arrivez en compagnie de monsieur Cadok,
je suis bien aise de vous voir. »

Et, en disant cela, il plaça une chaise devant M. Le Breuil.

« Et vous, monsieur Cadok, asseyez-vous aussi, dit la vieille
Perrine, qui paraissait aussi calme que son fils, il y a bien longtemps qu'on ne vous a vu. »

Cadok, surpris au delà de toute expression, regarda M. Le
Breuil, témoin attentif de cette petite scène.

« Jean a raison, dit en souriant M. Le Breuil, et nous allons
le laisser à ses affaires. Il vaut mieux qu'il les traite sans
témoins. Et puis nous avons à causer, Cadok, et je suis pressé ;
j'aurais dû retourner ce soir à Pontmellac.

— Au plaisir de vous revoir, monsieur Cadok, dit Jean
Minuit en ôtant son chapeau. Pendant mon petit voyage, vous
n'oublierez pas le chemin de la maison, s'il vous plaît. Mon

congé ne sera pas long, on me parle de six mois, et dame alors! ma bonne mère pourra vivre bien tranquille, puisque je suis brouillé à mort avec l'eau-de-vie.

— Monsieur, dit Cadok avec élan, Jean Minuit a juré de ne plus boire d'eau-de-vie, aussi c'est la dernière fois qu'il va en prison.

— Le serment serait difficile à tenir ; mais il prouve un homme de cœur. Je désire que vous persévériez dans cette résolution. Ce n'est pas pour des gens de votre sorte que les prisons sont faites, Jean.

— Adieu, dit Cadok en tendant la main au contrebandier, vous voyez bien que M. Le Breuil est de mon avis. Et c'est votre dernière prison, n'est-ce pas ?

— Je l'espère bien, monsieur ; il n'y avait pas en moi l'étoffe d'un coquin, et nous verrons à changer cela. Quand la tête est saine, le bras ne fait pas de malheurs. Que le diable emporte l'eau-de-vie ! »

Cadok lui serra la main sur ce souhait énergique et suivit son compagnon. Celui-ci lui montra du doigt les gendarmes, qui n'étaient plus qu'à dix pas de la chaumière.

« Nous allons le voir passer, » dit M. Le Breuil, qui étudiait attentivement les impressions qui se succédaient sur la physionomie mobile de Cadok.

Un cri de l'enfant lui répondit :

« Monsieur, voyez-donc cette barque. Est-ce qu'elle ne va pas à la dérive ? »

M. Le Breuil regarda devant lui et aperçut un bateau qui, conduit par un très jeune enfant, devenait absolument le jouet des vagues.

« C'est le bateau de Jean Minuit, reprit Cadok ; les enfants du bourg vont souvent se promener dedans quand la mer est calme. Mais aujourd'hui elle est mauvaise. Je reconnais bien le fils du cordonnier. Mon Dieu! mon Dieu! le bateau va être poussé contre les rochers de la baie du Noyé.

— L'enfant est au gouvernail ; pourquoi ne dirige-t-il pas le bateau d'un autre côté, fit remarquer M. Le Breuil.

— Monsieur, parce qu'il n'est pas assez fort par ce mauvais temps. On le voit bien. Le bateau n'obéit plus au gouvernail. Je vous assure qu'il est en danger, monsieur. »

Et Cadok, affolé, courut vers la chaumière en criant : « Jean, Jean. »

Jean se montra entre les deux gendarmes.

D'un coup d'œil il comprit le sujet de l'effarement de Cadok.

« Tonnerre ! s'écria-t-il, voilà un enfant qui va se noyer. Un instant, messieurs, un instant, je suis à vous. »

Il bondit vers l'estacade et courut d'un trait à la citadelle.

En une seconde il fut déshabillé, et on le vit se jeter à l'eau et nager vigoureusement vers la pauvre barque qui tournoyait.

« Ne serait-ce point là une manœuvre pour nous échapper ? s'écria un des gendarmes.

— Non, monsieur, répondit la vieille Perrine ; qui s'était traînée hors de la chaumière à la suite de son fils ; s'il avait voulu se sauver de la justice, il y a longtemps qu'il serait en Angleterre. Non, non, soyez tranquille ; le pauvre gars reviendra et fera sa pénitence, et, s'il ne s'enivre plus, comme il en a fait la promesse, ce sera la dernière fois qu'il ira en jugement. »

Un sourire légèrement incrédule fut la réponse des deux gendarmes, qui suivaient d'un regard inquiet leur prisonnier dont la tête fauve émergeait des vagues furieuses et qui nageait toujours vers l'embarcation. Il l'atteignit bientôt ; et un soupir de soulagement s'échappa de toutes les poitrines.

« Il revient, ma foi, il revient, dit un des gendarmes ; je n'ai jamais vu nager comme cela. »

Jean Minuit revenait. D'un tour de main il avait orienté la voile, et, placé au gouvernail, il gouvernait le bateau, qui se frayait maintenant un passage en ligne droite à travers les vagues tumultueuses.

Il aborda à l'estacade, disparut un instant et puis reparut tenant par la main le malheureux enfant, qui était mouillé jusqu'aux os, et dont les dents claquaient encore d'effroi.

« Ma mère, dit Jean, qui aurait eu l'air de revenir d'une pro-

menade ordinaire, si ses cheveux fauves n'avaient été dégout-
tants d'eau de mer ; voilà un petit qu'il faudra sécher au plus
vite. »

Et, s'adressant à l'enfant, il ajouta :

« Te voilà guéri, je pense, de l'envie d'aller te promener seul
en bateau par un temps pareil. Oh ! je sais bien ce que tu as à
me dire : tu voulais seulement venir de la baie à l'estacade.
Mon petit, c'est comme ça, on est emporté toujours plus loin

Monsieur, nous mettrons cela dans notre rapport.

qu'on ne veut, et moi-même, que diable, j'en suis bien la
preuve. Au revoir, ma mère, ne vous faites pas trop de chagrin :
ce qui est fait est fait : mais ce qui est juré est juré. »

Il mit le chapeau à la main pour embrasser sur les deux
joues sa vieille mère, soudainement attendrie, et dit aux gendarmes :

« Partons.

— Messieurs, dit M. Le Breuil en faisant un pas vers eux,
vous n'oublierez pas, je pense, de raconter ce que vous avez
vu. Cet homme vient de sauver un enfant : il y a là de quoi
mériter une commutation de peine.

— Monsieur, nous mettrons cela dans notre rapport, répondit le gendarme le plus rapproché de lui : c'est tout ce que
nous pouvons faire...

— Merci, je me charge du reste. »

Et, tendant la main à Jean, M. Le Breuil ajouta d'une voix pénétrante :

« Que je vous serre la main, mon brave. Il est bien dommage qu'un homme aussi courageux que vous ait pris les lois à l'envers. Nous nous reverrons peut-être ; dans tous les cas, comptez sur ma visite à l'avocat chargé de vous défendre. »

Jean, qui trouvait son action la plus simple du monde, remercia gauchement et prit avec les gendarmes le chemin de Caqueron. La vieille Perrine rentra avec l'enfant transi, et M. Le Breuil demeura un instant songeur, les yeux sur l'Océan.

Puis, se détournant vers son petit compagnon, il lui plaça les deux mains sur les épaules et le tint une seconde sous le rayonnement puissant de son regard.

« Mon cher enfant, dit-il d'une voix grave qui pénétra jusqu'à l'âme de Cadok, il s'agit maintenant de vous. Un double exemple bien saisissant vient de mettre, d'incarner en quelque sorte devant vos yeux une vérité banale que personne ne vous a enseignée et qui est une des grandes lois de la vie. Deux naufrages : celui de cet homme qui va expier en prison son mépris des lois et ses écarts de conduite ; celui de cet enfant qui s'en allait uniquement au hasard et dont la main, trop faible, était devenue impuissante, vous prouvent jusqu'à l'évidence cette vérité, qu'un esprit profond et sage a condensée en cet axiome : « Qui résiste au gouvernail obéit à l'écueil. » Lequel voulez-vous, Cadok ? Du gouvernail ou de l'écueil ? Il faut choisir.

Les yeux bleus de l'enfant, attachés sur le visage de l'homme intelligent qui lui parlait, devinrent singulièrement lumineux. On eût dit que le voile tendu devant sa jeune intelligence se déchirait soudain, et que tout un horizon nouveau se déployait devant ses yeux.

« Comprenez-moi bien, reprit M. Le Breuil, qui étudiait attentivement l'effet produit par ses paroles ; il s'agit de votre destinée tout entière. Ou vous êtes un être intelligent, et alors j'aplanis pour vous les difficultés de la carrière utile et même brillante qui vous attire ; ou vous êtes un être sans portée, sans volonté, attaché par toutes ses fibres aux impressions du moment, aux jouissances niaises et basses, et alors je vous abandonne. Ce ne sont pas les caprices, ni les révoltes d'un enfant, ni d'un peuple, qui changent quelque chose aux lois immuables qui régissent les États et les individus. Tout homme, je vous l'ai dit, et ces expressions ont une clarté suffisante, tout homme est libre de désobéir au gouvernail, c'est-à-dire aux lois divines et humaines qui sont le contrepoids nécessaire à l'exercice de sa liberté ; mais celui-là, sachez-le bien, Cadok, obéira tôt ou tard à l'écueil, à l'écueil brutal. C'est pour arracher au brisement que je prévois, un enfant dont le père a été mon meilleur ami, que je lui propose de l'emmener à Brest, et de lui faire commencer de sérieuses études qui lui permettront d'embrasser la carrière de son choix. Mais il me faut le concours de votre volonté. Tous les collèges ont des murs que l'on peut franchir ; tous les collèges abritent des paresseux et des indisciplinés. Cet homme qui vient de nous quitter a fait le serment de ne plus boire d'eau-de-vie, et il le tiendra. Cadok de Kerhaliguen veut-il me faire le serment d'être un élève sérieux et docile. Je compte qu'il saurait le tenir. »

Cadok leva la main droite.

« Oui, prononça-t-il, je le jure, monsieur. »

M. Le Breuil serra entre ses deux mains cette petite main qui venait de faire si spontanément un acte d'homme, et, mettant le bras de Cadok sous le sien, il remonta lentement le sentier, en exposant le plan d'éducation dont il allait sans plus tarder entamer l'exécution.

CHAPITRE XXVI

Ce n'était pas dans la carriole de Pierre de Notre-Dame-de-la-Pitié que Cadok s'en allait le lendemain de ce jour vers Pontmellac; mais dans une voiture rapide, où sa tante Angélique se prélassait en sa compagnie.

Mlle Angélique avait d'abord poussé la complaisance jusqu'à conduire elle-même Cadok à M. Le Breuil au bourg de Caqueron; puis, en voyant cette bonne calèche attelée de ses deux petits chevaux de montagne, elle avait pensé qu'il serait poli d'aller remercier les demoiselles Bidan de tout ce qu'elles avaient enduré en l'honneur de Cadok, et, chargeant Fine d'avertir son frère qu'elle partait pour Pontmellac et Pierre de Notre-Dame-de-la-Pitié qu'elle comptait sur lui pour le retour, elle avait monté en voiture.

Le voyage fut excessivement gai. Cadok n'avait plus cet air révolté et malheureux des premières tentatives, et il avait fait à son grand-père les promesses les plus solennelles.

Mlle Angélique, débarrassée du souci de trouver de l'argent pour payer le collège, se livrait à sa verve contre la pension Maugrand et se promettait de fouiller au plus profond de ses papiers pour en retirer tout ce qui prouvait que les Kerhaliguen avaient brillamment servi la France, aussi bien sur mer que sur terre.

Le voyage sembla court à tout le monde, et les plus aimables

sourires accueillirent les demoiselles Bidan, qui, averties par
dépêche du passage de Cadok, et aussi de ses repentances,
tenaient à venir remercier M. Le Breuil du concours qu'il leur
avait donné en une circonstance qui leur avait paru des plus
difficiles.

« C'est encore moi, dit Mlle Angélique en descendant de
voiture; mais je crois qu'en voilà pour longtemps, car je
n'aurai pas toujours une confortable voiture à mes ordres.
Cadok, osez donc approcher de ces demoiselles, et offrez-leur
vous-même vos excuses. Mes chères amies, je ne sais trop s'il
a senti sa faute dans toute sa profondeur; mais enfin actuelle-
ment le voilà pétri de bonnes intentions et livré à notre ami
M. Le Breuil qui veut bien s'en charger. »

Les demoiselles Bidan exprimèrent toute la satisfaction
qu'elles éprouvaient. Et elle était d'autant plus vive qu'après
l'équipée de Cadok, qui les avait si fort troublées, elles avaient,
d'un commun accord, pris la résolution de ne plus se charger
d'un semblable pensionnaire, même pour la sortie du mois.
Ce n'était pas qu'elles lui en voulussent, oh! non; elles lui
avaient généreusement pardonné; mais il était bien entendu
que la maison à la bordure de granit ne lui offrirait l'hospitalité qu'en compagnie des gens qui avaient mission de veiller
sur lui.

Pendant que toutes ces paroles s'échangeaient, les malles
de M. Le Breuil et celles de Cadok avaient été transportées
sur l'impériale de l'omnibus qui allait conduire les voyageurs
à la gare, et M. Le Breuil prit à la hâte congé de ces dames,
que Cadok venait d'embrasser à tour de rôle.

« Un instant, Cadok, vous voilà bien pressé, dit Mlle Angélique en le voyant enjamber le marchepied de l'omnibus;
veuillez écouter mes dernières recommandations. »

Et le tenant par un bouton de sa veste, elle lui redit ce
qu'elle lui avait dit cent fois sans qu'il songeât seulement à
essayer de la comprendre. Elle ne se doutait pas que tous ces
beaux conseils perdaient leur efficacité par le contraste malheureux qu'ils offraient avec ce qu'avait été sa vie.

« Veuillez écouter mes dernières recommandations. »

Ainsi on voit les paresseux prêcher éloquemment le travail, les emportés conseiller vivement la douceur, les vaniteux vanter suavement la simplicité.

Cadok connaissait de longue date toutes ces phrases excellentes que Mlle Angélique lui débitait de l'air le plus convaincu du monde, et elles ne lui avaient jamais produit le moindre effet.

Cependant, comme Cadok avait entendu une parole vraie, et qui avait en quelque sorte illuminé sa raison naissante, il sut écouter avec une respectueuse condescendance la dernière homélie de sa tante Angélique, qui commençait déjà à sourire elle-même de sa verbeuse éloquence. En l'embrassant une dernière fois, il lui répéta qu'il allait sérieusement travailler et s'appliquer à mériter les meilleures notes.

« L'avez-vous entendu, dit-elle aux demoiselles Bidan ; n'est-ce pas un bijou d'enfant? Il a compris, enfin, il a compris. Comment? je ne vous le dirai pas. La peine qu'il nous faisait par sa légèreté était grande, et voilà qu'aujourd'hui il me donne sa parole d'honneur, comme un homme, que ses escapades sont finies.

— Il est charmant quand il veut, répondirent les demoiselles Bidan, dont l'air aimable de Cadok avait reconquis les bonnes grâces jusqu'à l'hospitalité exclusivement; et M. Le Breuil n'aura qu'à s'en louer, nous en sommes convaincues.

— Vous entendez ce qu'elles prédisent, s'écria Mlle Angélique en se rapprochant de l'omnibus, où M. Le Breuil venait de rejoindre Cadok.

— Quoi donc? mademoiselle.

— Que vous allez nous dompter notre petit lionceau et en faire un élève modèle.

— Je l'espère bien, il l'a promis, et un homme d'honneur n'a que sa parole, n'est-ce pas, Cadok?

— Oui, monsieur, et je la tiendrai, répondit Cadok.

— Ma foi, je n'y comprends plus rien, » dit Mlle Angélique.

Et, mettant un pied sur le marchepied de l'omnibus, elle s'enleva et, regardant fixement M. Le Breuil :

« Est-ce que tout cela est sincère, murmura-t-elle ? est-ce que nous pouvons vraiment compter sur tous ces beaux engagements ?

— En doutez-vous, mademoiselle? Ne voyez-vous pas combien Cadok est devenu raisonnable.

— Eh! c'est ça qui me chiffonne. Par quel sortilège l'avez-vous si vite changé? Je vous assure que je l'ai prêché et chapitré de tout temps et qu'il n'en faisait pas moins à sa tête.

— Aux intelligents, il ne faut pas craindre de préciser les questions, mademoiselle. Je suis sorti des généralités avec Cadok, et je lui ai simplement expliqué le sens d'un axiome philosophique à la fois clair et concis, dont la vérité m'a toujours frappé.

— Dites-le-moi, mon ami, dites-le-moi ; il a produit un si bon effet que j'ai vraiment la curiosité de le connaître. »

M. Le Breuil se souleva à demi :

« Qui résiste au gouvernail obéit à l'écueil, » murmura-t-il, au moment où l'omnibus se mettait en marche.

Mᶩᴵᵉ Angélique descendit du marchepied, et, avec un grand geste d'adieu :

« A qui le dites-vous ? » s'écria-t-elle en riant.

FIN

Imprimeries réunies, A, rue Mignon, 2, Paris.

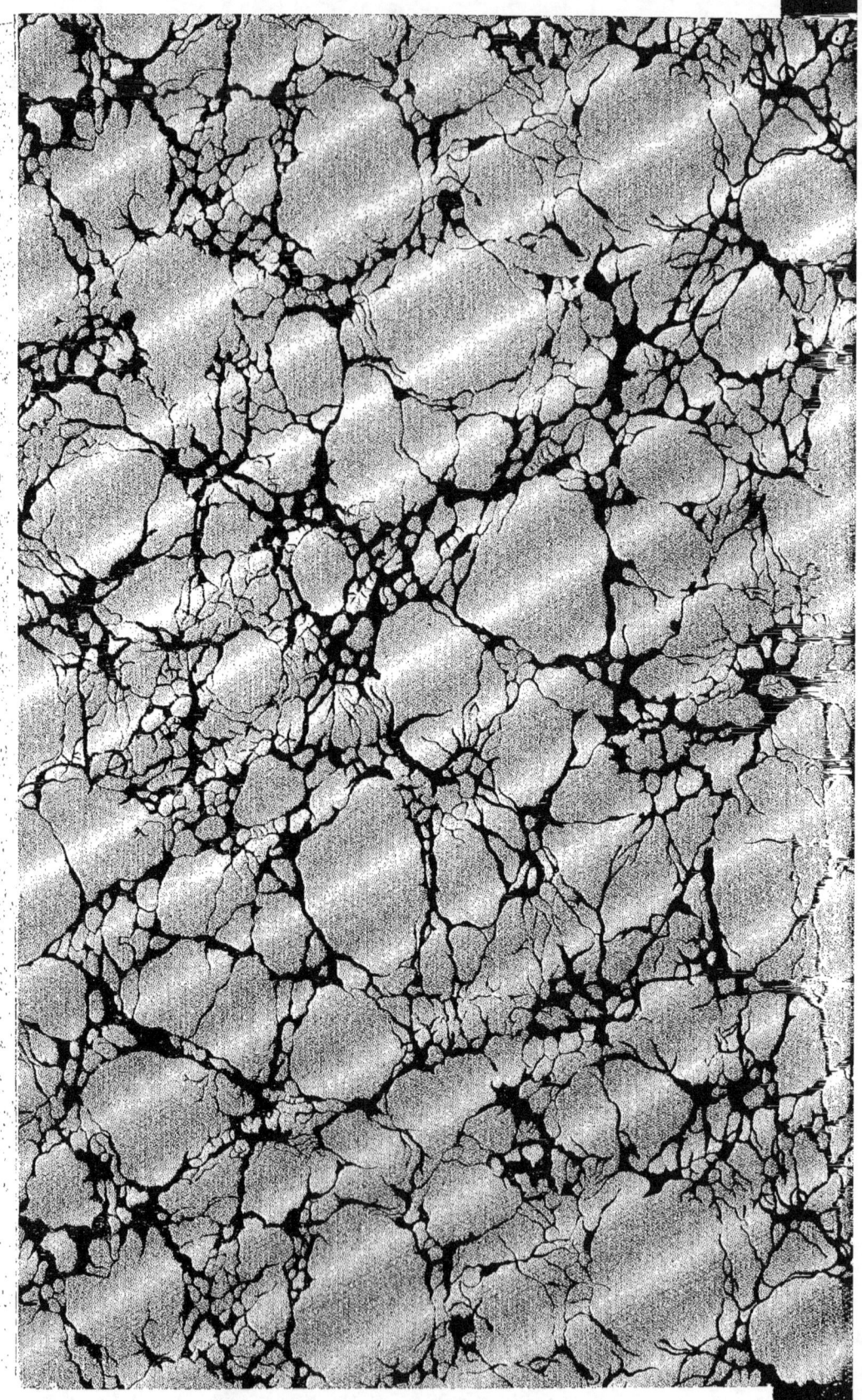

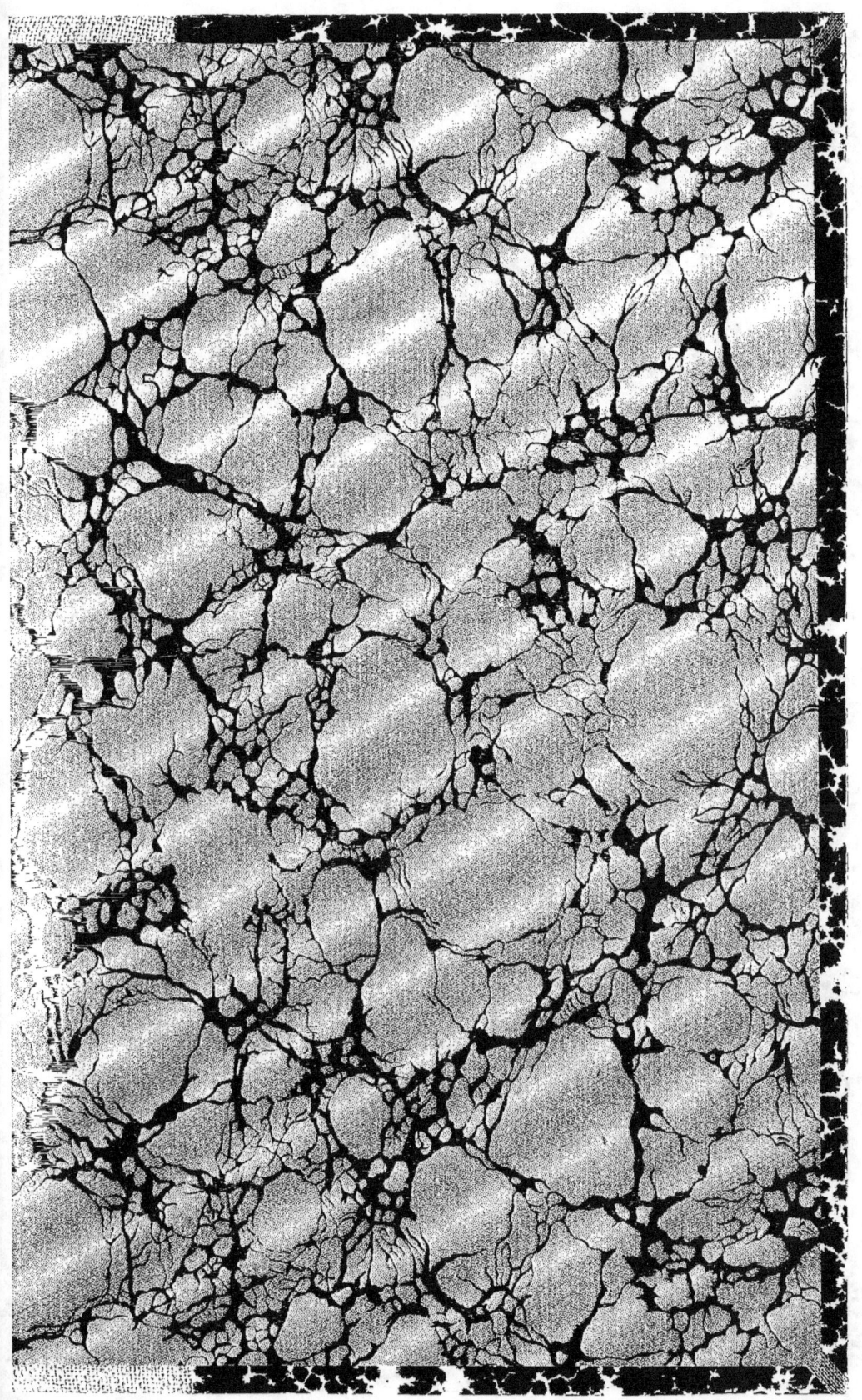

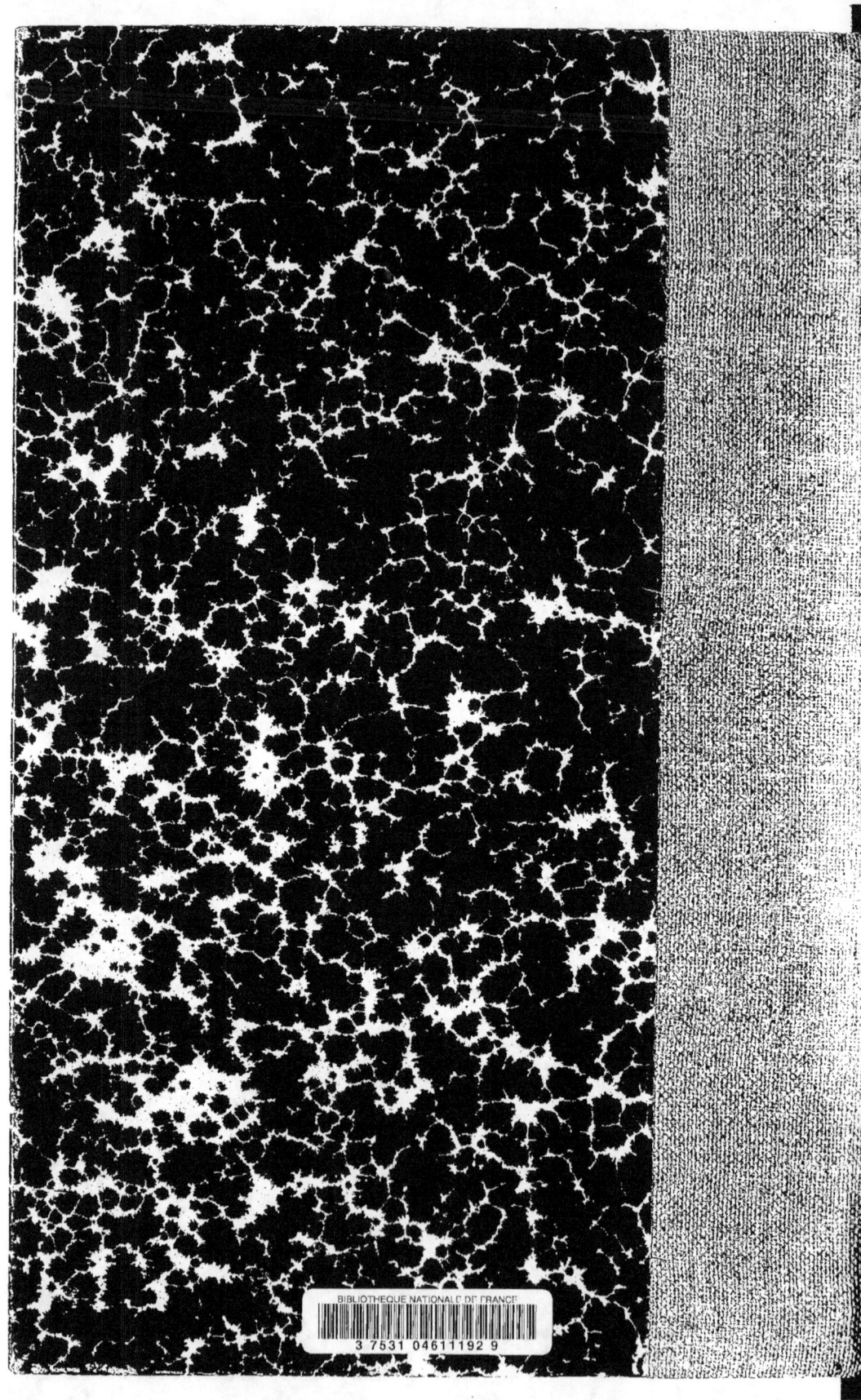

www.ingramcontent.com/pod-product-compliance
Lightning Source LLC
Chambersburg PA
CBHW071858020726
47502CB00003B/797